Roman Fantastique

幻想と怪奇

ショートショート・カーニヴァル

Roman Fantastique

幻想と怪奇

ショートショート・カーニヴァル

目次

ようこそ、物語のカーニヴァルへ

「幻想と怪奇」編集室

『幻想と怪奇』は二〇二〇年二月の刊行開始から、主に海外作品の翻訳を収録してきました。理由はごく簡単で、海外作品を紹介する媒体がまだ少ないからですが、もう一つ、オリジナルの『幻想と怪奇』（一九七三―七四　三崎書房→歳月社）の方針に則《のっと》ったからでもあります。

　が、オリジナルにはまる一冊を創作に充てた一号があります。一九七四年三月の第六号、『幻妖コスモロジー　日本作家総特集』。村山槐多「悪魔の舌」、香山滋「妖蝶記」、平井呈一「エイプリル・フール」などの名作を再録しつつ、書き下ろしにも中井英夫「薔薇の獄　もしくは鳥の匂いのする少年」、半村良「簞笥」、都筑道夫「壁の影」といった、現在の目から見ても驚くばかりの寄稿者が並んでいます。

　このような企画を、新生『幻想と怪奇』でも……と思いはしていたのですが、過去の名作は東雅夫氏や日下三蔵氏はじめ、優れたアンソロジスト各氏が、すでにさまざまな形で紹介しておられる。一方、全編書き下ろしでは、井上雅彦氏の文字どおりの〝偉業〟たる《異形コレクション》がある。

　ならば、『幻想と怪奇』ではいかに創作で一巻をなすべきか。

　そんな思いから、この一冊ができました。

　テーマは決めず、寄稿者にお願いするのは「長さは八千字まで」この一点だけ――のつもりでした。が、一冊の本にするにはもう一味ほしい、と考え、追加し

たのが「過去の作家・作品に関連するものを」。もちろん、それは文学に限定するものではありません。また、書き方も自由で、オマージュ、パスティーシュ、パロディ、スピンオフ、タイトル拝借、なんでも結構です。創作の形をした作者への賛辞でも、作品に触発されたが共通項は作者にしかわからない、というものでも。

刊行開始以来、『幻想と怪奇』に寄稿や協力をしてくださった二十三人の作者が、この提案に答えてくれました。器が器だけに、題材は欧米の作家・作品が多いかと思いきや、古典あり、日本の文豪あり、コミックや音楽ありの、多彩で意表を突く作品が集まりました……おなじみのキャラクターが登場する作品や、名作を踏まえた作品もあれば、題材となった作家・作品を知って驚くものまで。

さらに、第一回『幻想と怪奇』ショートショート・コンテストの入選作も、本書に収録しました。こちらには、編集室から求めたテーマはありませんが、いずれも多彩で意表を突く作品であることには変わりはありません。

長い筆歴をもつ人から、本書でデビューする人まで、二十六の短い〝幻想と怪奇〟の物語をお楽しみください。

ようこそ、物語のカーニヴァルへ。

（M）

第一部　ショートショート・カーニヴァル

怪奇ショートショート競作・海外作家編

アッシャー家は崩壊しない

高野 史緒

それは一日中どんよりとして薄暗く静まり返った、ある秋の日のことだった。雲が空から重苦しく垂れこめる中、僕はたった一人で車を運転して、恐ろしいほどわびしいある地方を旅していた。僕は正直、まったく違う地方に来てしまったのではないかと疑う気持ちがあった。それほどまでに、車窓の景色はグーグルマップやストリートビューのそれとは違っていたのだ。ネットで見る限り、このあたりは森こそ多いものの、明るくすがすがしい田舎といった様子だった。しかしスマートフォンの位置情報は、僕は正しい道を進んでいると示していた。ちょっと天気が悪くなったくらいで、恐ろしい変わりようだ。

もっとも、野原と森と道しかないようなアメリカの田舎など、こんなものかもしれない。どうりでレンタカー屋がガソリン車を強制してきたはずだ。電気どころか、ガソリンさえなかなか供給できなさそうだ。アメリカにはいまだに、田舎で燃料切れになって謎の村に囚われて事件が起こるドラマや小説があるが、まあそれも当然だろう。そういうドラマでは、やっと目にした人工物が風力発電機の群れだったりするが、このあたりではそれさえない。ネットの情報によれば、このへんは天候の変化が激しく落雷も多いらしい。

そうこうするうち、スマホが圏外になった。僕は目を疑った。今どき、人が住んでいる地域でスマホが圏外になるところなんかあるのか。これはいよいよ謎の村に囚われて事件に巻き込まれるパターンかと自虐しているうちに、日も暮れようかという頃、僕はようやく、陰鬱なアッシャー家の屋敷を見つけたのだった。

アッシャー家はストビューでは表示されない。幹線道路から、森を貫く長い長い私道を抜けてやっとたどり着くところにあるため、グーグルカーが入ってこないからだ。衛星写真では、森に囲まれた古いけれどまあ牧歌的と言えば牧歌的な屋敷でしかなかったが、こんな天気の日暮れに見るそれは、ちょっとホラーじみて見えた。寒々しい壁、虚ろな目にも見える窓、生い茂ったカヤツリソウ、朽ち果てた樹木の白々とした幹……。屋敷の前に車を止めると、灰色の沼に映った屋敷や草木が、なおさら陰鬱な印象を与えた。しかし僕は、ここで帰国までの最後の数週間を過ごすつもりだった。大学の研究室とクローゼットのような部屋（しかし家賃は異常に高い）を地下鉄で往復するだけの生活をしてきたので、最後に広大なアメリカの田舎を味わいたかったのだ。

屋敷の主ロデリック・アッシャーとは、数週間前にネットで知り合ったばかりだった。互いにちょっと変わった周縁科学《フリンジ・サイエンス》の趣味があり、そういうネットフォーラムで意気投合したのだった。彼は日本の古い怪奇小説の類にも関心を持っており、乱歩ファンの僕とは話の通じる相手だった。アッシャーと聞いて思い浮かべたのは、もちろんあの有名なポーの小説だった。アッシャーという姓はありふれているというほどではないが、一般的なものだ。少し調べてみたところ、ウィキペディアに載るくらいの知名度の政治家や歴史学者もいた。ポーの小説は正直に言うと記憶が曖昧で、どんな話だったかは思い出せない。ロッドの屋敷を訪ねるまでに復習しておこうと電子書籍はダウンロードしていたが、いまだに外国文学に苦手意識のある僕は、論文執筆に追われていたこともあって読む暇がなかった。まあいい。彼とて、この名前はさんざんネタにされてきただろうから、触れないのも友情だ。

しかし、見ず知らずの人間を頼って僻地に行くなど、アメリカの犯罪捜査ドラマの定石から言ったら危険極まりないシチュエーションだろう。が、あちらからしたら、妹さんと同居しているというのに会ったこともない外国人を招待するわけだから、それはそれで危険だ。ヤバいのはお互い様というところか。銃撃事件が週に一、二度は報道されていると、人間の危機感は麻痺してくるのかもしれない。

　アッシャー家。その恐ろしく古色蒼然とした石造りの屋敷は、壁に黴《かび》がはびこり、まるで忘れられた地下室で朽ちた寄木細工のようだった。ゴシック調のアーチのかかった玄関には今風の防犯カメラがついていたが、そのレンズさえ虚ろな目のように見えた。呼び鈴を何度も押したが、どこかでベルやブザーが鳴っている様子はない。思い切って古めかしい重いノッカーで扉を叩くと、しばらくして扉の向こうから一人の男性が現れた。

　それがロッドだった。彼はこれまた恐ろしく古めかしいランプを手にしていた。ロッドは弱々しく微笑んで僕を屋敷の奥に通した。入り組んだ回廊には、彫刻が施された天井や、厳粛なタペストリーのかかった壁、奇妙な意匠の紋章、そばを歩くとカラカラと音を立てるトロフィーなどがあり、いい意味でも悪い意味でも「雰囲気たっぷり」な様子だった。ロッドは僕を広くて天井の高い部屋に招じ入れた。暗い色の緞帳《どんちょう》がかかり、贅沢な古美術らしい家具は豪華なのに侘《わび》しく、あちこちに書物や楽器が散乱しているにもかかわらず、賑やかな印象はまったくない。虚無的で陰鬱な部屋だった。かび臭さと、古くなった香水のような匂いが微かに漂う。

　暖炉の火に照らされたロッドは、知的な双眸《そうぼう》とヘブライ風の鼻を持った、整った顔立ちの青年だった。顔色が悪く、神経質に見えるのは、きっとランプや暖炉のゆらめく明りのせいに違いない。

「ようこそアッシャー家へ。君が帰国する前に会えてよかった。今朝の強風で送電線がやられてね。電気も電話もネットもない」

「気にしないよ。こういうお屋敷でレトロな過ごし方をするのも面白そうじゃないか」

「まるで幽霊屋敷だろう」

　僕の感想を見透かされたようで、一瞬どきりとした。

「電気がついていればまだマシなんだが。復旧はどんなに早くても再来週かな。日本みたいなわけにいかないよ」

　電燈がないのは、キャンプ趣味のある僕には構わなかったが、ネットがないと思うと、何となく追いつめられたような焦りを感じなくもなかった。幸い、車には最寄りの街まで必要なだけのガソリンはある。いざとなったら二人、いや、この屋敷のどこかにいるはずのマデライン嬢を入れて三人か、皆で逃げる分には充分だ。もっとも、何から逃げるというのか。

「何にしても、この辛気臭さは申し訳ない。オモテナシとしては最悪だ。だが、実を言うとマデラインが……もう長くはなさそうでね」

「ちょっと待った。それは大変じゃないか。ここにいて大丈夫なのか？　僕の車で街の病院に……」

「ありがとう。でも、いいんだ。この病はアッシャー家の遺伝子に刻み込まれた特殊なものでね。もう現代医学ではどうしようもないんだ。妹もそれを承知で自宅に帰ってきているんだ」

余命宣告を受けて自宅で看取るというやつか。言葉もなかった。そんな時に、のこのこと遊びに来た自分がいたたまれなかった。

「彼女が本当に死んだら、僕がアッシャー家の最後の一人になる」

僕らがそう話している間、同じ部屋の——あまりにも広いこの部屋の——遠い一隅を誰かが通り過ぎて行った。マデライン嬢だ。暗いところをひっそりと歩いていたために、ここからはその姿をよく見ることはできなかったが、それはマデライン嬢に間違いないだろう。彼女が去ってゆき、扉が閉まると、私は思わずロッドを見た。彼は死者のような指で顔を覆い、ただ涙するばかりだった。

しかし、まだこうして立ち歩けるということは、彼女の病状はそれほどひどくはないのではないかと僕は思っていた。しかし僕が到着したその日の晩、言い知れぬほど憔悴しきったロッドが僕に恐ろしい知らせ告げた。ついにマデライン嬢に最後の時がやって来たようだというのだ。

強風は嵐となり、風雨がアッシャー家の石壁に叩きつれられる。たとえ車でも、とても出かけられる状態ではなかった。死亡診断書を書いてくれる医師を呼ぼうにも、どこかに助けを求めようにも、出かけるどころかネットさえない。ロッドは翌日、マデライン嬢の遺体を地下室に移すと言い出した。公式の死亡診断書もない遺体を動かしていいのかどうか判らない。少なくとも日本ではダメだろう。下手をすると死体遺棄罪になる。ここの州法がどうなっているのか知らないが、結局、僕はロッドに手を貸した。

　僕が恐れていたのは、マデライン嬢が実はまだ生きていて、いわゆる「早すぎた埋葬」になることだった。

　が、僕のその懸念は当たらないことが分かった。どう言えばいいのだろう。マデライン嬢は本当に死んでいたのだ。おかしな言い方かもしれないが、これ以上ないほど死んでいたのだ。彼女の遺体は亡くなったばかりの若い女性というより、死して数日経った、腐乱の兆候さえ見える、さらに変な言い方だが、死体そのものだったのだ。様子がおかしいとは思ったが、僕はロッドにはそれは言わなかった。もしかしたら、この痛ましい遺体の様子こそが、彼らアッシャー家の遺伝子に刻まれた病と関係があるかもしれないと思ったからだ。根掘り葉掘り聞けば失礼になるだろう。

　僕らはどうにかして彼女の棺を地下室に運んだ。棺がすでに用意されていたことにも驚いたが、まだ土葬が多いアメリカでは、棺も日本の簡素な火葬用のそれとは違い、用意するのも時間がかかる。こういう広いお屋敷なら、棺の一つや二つ置いておくのも容易だろう。地下に通じるアーチ廊下は銅板で覆われており、地下室の頑丈な鉄扉も銅で補強されていた。もしかしたら昔には火薬庫として使われていたのかもしれない。銅は腐敗を遅らせる効果もあるはずだったから、ロッドがここにマデライン嬢を移そうと考えたのも、納得のできないことではなかった。

　それから数日間、僕がしたことと言えば、ただひたすらロッドの気を紛らわせる手伝いだった。以前から日本の古い怪奇小説や探偵小説の類に興味があると言っていた彼は、日本語を教えてくれと言い出した。驚いたことに、もうひらがなと簡単な漢字のいくつかは読めるようだった。とはいえ、自国語を教えるというのは存外に難しい。

　しかし彼の学習意欲は旺盛だった。彼はいつか日本語で江戸川乱歩を読んでみたいと言うのだ。そんな彼の書架には。ネットとＡＩ翻訳を駆使して買ったという様々な文庫本がたくさんあった。黒岩涙香、木々高太郎、夢野久作、大下宇陀児、仁木悦子、小栗虫太郎……。乱歩に至っては文庫で手に入る全ての作品が揃っている。おどろおどろしいまでにゴシック調の例の広い部屋では、それらの真新しい文庫本は不似合いかと思いきや、何故だろう、不思議と溶け込んでいた。古い小説の持つオーラの故《ゆえ》だろうか。

それは嵐がますます強く吹き荒れる夜のことだった。ロッドはゆらめくランプの灯りを書架に近づけて、乱歩の全集の背表紙をうっとりと見つめながら言うのだった。

「江戸川乱歩のペンネームは、エドガー・アラン・ポーに由来するんだよね」

「そう。エドガー・アラン・ポー、えどが・あらん・ぽ、江戸川乱歩ってな具合に」

「面白いね。英語で読める作品はまだ少ないんだけど、その範囲で言うと、作風はだいぶ違うようだね」

「申し訳ないが僕はポーに詳しくないので、そのあたりは何とも。でも、乱歩の作風はエロティック、グロテスク、ナンセンスと言われていて、奥深いところでポーのゴシックホラーには通じるところもあるというのは聞いたことがある」

「僕もそう思う」ロッドは少しかすれた声で言った。「例えば、『お勢《せい》登場』のような」

僕はどきりとした。今それを持ち出すか。「お勢登場」はごく短いが、乱歩のグロテスクさを如実に表している作品だった。

お勢という悪女がいる。彼女には格太郎《かくたろう》という病弱な夫と一人息子がいるが、彼女は余所に愛人を持っている。ある日、お勢が愛人のもとへ出かけている間に、格太郎は子供の付き合いでかくれんぼをし、押し入れの中の長持《ながもち》に隠れるが、ふとした拍子に長持の掛け金がかかって閉じ込められてしまう。息子も女中もそれに気づかない。ただ、帰宅したお勢だけが気づくが、お勢は一瞬長持を開けかけて、何を思ったかまたそれを閉じて掛け金をかけてしまうのだ……。

ポーには疎《うと》い僕だが、この作品がポーがよく描く「早すぎた埋葬」のヴァリアントだというのは知っていた。僕は思わず、まじまじとロッドを見つめてしまった。

何故今それを持ち出す？　いやしかし、マデライン嬢はどこをどう見ても死んでいた。死に過ぎるほど死んでいた。遺体はむしろ傷み始めていた。早すぎた埋葬になど、絶対になりようがないくらい死んでいたのだ。だから大丈夫だ。絶対に大丈夫だ。

「一つ君に頼みたいことがあるんだ。『お勢登場』を日本語で朗読してくれないかな？」

ロッドの声はかすれ、目は何か恐怖するものから離せなくなったかのように虚ろに見開かれていた。顔を歪めて弱々しく微笑む。僕はぞっとした。

「それはお安い御用だが、しかし……」

「頼む。日本語で聞いてみたいんだ」

　もしこれ以上抵抗すれば、弱り切った彼は崩れ落ちてしまうのではないだろうか。そんな風に思わせるものがあった。僕はランプの灯りを少し強くすると、文庫本の一冊を手に取った。時おり英語でどのシーンかを説明しながら、「お勢登場」を朗読する。今はそうするしかなかった。それがロッドに慰めになるのなら――この恐ろしい物語のどこに慰めがあるというのか――そうするしかない。我知らずのうちに、僕の声もいささか震え気味だった。

「闇の中で、息苦しさは刻一刻と募《つの》って行った。最早《もは》や声も出なかった。引く息ばかりが妙な音を立てた、陸《おか》に上《あが》った魚《さかな》のように続いた。口が大きく大きく開《あ》いて行った。そして骸骨《がいこつ》の様な上下の白歯《しらは》が歯茎の根まで現れて来た。そんなことをした所で、何の甲斐もないと知りつつ、両手の爪は、夢中に蓋の裏を、ガリガリと引掻《ひっか》いた。爪のはがれることなど、彼はもう意識さえしていなかった」

　その一文を読み終わったところで、僕は朗読を中断した。何か物音が聞こえた気がしたのだ。そう、両の手が、力の限りに長持の内側を引掻くような物音が、この不気味な屋敷の何処かから聞こえた気がしたのだ。もっとも、外には嵐が吹き荒れ、一層強くなろうとしているところだ。古い屋敷が家鳴りを起こしても不思議ではないし、梢《こずえ》や蔦《つた》が壁や窓を打ってもおかしくはない。ロッドは懇願するような目で僕を見つめる。僕は朗読を続けた。お勢が逢引きから夫の家に帰って来る。そして格太郎が長持に閉じ込められていることに気づく……

「若《も》しおせいが生まれつきの悪女であるとしたなら、その本質は、人妻の身で隠し男を拵えることなどよりも、恐らくこうした、悪事を思い立つことのす早《ば》やさという様な所にあったのではあるまいか。彼女は掛け金をはずして、一寸《ちょっと》蓋を持ち上げようとした丈《だけ》で、何を思ったのか、又元々通りグッと押さえつけて、再び掛け金をかけて了《しま》った」

　僕は再び朗読を止めた。今度こそは本当に、開けられない長持に閉じ込められた人間の、絶望の叫びのような声が、くぐもって遠いところからだが、間違いなく聞こえのだ。いや……聞こえた気がした。少なくとも、僕にはそんな風に思えた。これどこかから風が吹き込んで来るせいに違いない。ロッドの瞳はもう僕を見ていなかった。あらぬ方向に向けられ、恐怖に満ち満ちている。彼の気を引かなければ。ありもしない何かに捕らえられてしまわないよう、ロッドをせめて、空想の物語の世界に引き戻さなければ。

「長持は座敷の真中に持ち出され、一警官の手によって、無造作《むぞうさ》に蓋が開かれた。五十燭光《しょっこう》の電燈が、醜《き》く歪んだ、格太郎の苦悶の姿を照らし出した。日頃奇麗《れい》になでつけた頭髪が、逆立つばかりに乱れた様《さま》、断末魔そのものの如き手足のひっつり、飛び出した眼球、これ以上開《あ》き様のない程開いた口……」

その刹那、今度こそ間違いなく、開けられる長持ちの蝶番《ちょうつがい》の音が、はっきりと、そう、間違いなく、この耳に届いた。それは嵐の中からではなく、この屋敷で響いた音に間違いなかった。広すぎる部屋の彼方から、地下室の彼方から。もしや、あの重い銅張りの扉が開く音ではないのだろうか。

ロッドの目はただひたすらに前方を見つめ、その身体は揺れていた。長い沈黙の中で、ただ嵐の叫びだけが聞こえる。いや、何か、何かが……不吉で恐ろしい何かが聞こえるような気もする。僕は何か得体の知れない焦りのようなものに駆られて立ち上がり、ロッドのもとに駆け寄った。僕の手が肩に触れると、彼の身体には震えが走った。彼の眼は僕の背後に注がれている。その唇には、病的な微笑みが広がった。

「あれが聞こえないのかって？　ああ、もちろん、聞こえているさ！　もっともっと長い間、この数日間ずっと、僕の鋭敏すぎる耳には聞こえていたさ！　妹は、マデラインは、死んでいる。死んでいるとも！　だから埋葬するのは当然なんだ！　だが、何度埋めても、何度閉じ込めても、妹は戻って来るんだ！　今度こそ動かなくなったと思って埋葬しても、また戻って来るんだ！　どんなに遠い墓地に深く埋めても戻って来るんだ！　無駄だし面倒なので地下室に埋葬するのさ！　今度もまた戻って来た！　さあ、妹はもうすぐそこまで来ている！　僕の頭がおかしいって？　ああ、そうだとも！　僕は狂っているさ！　狂わずにいられるか！　ほら、見たまえ！　彼女は今まさに、まさに、あの扉のすぐ外にいる！」

ロッドが指差す先には、開ききった黒檀の扉から、経帷子《きょうかたびら》をまとった、アッシャー家のマデライン嬢の荘厳な姿が現れた。彼女は死んでいた。間違いなく死んでいた。その純白の衣装にはもはや血も流れないが、腐液とも肉のかけらともつかない何かで汚れ、足取りは不規則だった。彼女は低いうなり声をあげると、兄の上に倒れかかった。

僕は圧倒的な恐怖に駆られ、部屋から、屋敷から逃げ出した。車のエンジンがかかるまでの数秒がどれほど長く感じられたことか。タイヤが沼の泥を蹴散らし、風雨がフロントガラスに打ち付ける。たとえハイウェイ・パトロールに追われようとも、僕はアクセルを踏むのをやめなかっただろう。ただただそこから逃れたかった。一秒でも早く、一マイルでも遠く、ただ逃れたかったのだ。

最後に一瞬バックモニタに映ったアッシャー家は、嵐の中で、黒々とした崇高な不気味さで立ち尽くしていた。今にも崩れ落ちそうなひびだらけの屋敷も、それを飲みこみそうな足元の沼もそこにあった。

それが僕が見た最後のアッシャー家の姿だった。今でもおそらく、いや、間違いなく、アッシャー家はそこに建っているだろう。厳然とあのままに立ち尽くしているだろう。死してなお、朽ちてなお、腐敗してなお、あのままに。永遠に。

参考文献

Edger Allan Poe, "The fall of the House of Usher", *The Fall of the House of Usher and Other Writings: Poems, Tales, Essays, and Reviews*, 2003, Penguin Classics.

江戸川乱歩「お勢登場」『江戸川乱歩全集　第三巻　陰獣』二〇〇五年、光文社

怪奇ショートショート競作・海外作家編

悪魔猿の手

高井 信

「あー、女性にモテたいよお」

ふと気がつくと、こんな呟《つぶや》きを漏らしている。

四十歳――不惑を目の前にして、おれは心の底から焦っていた。これまで女性と付き合ったことがないどころか、家族や親戚以外の女性とふたりで食事をしたことすらない。今夜もまた、ひとり暮らしの部屋で淋しく過ごしている。

何気なくカレンダーに目をやり、

(今日は十三日の金曜日か。おれにとっては毎日が十三日の金曜日だぜ)

そう思った瞬間、

「ん? 十三日の金曜日?」

おれの脳裡に悪魔召喚の儀式が浮かんだ。

十三日の金曜日、真夜中の○時に合わせ鏡をすると、鏡の奥から悪魔が出現するという話を読んだことがあるのだ。星新一のショートショートだったか。

悪魔といえば、三つの願い。

あと一時間足らずで十三日の金曜日、真夜中の○時になる。

やってみるかな。悪魔を呼び出して、モテるよう願うんだ。

おれは二枚の鏡を用意して向き合わせ、そのときを待った。

〇時が近づき、鏡を覗きこむ。ややあって、遠くに黒い点が見えたかと思うと、それがみるみる大きくなり――

「摑まえた！」

おれは鏡から飛び出してきた生き物の尻尾を捕らえることに成功した。体長一メートルにも満たない、黒くて毛むくじゃらの生き物。

おれは尻尾を摑んだまま、そいつを観察した。その顔は、想像していた悪魔とはずいぶん違う。赤ら顔で丸い目をしていて――そう、猿そっくりなのだ。黒くて毛むくじゃらで尻尾が生えていて、顔が猿。これはもはや悪魔ではなく、猿なのではないか。

猿が鏡から……？

おれが首を傾げていると、猿（？）が話しかけてきた。

「いやあ、捕まってしまいましたねえ。お見事」

と、宙ぶらりんのまま拍手をする。

「は、話ができるのか？」

「そりゃ悪魔ですから」

「悪魔？　猿にしか見えないけど」

「ええ。猿の悪魔です」

「猿の悪魔？　そんなのがいるのか？」

「はい。猿だけではなくて、いろいろな生き物の悪魔がいます。人間の悪魔もいますし、犬や猫の悪魔もいます。そのなかで、私は猿の悪魔です」

なんだかよくわからないが、口が利けるところを見ると、ただの猿ではないことは確かだ。悪魔だと仮定して……。

「悪魔なら、おれの願いを叶《かな》えてくれる？」

「ええ、もちろん。お望みとあれば願いを三つ、叶えて差し上げます。ただし、死後の魂はいただきますが」

「むふう」

おれは唸り声を上げた。

〈悪魔との契約〉――三つの願いを叶えてもらう代償として死後の魂を差し出す。

さまざまな物語で読んだ通りの展開だ。

不思議なことに、疑う気持ちはほとんど起こらなかった。いや、信じたい気持ちが大きく、疑念を封じこめていたのかもしれない。

当然のことながら、〈悪魔との契約〉については前向き、積極的になっている。

「もしあんたが本当に悪魔で、おれの願いを叶えてくれるんなら、ぜひ頼みたいことがあるんだけど」

「おお、契約していただけると？」

「ああ、そのつもりだ」

おれの言葉を聞いて、悪魔猿はキャッキャと喜んだ。

「その前に、尻尾を離してくれませんか。天地逆さまだと、どうにも落ち着かない」

「逃げる気じゃないだろうな」

「逃げませんよ。せっかく契約していただけるというのに」

「あ、そうだな。悪い悪い」

おれが手を離すと、悪魔猿はくるりと回転して着地した。

「ああ、すっきりしました。では、さっそく願いを承りましょうか」

「え？　契約書とか、ないのか？」

「はい。口頭契約だけで充分です。私は三つの願いを叶える。そしてあなたは、死後の魂を私に提供する。それだけです」

なんだか拍子抜けしたが、おれに異存はないし、最初の願いは決まっている。

「最初の願いだが」

「はい？」

「女性にモテたい。たーくさんの女性にモテたい。ちやほやされたい」

「え？　それでよろしいのですか」

「ああ、そうだ。悪いか」

「いえ、悪くはありませんけど、最初に女性を望まれる方は珍しいので」

「できるのか？　できないのか？」

「もちろんできますとも。では」

悪魔猿は言い、右手を差し出してきた。

「私と握手して、〝女性にモテたい〟と念じてください。それで願いは叶います」

「ほんとかよ」

半信半疑ながらも悪魔猿の手を握り、〝女性にモテたい〟と念じる。

手を離すと、

「これでひとつ目の願いは叶いました。次は？」

「そうだな」

おれは思案した。そもそも、女性にモテたいと思っていただけで、まさか本当に悪魔が現れるなんて想像

もしていなかったのだ。しばし考え、

「そうだな。権力が欲しい。どんな世界でもいいけど、いちばん偉くなりたい。おれを馬鹿にしていたやつらを見返してやるんだ」

おれが言うと、

「わかりました。では」

悪魔猿が言い、また右手を出してきた。要領はわかっている。おれは先ほどと同じく握手し、〝権力が欲しい〟と念じた。

「三つ目は、いかがされますか？」

悪魔猿に問われ、ふっとおれの胸に不安が湧き起こってきた。

子どものころに読んだ怪奇小説を思い出したのだ。W・W・ジェイコブズの「猿の手」。――三つの願いを叶えてくれるという猿の手を得た夫婦が二百ポンドを願うと、息子が事故死し、会社からその知らせとともに見舞金二百ポンドが届く。ふたつ目の願いで息子を生き返らせてもらうが……。その先にあるのは恐怖の結末だった。

おれが握ったのは、まさに猿の手ではないか。持ち主を不幸に陥《おとしい》れる呪いのアイテム……。


勢いのまま契約し、ふたつの願いを念じてしまった。もうあとには戻れないだろうし、ともあれ今後の人生で女性にモテるのであれば、さらには権力も握れるのであれば、死後の魂ぐらい失っても構わないという気持ちは揺らいでいない。

しかし、熟慮せずに最後の願いを使ってしまうのは……。

おれはおずおずと悪魔猿に持ちかけた。

「三つ目の願いだけど、またあとでというのは可能かな」

拒否されても仕方がないと思っていたが、意外なことに、

「構いませんよ」

悪魔猿は即答し、

「ただ、あなたが三つ目の願いを決めるまで付き合うのは時間の無駄ですから」

と左手で右手首を握ったと思う間もなく、くいっ！と右手を捻り取った。

「あ……」

不思議なことに血も出ていない。まるで粘土の腕から手をちぎったような……。

悪魔猿はおれの驚きなど気にする様子もなく、捻り取った右手をおれに差し出してきた。

「これをお持ちください。で、最後の願いを思いついたら、この手を握って願いを念じてください。願いは叶えられ、手は消滅します」

「で、でも……。あんた、右手がないと不便では？」

「大丈夫です。じきに生えてきますから」

「は、生える？　手が……？」

「そうです。猿だと思って、馬鹿にしていませんか。私、悪魔なんですよ。これくらいのこと」

「はあ」

言われてみれば、そうかもしれない。おれとしては、納得するしかなかった。

猿の手を受け取り、

「期限はあるのか？」

「いえ、ありません。ただし、もし死ぬまで何も願わなかったとしても、すでに契約は成立しています。三つ目は放棄ということで、魂は頂戴いたします。それはご了承を」

「そうか。まあ、そうだな」

おれが頷くと、

「では、これからの人生をお楽しみください」

悪魔猿は言い、すうっと鏡のなかへ消えていった。

そして……。


おれは興奮してしまい、まんじりともせずに翌朝を迎えた。

出勤支度を調えている最中、ふと思いついて猿の手を鞄に忍ばせる。何があるかわからないので、つねに携帯しておくべきと考えたのである。

期待に胸を膨らませて家を出る。昨日までのおれとは違っているはずだ。

擦れ違う女性たちが皆、おれを熱い眼差しで見つめるのではないか。あとをついてくる女性もいるのではないか。気に入った女性がいたら、話しかけてみようか。とんとん拍子に話が進むようなら会社を休んでもいいな。

妄想が広がる。しかし……。

出勤に始まり会社での業務を終えても、おれの生活は昨日までと何も変わらなかった。女性にちやほやされることもなく、昇進の辞令を受け取ることもなく……。

帰宅の途に就き、つらつらと考える。

昨夜のことは夢だったのかなあ。

だが、猿の手は存在する。夢ではない証《あかし》だ。

となると、悪魔猿の野郎に騙《だま》されたのかなあ。

騙されたのなら契約は不成立だから、死後の魂は安泰だろう。女性にモテまくるという夢が破れ、いささか残念な思いはあるものの、小説「猿の手」みたいに不幸な目に遭っているわけでもない。これまでと変わらないのだから、落胆することもあるまい。

そもそも、あいつは本当に悪魔だったのだろうか。人語を操るのだから、ただの猿でないことは確かだが、だからと言って悪魔ということにはならない。人の願いを叶える力を持っていることにはならない。

化け物猿にからかわれたのかなあ。——などと考えながら、自宅のあるマンションに向かって歩いているとき、

「ん?」

奇妙な気配を感じ、おれは立ち止まった。

どこからか、大量の視線を感じたのだ。熱い! まさに熱視線を。

耳を澄ますと、キキッ、キキッという音が聞こえてくる。

(猿の鳴き声?)

立ち止まったまま首を傾げていると、そこらじゅうの物陰から大量の黒い影が飛び出してきた。前後左右からおれを取り囲む。

それは——

数え切れないほどの数の猿だった。キキッ、キキッと鳴き声を発しながら、おれに近づいてくる。猿たちは幾重にもおれを取り囲み、その包囲網を突破することは不可能だろう。

呆然としていると、猿たちはおれを担ぎ上げた。

「うわあ、何をするんだあ」

猿の群れはおれを担ぎ上げたまま、えっほ、えっほと移動を始めた。おれは大柄(肥満体とも言う)だし、猿たちにとって決して軽くはないだろうが、次から次へと担ぎ手が替わるためか、速度が落ちることはない。

えっほ、えっほ。

「助けてくれええ」

声を限りに助けを求めるが、その声は虚しく夜空に消えていくだけだった。みな、猿の群れに恐れをなし、部屋に閉じこもっているのか。あるいは何か不思議な

力が働いているのか。

えっほ、えっほ。

徐々に建物が減り始め、ふと気がつくと左右は鬱蒼《うっそう》とした森になっていた。明らかに勾配《こうばい》のある道――山道を登っている。

（そういえば……）

おれの住む街の郊外には山があり、野生の猿が集団で暮らしていると聞いたことがある。そうか、この猿たちはあの山から来たのか。

そんなことを考えている間にも猿たちは、えっほ、えっほと山道を登っていく。新たな猿たちも姿を見せ、集団に加わった。最初、おれを取り囲んだときの二倍以上になっている。

頂上付近に小さな広場があった。どうやらここが目的地らしく、猿たちの移動が止まった。おれをそっと地面に下ろす。

呆然と座りこんだまま、おれは周囲を見回した。

猿たちはいったい何が目的でおれを拉致したのか。おれを拉致して、何かいいことがあるのか。

猿たちに敵意は見えなかった。それどころか、とても友好的に見える。


と――

数匹の猿がおれにすり寄ってきた。何やら、うっとりとした表情でおれを見つめている。遠巻きしている猿たちも同じような表情をしている。もじもじし、頬を赤らめている（ように見える）猿もいる。

「え？」

胸騒ぎがして細かく観察すると、いずれも雌猿である。

（ま、まさか……）

おれの脳裡に最悪の想像が浮かんだ。

おれは悪魔猿に〝女性にモテたい〟と願った。〝人間の〟ではない。やつにとっての女性は……雌猿！

おれがおとなしくしているからか、雌猿たちはどんどん大胆になってきて――

「うわあ。助けてくれえ」

そして……。

おれは、この猿山のボスとなった。前のボス猿と戦って勝利したからではない。雌猿たちがおれ以外のボスを認めなかったからである。言うまでもなく、ふたつ目の願い〝権力が欲しい〟の効果だろう。

おれの周囲にはつねに雌猿たちが群れていて、かいがいしく世話をしてくれる。何かとアピールしてくる。

つまりおれは、この猿山で一番の権力を持ち、雌猿たちにモテまくっているのだ。

ふたつの願いは叶えられた。それは間違ってはいないのだが、思っていたものとは違う。おれは人間だ。雌猿にモテても嬉しくない。猿山のボスになって、どうする？

悪魔猿にしてみれば、これで充分に契約を履行したことになるだろう。猿にとって最高の権力者はボス猿であり、女性は雌猿なのだから。要するに、詳細を詰めなかった――人間の女性にモテたい、人間界で権力を持ちたいと願わなかったおれのミス。「約束が違う」とも言えない。

やはり猿の手は呪いのアイテムだった。願いをストレートに叶えてもらえると思っていたおれが甘かった。いまのところ貞操は守れているが、いつまで無事でいられるか自信はない。

しかし幸いなことに、願いはあとひとつ残っている。最後の願いを使って、なんとかこの窮地を……。

肌身外さず持っていた鞄から猿の手を取り出し、おれは見つめた。

人間の女性にモテたいと望むか。人間界の権力を望むか。いやしかし、すでに叶った願い――雌猿にモテる、ボス猿になる、をどうすればいい。最後の願いで両方を無効にできるかもしれないが、それではおれには何も残らない。魂の取られ損だ。

「うむむむ……」

呻吟の末、おれは心を決めた。

猿の手を握って、強く念じる。――猿になりたい！

怪奇ショートショート競作・海外作家編

子供の領分

奥田 哲也

もうしばらく前から私の意識はテーブルの会話を離れていた。ざわめきの靄《もや》のなかを漂いながら、煌《きら》めく音の粒を拾い集めてみるものの、切れ切れのピアノの音はなかなか一本のメロディーに繋《つな》がってくれない。聞き覚えがあるから、タイトルがあれば何とかなりそうなのだが、どうしても思い出すことができなかった。

逆に丸テーブルを囲む男たちには名前があるだけで記憶が欠落していた。卓上のプレートに記されているのは意味をなさない出鱈目《でたらめ》な漢字の羅列に過ぎなかった。高校生活を共にしたのがほんの十数年前だとは信じられないほどだった。

そこに突然投げ込まれた死者の名前は完全な不意打ちだった。私はショックを隠せなかった。Sの妹の結婚披露宴なのだから、心の奥底では意識していたものの、物理的な刺激として耳に飛び込んでくるのは別物だった。

「君は一番の親友だったからな」

隣の男は心得顔で優しく私の肩を叩いてから、ビールを注ぎ足してくれた。他の男たちも口を噤《つぐ》んでこちらを見ている。ちょっとした誤解があるようだが、都合がいいのでそのまま放っておくことにした。気まずい沈黙を埋めてピアノの音がはっきり聞こえたが、やはり曲名は思い出せなかった。

「ありがとう」

私は微笑《ほほえ》んでビールを呷《あお》った。慣れない場に緊張している自覚があった。今夜はやたらと喉が渇く。とはいえ、空いたグラスを置いたとたん、反対隣りから瓶の首が延びてきたのには閉口した。手振りで謝意を表して立ち上がる。

「ごめん、トイレ」

生ぬるい笑顔の広がるテーブルに背を向けると、たちまち会話が戻ってきて、ピアノの音を飲み込んでしまった。

そういえば、Ｓとの会話を打ち切るときによくこの言い訳を使っていたっけ——私の唇も苦い笑みで歪んだ。


授業が終わるたび、Ｓは素早く振り向いたものだった。残忍な笑みを浮かべた捕食者は逃れる隙を与えなかった。

さあ、独演会の始まりだ！

ときには身振りも交えて淀みなくしゃべり続ける。前もって家で練習してきたのではないかと思わせる完成度だった。呆れるほど何でも知っている。ときどきはこちらの興味にも触れるから、ついつい相手をしてしまったのが運の尽きだった。ただ量と勢いに圧倒されただけのことで、深みも独創性もない凡庸な内容だと気づいたときにはすでに手遅れだった。

貴重な時間が失われた。まるまる一学期もの間、私が他の級友たちと親しくなる機会はついぞ訪れなかった。教室の反対側に陣取り、気だるい佇まいで談笑するグループがやけに大人びて見えた。自分だけ取り残されたようで惨めだった。

それにもまして耐え難かったのは、ただならぬ退屈さだった。本来なら私の心を引っさらって空高く舞い上がるような話題でさえ、Ｓの口から飛び立つや否や、たちまち推進力を失って無様《ぶざま》に墜落してしまう。二人の足下には累々とその残骸が積み重なっていくばかりだった。

「終わってみればあっという間だよ」

馴染みのない男子校について相談をしたとき、学校の先輩でもある従兄《いとこ》は助言してくれたが、今となっては、（Ｓがいなかったからな）と心の中で言い返すばかりだった。そして、耐えに耐えた末、私は宣言するのだった。

「ごめん、トイレ」

私たち寮生は学年全体の三分の一ほどで、Sは自宅生だった。二人とも部活動には参加していなかったから、放課後に一旦は解放される。しかし、寮に向かう足取りが軽かったとはとても言えない。今度はプライバシーの欠如した不潔で騒々しい混沌が待ち受けている。どこにいても私は耐えるだけだった。

しかし、本当に終わりは来たのだ。Sの急死で。


宴席を離れ、トイレの洗面所で顔を洗うと、ようやく人心地つくことができた。おかげでかえって動揺の激しさが際立った。

「偽善者め」

鏡に向かって呟《つぶや》いてみる。先ほどは誤解されたが、私を動揺させたのは同情や悲しみではなく単なる戸惑いだった。Sの名前を聞いても顔や声を思い起こすことはなく、当時そのままの生々しい不快感だけが襲いかかってきた。Sのことなどきれいさっぱり忘れたつもりだったのに。何しろ彼の病名さえ覚えていないのだから。


それに比べて、通夜で初めて対面したSの妹についてはよく覚えていた。彼女はなんと美しかったことだろう。両親と並んで兄の級友のひとりひとりに手をついて頭を下げるたび、震える小さな肩から光の粒が転げ落ちるかのようだった。順番を待つ私は思わず見とれて、後ろの誰かに背中を突かれる始末だった。

おかげで肝心のお悔やみはしどろもどろになってしまったが、今や彼女ばかりか部屋全体が透明な輝きを帯びて見えるようになった。その状態は外の世界にまで広がっており、帰り道でも寮の中でも同様だった。更には翌朝、目を覚ましたときも続いており、私には凡庸な世界の中心であるSが取り除かれたことによって世界が本来の姿を取り戻したように感じられた。

この種の宴会は徹底的に避けてきた私が今夜だけ出席することにしたのも、彼女をもう一度、見たかったからだった。あのときの美少女がどんな成長を遂げたのか興味が湧いたのだ。かつての級友たちがそう思いたかったようなSとの友情という要素はこれっぽっちもない。

どこまで恥知らずなのだろうか。S本人はもとより、死の厳粛さに対する些《いささ》かの敬意もない。しかし、正直にそう思ったのだし、悪い考えだと意識することによって逆に高揚感は増すのだった。

　ところで、Ｓの死がもたらした御利益は彼女だけではなかった。夏休み前の『一年生親睦キャンプ』が中止されたのだ。沈痛な面持ちで担任教諭が伝える理由は私にはほとんど理解不能だった。喪に服すとか不謹慎だとかいうことらしい。とりあえず野宿なんて御免だったから、入学以来最高の吉報である。危うく雄たけびを上げそうになったが、もちろん押しとどめるぐらいの分別はあった。

　そのくせ当日にピクニックに誘われたとき、のこのこ付いていったのはどういう気紛れからだろう。前後の記憶はすっかり抜け落ちている。

　とにかく車座になってカレーを食べるところから記憶は始まる。誰かが味をほめ、自宅生の母親たちが作ったこと、キャンプのために用意した材料が使われたことがわかった。場所は小高い丘の中腹。森の中にぽっかり開けた公園のようなスペースだった。それが何処で、どうやって往復したのか、メンバーは何人で、どういう顔ぶれだったのか、全く何も覚えていない。

　食事後、再び舞台は暗転する。

　再開したときにはなぜかみんなで『缶蹴り』に興じていた。イメージは恐らく一連の流れの中で最も鮮烈だ。私も含めた全員が純粋に無邪気な喜びに浸されて光の島の中を縦横無尽に駆けずり回っている。鬼と缶まで競争するときの悲鳴も植込みの陰のクスクス笑いも同じ鮮明さで聞き取ることができる。芝生を踏む柔らかい感触もぬかるみで足を滑らす感触も足裏に蘇らせることができる。走りすぎて笑いすぎて限界を超えた肺の痛みも、いっぱいに吸い込んだ植物と土の匂いも。

　はち切れそうな幸福感に満たされ、蹴り上げられた缶を追って頭上を見上げると、公園を取り囲む巨木が遥かな天を目指して真っ直ぐに伸びていた。枝先まで下りてきた空があの不思議な光を降り注いでいる。眩《まぶ》しさに私は目を閉じた。

　記憶はそこでぷっつり途絶えている。あとは混沌の暗い海が光の島を取り囲んでいるばかりだ。残りの高校生活には何も重大なことなど存在しなかったとでもいうように。

　もちろん、それはあり得ない。人生を左右する重大な出来事が数えきれないほど起こった。披露宴の席で旧交を温めている連中が語り合っているのは恐らくそちらのことだろう。彼らは私のことまでよく覚えていて驚かされる。だが、彼らが私から曖昧な微笑以上のものを引き出すことはできそうになかった。長年の無関心は記憶をすっかり枯らしてしまった。

むしろ私にはあの時代に拘《こだわ》る彼らの心理が不可解だった。誰にとっても楽しいばかりの生活ではなかったと思うのだが。よほど現状に不満があるのだろうか。あるいは拘っているのは私も同様なのだろうか。無関心は積極的に忘れようとした結果なのだろうか――問いかける自分の鏡像の後ろで不意に何かが動いた。

私は少しばかり驚いたが、とっさに振り向くことは控えた。動いたのは個室のドアだった。出てくる人に失礼は働きたくない。それに鏡に向かって呟いたのを聞かれたかもしれず、恥ずかしさが先に立った。

私は目を伏せて出口に向かった。その脇をぼんやりした黒い影がすり抜けて追い越していく。今度こそ心の底から仰天して私は凍り付いた。

直後、何かまずいことが起こっているという不安が湧き上がってきた。私は焦りに突き動かされるまま影を追った。何年かぶりの全力疾走で一旦は並んだが、宴会場にターンするところで足を滑らせて遅れてしまった。

その間に影は宴会場に飛び込んだ。かと思うと次の瞬間、シャンデリアの電光に溶けるように消えてしまった。

コーン。

部屋のなかに聞き覚えのある金属音が響き渡った。

私は呆然として室内に歩み入った。人っ子ひとりいなかった。沈黙の下、空っぽのテーブルと椅子の海がどこまでも広がっている。ふと古いピアノ曲のタイトルが浮かんだが、どんな曲だったかは思い出せなかった。

ずいぶん長い間、泳ぎまわって、ようやく缶を見つけた。こんな缶だったろうか。首を傾げつつ、缶を床に立て、数を数えはじめた。

リチャード・ミドルトン

怪奇ショートショート競作・海外作家編

クイーンの罠

倉阪鬼一郎

世界に比べると、日本のチェス人口はいたって少ない。世界のチェス人口には諸説があるが、六億人とも七億人とも言われている。オンラインの対戦ゲームサイトにアクセスすると、相手は瞬時に見つかる。多岐にわたる国籍の相手と、インターネット空間の盤ですぐさま向かい合うことができるのだ。

それにひきかえ、将棋が普及している日本のチェス人口は寥々《りょうりょう》たるものだ。クエストシリーズという一連のオンライン対戦ゲームがあり、ボードゲームが好きなわたしは毎日対戦しているのだが、チェスクエストの相手は九割以上がロボットだ。たまに人間に当たるとびっくりしたりする。

もう一つ、バックギャモンも世界と日本との競技人口の差が激しい。世界の競技人口は約三億人と言われているのに、日本は約二十万人にすぎない。西洋双六とも言うべき奥の深いゲームだが、まださほど浸透していないのは残念なことだ。

クエストシリーズには将棋・チェス・囲碁・オセロ・五目・ついたて将棋・バックギャモンの七種がある。それらの成績にはポイントが付与され、総合ランキングも表示される。囲碁はアマ四段、将棋は二段のわたしはオールラウンダー・タイプで、約二十二万人に上る参加者のなかで百五十位前後につけている。年代別のランキングがあれば、六十歳代でかなり上位ではないかと思う。

ランキングを上げるというモチベーションがあるから、初めはルールもわからなかったチェスとバックギャモンを覚えて腕を磨いた。当初は連戦連敗だったが少しずつ力がつき、レーティングも上がってきた。チェスを指すのが日課になるとは、将棋しか知らなかったころは思いもよらなかった。

さて、過去に一作だけ、チェス怪談を訳したことがある。そのときはチェスをまったく指すことができなかった。

英国の怪談作家H・R・ウェイクフィールドの「ボーナル博士の見損じ」という作品だ。心理描写に長けたウェイクフィールドならではの描写が冴える短篇で、チェスのルールがわからなくても読むのに支障はない。

手稿の語り手であるボーナル博士とモリスンは、長年の好敵手だった。さりながら、常にモリスンのほうが一枚上手《うわて》で、博士はいつも二番手に甘んじていた。

男同士の嫉妬心や対抗意識については、ウェイクフィールドはほかの作品でも周到に描いている。おそらく実体験に根差したものもあったのだろう、その緊迫のディテールには特筆すべきものがある。

この対抗意識が思わぬ悲劇を生むことになる。勝てば世界大会に駒を進めることができる英国予選の決勝戦でモリスンと対戦したボーナル博士は、指しかけになった一局に勝ち目がないことを悟ると、思い切った行動に出る。モリスンに睡眠薬をのませ、ひそかにガス栓をひねって殺害を試みたのだ。

ボーナル博士の計画は成就するが、物語の後半ではモリスンの亡霊に苦しめられることになる。モリスンを亡きものとし、名だたる強豪がそろう世界大会に出場した博士だが、対戦相手の背後に決まってモリスンが現れるのだ。

その後は一直線の復讐譚かと思いきや、終盤にチェスの勝負を彷彿させるひねりがあり、上々の仕上がりになっている。

会場に怪異が現れるシーンは迫真のディテールだが、チェスというゲームの本質とも響き合うものがあるように思われる。取った駒をいくらでも再使用できる将棋とは違って、チェスは勝負が進むにつれて少しずつ駒が減っていく。だんだん人が死に絶えていった荒涼たる大地で、生き残った者たちが食うか食われるかの死闘を繰り広げる。チェスの終盤戦では、時としてそんな光景が現出する。

将棋と違ってチェスは引き分けが多いから好まないという人もいる。さりながら、引き分けをめぐる終盤の息詰まる攻防もチェスの醍醐味の一つだ。

チェスにはステイルメイトという特殊なルールがある。自分の手番で相手からチェックされていない状態で、動かす駒が一つもないという局面になったらステイルメイトで、これは引き分け扱いになる。駒をたくさん取られてしまい、敗勢濃厚に陥っても、ステイルメイトの引き分けに持ち込むチャンスは残されている。攻めるほうはその陥穽に気をつけて細心の注意を払わねばならない。

チェスは深淵を覗くゲームだ。終盤には不意に黒々とした闇が口を開けることがある。その闇に呑まれないように、慎重に指し手を進めていかなければならない。

オンラインゲームでは、別種の闇が顔を覗かせることもある。ありていに言えば、対戦相手の心の闇だ。

明らかにソフトを使ってカンニングしながらゲームを行っている相手は気分が悪いものだ。

「相手の接続が途切れました。しばらくこのままでお待ちください」

一手ごとにそんなメッセージが出る。

接続切れで負けにならないうちにゲームに戻り、ソフトに教わった最善手を着手する。そうまでして勝ちたいのかと情けなくなるような相手だ。

あと一手で勝ちが決まるのに、持ち時間ぎりぎりまで着手せず、焦らすだけ焦らしてからとどめを刺すという性格の悪い者もいる。ここまで来るとサイコパスと紙一重だ。

心の闇の範疇かもしれないが、チェスのオンライン対戦中に深淵を垣間見たことがある。

ここで初めて、その話をすることにしよう。

＊

いつものように、オンラインゲームのチェスの相手は即座に決まった。

眼光鋭い顔写真をアイコンにした男で、ハンドルネームはアラビア語で表記されていた。レーティングは同じくらいだ。

　オーソドックスな定跡のルイ・ロペスから、じっくりした駒組みになった。序盤からクイーンを展開させ、乱戦を仕掛けてくる相手もいるが、髭面の怖い顔の男はそうではなかった。

　そのうち、こんな表示が出た。

「相手が待ったをしていいかと聞いています」

　サイト自体は外国のものだが、使用言語を日本語にしておけば翻訳されたメッセージが表示される。

　相手の「待った」を受け入れるか拒否するかは自由だ。
　○か×か。どちらかをクリックすればいい。
　相手の指し手は、どこが失敗だったのかすぐにはわからないほどだった。私はさほど迷わずに○をクリックした。

　自分が大きなミスをした場合でも、待ったを頼むことはない。ミスも実力のうちだからだ。ただし、クリックミスなどで相手から待ったの依頼があったときは、たいていは応じることにしていた。

　その後は淡々と勝負が続いた。何度か駒の交換になったが、互角の戦いだ。

　やがて、二度目の表示が出た。

「相手が待ったをしていいかと聞いています」

　今度は敵のミスがわかった。

　むざむざとポーンを一つ取られてしまう指し手だった。

　気分はあまりよくなかったが、この申し出も受け入れることにした。

　すると、チャット欄がやにわに開いた。

　アラビア語だから意味はわからないが、二度にわたる「待った」をわびていることは察しがついた。

　以前にもチャット欄で相手とやり取りをしたことがある。そのときは簡単な英語を用いた。

　チェスのチャット欄で用いられる言語の大半は英語だろう。眼光鋭い顔写真のこの相手のように、アラビア語に固執するのは明らかに少数派だった。

　わたしは押し気味にゲームを進めた。そのうち、相手に致命的な落手が出た。最強の駒であるクイーンをただで取られてしまう凡ミスだ。

　これは勝った。

　わたしは喜んでナイトを跳ねた。

　すると……。

三たび同じ表示が出た。

「相手が待ったをしていいかと聞いています」

さすがにこれは受け入れがたかった。仏の顔も三度までだ。

敢然と拒否すると、チャット欄がまた開いた。

次から次へとアラビア語が現れる。

乱れ打ちだ。

意味はわからなくても、相手の意思は伝わってきた。

なぜ待ったを受け入れてくれないのか。クイーンをただで取られた状態でゲームを続行せよと言うのか。

そう激怒しているのだ。

こちらにも言い分はあった。待ったは三度目だ。本来なら、一発アウトでもおかしくはない。応じる義理はまったくない。

罵倒の嵐と思われるアラビア語の奔流はなおも続いた。

そればかりではない。

空耳かもしれないが、蛇が発するシューシューという耳障りな音も響いてきた。

相手の残り時間が少なくなった。

結局、一手も指さずに時間切れ負けになった。

髭面の写真の眼光がさらに鋭くなったような気がした。

＊

オンラインゲームの相手の情報は断片的にしかわからない。どういう素性の人間なのか、その全貌は知る由もない。

わたしが三度目の待ったを拒絶した相手は、ことによると、ただ者ではなかったのかもしれない。特殊な能力を有していたのかもしれない。

なぜなら、ポーナル博士が味わったような体験を、その後わたしも味わうようになってしまったからだ。

その後もチェスのオンラインゲームは毎日行っていた。

最初に変だなと思ったのは、あるゲームの局面だった。妙な既視感があった。

序盤なら何度も同じ局面が出現するが、もう中盤から終盤に差しかかるころだった。

それまでディフェンス重視の手堅い指し回しをしていた相手が、思いがけない手を指したのだ。クイーンをただで取られてしまう悪手だ。

サクリファイスという高度な捨て駒作戦もある。何か罠が潜んでいるのかと時間をかけて読みを入れたが、どうもそうではなさそうだった。

わたしがクイーンを取ると、相手は即座に投了した。写真こそないが、髭面の男と同じアラビア語の名前だった。

数日後も、同じ局面が現れた。

相手がクイーンをただで捨てる手を指した。既視感が濃厚になった。駒の配置はまったく同じだった。

不意に背中を冷たいものが伝った。

このクイーンを取れば、相手は即座に投了する。

ゲームに勝つことができる。

だが……。

不可視の連鎖のごときものを断ち切ることはできない。

今後も同じことが際限なく繰り返されてしまう。

わたしはクイーンを取らないことにした。

どこかでかすかに音が聞こえたような気がした。

蛇が発する、シューシューという音だ。

相手はなおもクイーンを捨てようとした。ことに、ナイトで簡単に取られてしまうマスへ動かした。

わたしは意地になって拒んだ。クイーンを絶対に取るまいとした。

ゲームは膠着状態になった。持ち時間が少なくなる。

ふと気づくと、相手の名前が変わっていた。

あのアラビア人だ。

写真も変わっていた。いつのまにか、眼光鋭い髭面の男になっていた。

相手が着手した。クイーンを押し売りする手だ。

取れ、と迫る。

残り時間が十秒を切った。迷っている余裕はない。

わたしはとうとうクイーンを取った。

すぐ表示が出た。

「相手が待ったをしていいかと聞いています」

時間切れが迫った。

わたしは「いいえ」をクリックした。

その瞬間、背後に何かが立った。

そして……。

わたしの右肩に、いやにやわらかな手のようなものが置かれた。

怪奇ショートショート競作・海外作家編

姉妹

安土萌

「これ欲しい？　あげようか」

小さな掌《てのひら》が差し出された。なかに握られていたのは薄ばら色がかった石だった。ゴツゴツした結晶のような細かい面がキラキラ光り、半透明だった。

「せきえいっていうのよ」

わたしはすごく欲しかったが、同時にためらいもあった。

その女の子たちは薄汚かったし、行儀も悪く、他の子どもたちとは異質だった。髪はボサボサで、からだは小さくやせていて、アイロンなんて一度もかけたことがないような皺《しわ》くちゃのブラウスを着ていて、年下の子は近眼なのに眼鏡をもっていなくて、いつも目を細めてしかめっ面をしていた。

でも結局わたしはその石を受け取った。

「たくさんあるところを教えてあげるわ」

年下の子は目を細めるのをやめると、真黒い瞳でわたしの顔を見上げて言った。

その頃わたしは十歳かそこらだったと思うが、昔どこかの小学校の校長先生だったというおじいさんが開いている塾のようなところへ通っていた。そのおじいさん、つまり岡崎先生は、自分のこじんまりした古い洋館を放課後の子どもたちに開放して、勉強や絵を教えていたのだ。

そこに、少し前から、その姉妹が入ってきたのだが、わたしは内心、どうして岡崎先生はあんな子たちを入れたのかしら、と不満に思っていた。とはいえ、岡崎先生だって、その子たちを好ましく思っていた訳ではなく、ただ、かつて校長先生だったほどの先生として、理由もなく子どもたちを別け隔てしてはいけないという、倫理観に従っただけなのだろうと思う。姉妹はふたりとも勉強は全然できないくせに、怠け者で、生意気で、すぐ疲れたと言っては、先生の立派な彫刻のあるビロードの肘掛け椅子にずうずうしく引っくり返ったりするものだから、わたしは呆れて、本当に嫌な子たちが入ってきたものだわ、と思っていた。

先生の奥さんは、白髪頭をきれいに引っ詰め髪にした上品な老婦人で、蘭子先生と呼ばれていた。蘭子先生は希望者にピアノの手ほどきなどをしていたが、もともとえこひいきの激しい人で、勉強のできる子やお行儀の良い子、きちんとした身なりのお気に入りの子には、ときどきご褒美といって小さなケーキと紅茶のお茶会に呼んでくれて、わたしもそのひとりだった。

当然、姉妹なんかははなから蚊帳《かや》の外で、それどころか、蘭子先生にいつも厳しく叱りとばされていた。

「なんてだらしないの、きちんとしなさい！」

「なに、その口のきき方は！　ちゃんと謝りなさい」

「まったく、なんて頭が悪いのかしら」

「汚い手をレースからどけてちょうだい！」

滅多なことでは声を荒げることのない、上品な蘭子先生が、顔を真赤にし、震えで裏返った声を張り上げるのを見て、わたしは怖くなり、本当にこの子たちはここに来るべきじゃなかったわと心底思った。

でも、わたしはせきえいいを受け取ってしまったのだ。そのことで姉妹との間にある関係を生じさせてしまったことは確かで、わたしは岡崎先生にも蘭子先生にもそれを知られたくなかった。

「今度、うちに遊びにおいでよ」

姉の方がなれなれしく、わたしの腕に腕をからめて言った。それはじっとりと湿っていて生ぬるく、気も ち悪かった。

当時は郊外のベッドタウンとか呼ばれて、旧《ふる》い町を中心に新しい住宅がどんどん殖《ふ》えていたが、それでもこのあたりには、いまだに野原や畑が広がり、手つかずの山林が点在していた。近所の男の子たちにとってはすべてが遊び場で、よく探検ごっこと称して、わたしも一緒になってあちこちほっつき歩いていたものだが、姉妹の家があるというあたりには、あまり足を踏み入れたことがなかった。

そこは谷戸《やと》のような地形のどんづまりで、草深い斜面に両側を挟まれた底のようなところで、ねじ曲がった低い滝木《かんぼく》の間から、真黒な水たまりのようなものが覗いている、なんだか気味の悪い場所だったから、ほんのたまに肝試しのようなことはやっても、なんとなくいつも避けていたような気がする。

姉妹は草に隠れて音もなく流れる小川にそってゆるゆると登って行き、どんづまりの近くまで来ると、くるりと振り返り、意味ありげに笑った。わたしはあっと声をあげた。そこにはなみなみと水をたたえた真黒い池があった。その大きさは以前の水たまりからは想像できない程《ほど》で、周囲の滝木は皆のみこまれて、上の方の枝葉を水面から苦しげに突き出していた。

ものすごい大雨が降った訳でもなく、地面から湧いてきたのかしら、とわたしが理屈っぽく考えていると、なんだか人真似をする鳥のような声がするので、そちらに目をやると、斜面のすそにへばりつくように建っている掘立小屋の前に、背の高い女の人が立っているのが見えた。その女の人は足元に、姉妹の弟らしい、やはりやせこけた浅黒い顔の男の子をまとわりつかせていたが、わたしの方を見るとゆっくりと微笑《ほほえ》んだ。姉妹とは似ても似つかぬその女の人は、子どもの目から見てもすごいような美人で、わたしはどぎまぎとお辞儀をしたが、その美しさにはなにか険《けん》のようなものがあって、少しも親しみを感じられなかった。

小屋がいつからそこにあったのか、思い出せなかったが、まず心に浮かんだのは、こんなところに人が住めるのかしら、という疑問だった。それはそのあたりの山林の持ち主が、何かの作業小屋か物置として使っているような掘立小屋だったが、でも確かに、細い煙突から青白い煙が立ち登り、小屋の周囲は体裁が整えられていて、薪《まき》が束ねられてあったり、洗濯物なども干してあった。

女の人はひと言も口をきくこともなく、いったん小屋のなかに引き返すと、姉妹と弟とわたしのために、泡立つ薄ばら色のジュースのコップを運んできて、小屋の前の粗末なテーブルの上に並べた。わたしはジュースよりも、そのコップが手垢に汚れていることに戸惑っていたが、ひと口、含んでみると、それはそれまでに味わったことのない素晴らしいおいしさなのだった。でもわたしは偶然手を滑らせたふりをして汚いコップを落とし、全部を飲むことはなかった。近眼の妹が細めた目を大きく開けて、わたしを見上げた。

　それから、わたしは姉妹と度々《たびたび》、遊ぶようになり、谷の斜面の日陰に咲く花を摘んだり、夏が近く、猛々しく嵩《かさ》を増した緑濃い森のなかをさまよい、山猿のように塚の頂上によじ登ったり、木に登ったりした。あるとき、わたしは黒い池の上に張り出した太い枝に股《また》がって先の方へにじり進み、水面を覗いた。そこには空も木々の枝の影も映っておらず、ただ黒々と吸いこまれそうで、なにか小さな生き物の群れがいるのか、ぷつぷつと泡が浮かび上がり、ときに突然、うろこのような漣《さざなみ》が立って、無数の細かい目玉のようなものが見える気がした。

　わたしは姉妹が言っていたせきえいが沢山あるという場所を知りたかった。それで折にふれ、そのことを話題に持ち出したのだが、その毎に、姉妹はふたりとも笑ってごまかしたり、はぐらかしたりするので、わたしはだんだん腹が立って、この子たちはウソつきなんだわ、と思うようになった。そして次第に、やっぱりこの子たちはイカガワシイのかもしれないわ、と覚えたての言葉で考えはじめた。

　その頃、わたしの母はすでに、わたしがときどき姉妹と遊んでいることを知っていて、祖母と一緒になって、アサマシイとか、イカガワシイとか、わたしの知らない言葉を並べて嫌悪を示し、つきあいをやめさせようとしていたのだ。でも、そもそも男の子たちでさえ滅多に入り込まない谷戸の奥深くで遊んでいるのが、どうしてわかったのだろうと不思議に思ったが、その頃、岡崎先生の塾がちょっと大変なことになっていて、親同士がいろいろ疑心暗鬼になって噂話を広めあっているなかで、わたしと姉妹のことも、あるかなきかの可能性として誰かの口から発せられたのかもしれない。いや、もしかしたら姉妹の方が、わたしを友達にしたことを自慢気に吹聴していたのかもしれなかった。

　私は塾をやめさせられ、ずっと前からの友達で、同級生のマリちゃんや、旧い町の大きな材木店のひとり娘のエリカちゃんや、コテージ風の家に住んでいるインテリ一家のケイちゃんなどと、また遊ぶようになった。姉妹とはもう絶対会わないことを約束し、ときどき真黒い大きな池のことや、掘立小屋のことを思い出しながらも、女の子らしい遊びに興じたり、一緒に宿題をしたりした。わたしは、やっぱりマリちゃんたちはマトモだわ、勉強もできるし、お行儀も良いし、お洋服だってきちんとしているわ、と姉妹の皺くちゃのブラウスを思い出しながら、考えたりした。

その日はとても暑い日で、わたしはエリカちゃんの家で一緒に夏休みの宿題をしていた。

母が、エリカちゃんの家は新築ラッシュでハブリがいいと言っていたが、ハブリってなんだかブンブン飛ぶ虫みたいだわとぼんやり考えながら、算数のドリルを抱え込むようにして、一生懸命問題を解いているエリカちゃんの方を見た。確かにエリカちゃんの部屋は、他の友達のどの子ども部屋よりも大きくて素敵で白い枠のベッドがあったり、可愛い鳩時計や、お姫さまみたいなドレッサーまであった。おまけにクーラーもついていたから、宿題をやるのには最適だったが、わたしはなんだか全然やる気がなくて、クーラーで冷えた板張りの床の上に寝そべっていた。すると、自然に姉妹のことが思い出されて、こんなうだるような日にどうしているのだろうとか、わたしの他に友達はできたのかしらとか、塾には来てたけど、学校はどこに行っていたのだろうとか、今まで気づかなかったことが心に浮かんだ。すると又、母や祖母の、人が変わったような口汚い罵《ののし》りの言葉や、例年にない暑さのせいなのか、お肉屋さんのご主人があろうことか、腐った肉を食べて入院したとか、燃料屋のおかみさんが愛娘の靴を全部ガソリンをかけて燃やしてしまったとか、とうとう岡崎先生が子どもを物差しで叩いてケガをさせ、蘭子先生がヒステリーの発作を起こして、塾に誰も来なくなったとか、母が勝手口でえんえんと、隣の奥さんと交わす悪い噂話が、頭のなかをぐるぐる回りはじめた。そのなかで、白畑さんとかいう山林の持ち主の人が槍玉にあがっていて、隣の奥さんがきんきん声で、

「いくら使ってない小屋だからって、あんなヒトデナシの奴らに貸すなんて！」

と憤慨しているのを聞いて、あんなボロ小屋を貸したことだけでそんなに悪く言うなんて、わたしはなんだか空恐ろしいような、嫌な気もちになった。

クーラーがブーンと低い音をたて、冷え切った床の上でわたしは、しだいにあたりの空気が変わってゆくような、ゾワゾワと鳥肌が立つような気配を感じて、いたたまれなくなった。明るい大きな窓のあるエリカちゃんの部屋が、なんだか奇妙なほど空虚な、ゾッとするほどさびしいものに思われて、わたしは思わず、

「エリカちゃん、エリカちゃん」

と呼びかけたが、エリカちゃんはまだ宿題に夢中なのか、ドリルの上に突っ伏したまま、返事もしないのだ。恐る恐る近づいてみると、エリカちゃんは子どものくせに鼾《いびき》をかいて寝ていた。そのとき、鳩時計がボーンと鳴って、正午を知らせた。小さな扉が開いて鳩が出て来ると、人真似鳥のような声を上げたので、わたしは思わずキャッと叫ぶと、エリカちゃんの部屋から逃げ出したのだった。

外は焼けるような暑さで、日差しがかっときつかった。早く家に帰り着きたいと、気ばかりあせり、汗だくになって走りながら、わたしは祖母が玄関にいたらどうしようという不安にかられた。祖母は少し前から惚《ぼ》けが進んで、わたしを見ても「あんた、どなた様です？」と言って家に入れてくれないことがあったのだ。幸い玄関は開いていて、というか開けっぱなしになっていて、わたしは妙な気がしたが、転がるように駆け込んだ。

家のなかはムッとして、熱気がこもっていた。異様な静かさだった。お昼どきだというのに、リビングにも台所にも誰もいなくて、ただ八畳の和室の方から大きな鼾のような声が聞こえてきた。

襖《ふすま》を開けると母と祖母と、数日前から体調が悪くて仕事を休んでいる父が、座布団をつなげたりして横になり、昼寝をしていた。まだクーラーがなかった家のなかではその八畳間が一番風通しがよく、三方に開いた網戸からは微風が抜け、扇風機が眠そうに首を揺らしていた。そのなかで、祖母と母と父とが、寝苦しいのか、身をよじったり、くねらせたり、丸まったりした格好で、なにか別の生きものの唸り声のような、ものすごい鼾をかいているのだ。わたしは呆気にとられて、誰かを起こそうという気にもなれず、襖の横に突っ立っていたが、次の瞬間、信じられないものを見て、あっと息を呑んだ。

祖母の半ば開いた口から、なにか黒い生きもののよ

うなものが、少しずつ、這い出してくるのだ。それは最初はぶ厚い舌のように見えたが、やがて小さな水掻きのある手足を使って、ぶよぶよと蠢《うごめ》きながら口からあふれ出てきた。それは真黒いカエルだった。カエルは祖母の顎から汗ばんだ喉を伝って畳の上に降り、ベタベタビョンビョンとその辺を跳び回った。気がつくと、父の口からも母の口からも、苦しい鼾の呼吸に合わせるように這い出し、それも一匹だけではなく、あとからあとから何匹も、顎が外れたように開いた三つの口の穴から湧き出てくるのだ。カエルたちは八畳間いっぱいに跳び回り、わたしは思わず爪先歩きで部屋を横切ると、南側の広い濡縁につづく網戸をすべて開け放った。

するとカエルたちは網戸の敷居を越え、濡縁《ぬれえん》をベタベタビョンビョンと跳びはねて芝生の庭に降り、生垣の隙間から表へ出ていった。

わたしははだしのまま庭に飛び降り、あわてて門から外へ出てカエルたちの行方を追った。カエルたちは道路へ出て右往左往し、やがて同じ方角へ向かいはじめたが、見ると、隣の奥さんの家からも、反対側の隣家からも、その向こうの家々からも出てきて、熱いアスファルトの上を跳びはねて、皆どこかを目指しているらしい。その数はみるみる殖えて、わたしはきっとエリカちゃんの立派な家からも、コテージ風のケイちゃんの家からも、岡崎先生の洋館からも、そして町じゅうの家という家からも、ベタベタビョンビョンとカエルたちは出てきて、川のように合流し、その行く先はあの真黒い池に違いないのだ、となぜか強く思った。わたしはカエルたちが、たまに通る車に轢かれるのではないか、野良犬や猫に襲われないか、どこか行き止まりのところへ入り込んでしまうのではないか、気が気でなかった。なぜか、この子たちを池まで守っていかなければならない気がして、炎天下、帽子もかぶらず、水も飲まずに歩きつづけると、次第に、あたりの景色が白っぽく薄い輪郭だけになっていった。

当時は日射病と呼ばれていたものでわたしは道端に倒れていたらしいのだが、そのときの記憶はほとんど残っていない。

覚えているのは、回復して人心地がつくと、周囲の空気がまったく変わっていて、あのなんともいえない不穏な、嫌悪に満ちたような雰囲気は消えていて、母は人の悪口なんて言ったことのない元来の母に戻り、祖母は優しいしっかり者のおばあちゃんに還り、父は元気を取り戻していた。岡崎先生の塾も何事もなかったかのように再開し、子どもたちが通いはじめていた。

　ほどなく、わたしも塾に通い出したが、姉妹の姿は見えず、誰かれとなくつかまえて訊いてはみたが、皆言うことが要領を得なくて、どうやらまた、どこかへ引っ越してしまったらしいということだけが分かった。

　なんだかすべてが夢だったみたいで、炎天下の夏の日に見たあの情景も、子ども心にも現実にはありえないことと思えるし、でもあの後エリカちゃんが、わたしが突然部屋を飛び出して、忘れて行ったノートや宿題帳などを届けてくれたというから、そこらへんは実際の出来事なのだと思えたし……。

　ある日、思い立ってわたしはもう一度、谷戸のどんづまりの方へ行ってみた。すると、そこにはもう、あのなみなみと水をたたえた真黒い池はなくて、以前のように、ねじ曲がった低い潅木の間に黒い水たまりのようなものが覗いているだけだった。

　小屋は、たったひと夏過ぎただけだというのに、見る影もなく荒れ果てて、崩れかけている。わたしはなにもかも信じられないような、心もとない気もちになって、黒い水たまりのある底の方へそろそろ降りてゆくと、周囲の潅木の茂みは上の方の枝葉を残して、つい最近まで水に浸かっていたかのように、真黒になっていた。

　それから何年も経って、受験やらアイドルやらおしゃれやらの忙しい毎日の最中、わたしはフトせきえいのことを思い出した。

　あるときテレビの教育番組かなにかで、鉱物の特集をやっていて、画面に「石英」が映っていたからで、それは透明な美しい結晶の生えた立派な「石英」だったが、その根元の細かいキラキラした面や、薄茶色から薄ばら色がかった半透明の感じは確かに、わたしのせきえいと似ていた。

　そういえば、あのせきえいはどこへ行ったのだろう。あの姉妹がなにかの取り引きのようにわたしに差し出したあのせきえいは？

　わたしは机の引き出しや、本棚の本の後ろや洋服箪笥の奥を捜したがみつからず、およそ小学生が秘密の宝物を隠しそうなところはどこだろうと考えて、八畳の和室へ行った。そこの半分茶箪笥に塞がれた出窓の下の引き戸を開けると、そこには小学校の教科書やノートや作文や、幼稚園のときのお絵かき帳やら、もっと昔の、人形の衣装箱やままごとの道具などが詰めこまれていて、その乱れた地層のような間に、わたしのせ
きえいはあった。

　わたしは小躍りして手を伸ばした。が、その傍に、よじれて皺のよった黒いラシャ紙の切れ端のようなものが見え、目を凝らすと、それはカラカラに干からびたカエルのミイラなのだった。

「池の子たち」アーサー・マッケン

怪奇ショートショート競作・海外作家編

浪花《なにわ》のラヴクラフト

柴田 勝家

思うに、浪花《なにわ》という語には多義的な意味が込められていて、まず関西を代表するものという自負があり、次いで人情深さや面白みを強調して語りたい時に使う語だ。

特に「浪花のモーツァルト」や「浪花のロッキー」などと、偉人や有名人に浪花の語をつけるだけで一段と親しみ易いものになる。これが「日本のモーツァルト」や「日本のロッキー」と言うと、たとえ立派な経歴と相応しい実力を伴っていようと、途端に批判する者が現れる。

もしくは、日本などというくくりは「浪花」の下位概念に過ぎず、古代の難波宮から近代大大阪まで続く文化の中心地、その誇りを象徴する異名なのかもしれない。

いずれにせよ、これから紹介する一人の怪奇作家――この肩書を与えるのが正しいかは不明だが――を「日本のラヴクラフト」ではなく「浪花のラヴクラフト」と表現するのも、多くの意味が込められていると思ってもらいたい。

黒田致峰《くろだちぼう》。彼の経歴は奇妙かつ冗談じみていて、しかし大阪という土地に根付いた情念に彩られているゆえに。

※

アメリカの怪奇作家であるハワード・フィリップス・ラヴクラフトは一八九〇年にロードアイランド州プロヴィデンスに生まれた。両親に祝福されての誕生だったが、その数年後には父親が入院生活を送るようになり、母方の祖父ホイップルのもとで幼少期を過ごす。

一方、ラヴクラフトに先駆けること五年、黒田致峰こと黒田直吉《ただきち》は明治十八年（一八八五年）に大阪で生まれたとされる。ただし、出生直後に淀川で洪水が起きたせいで住む家と父母を尽く失ってしまった。彼は生き残った兄である利太郎《りたろう》に連れられて、共に三重県にいる祖父のもとで暮らすようになった。

幼少時代のラヴクラフトが祖父ホイップルから古典文学、そして怪奇物語を教えられたのと同様に、黒田も祖父の蔵書から初期の文学的素養を得た。彼の祖父は軍記物語や黄表紙を多く所有しており、黒田も『太平記』や『曽我物語』に歴史を学び、また『怪談四更《かいだんしこう》鐘《のかね》』や『化物一代記』などの怪談物を繰り返し読んでいたという。

運命じみたものがあるのか、似た経歴を持つ両者だが決定的に違う点もある。

ラヴクラフトは海産物を嫌い、著作の中で漁村の陰鬱な雰囲気を描き、また魚の鱗や軟体類の触手を恐怖の対象として描いた。しかし、黒田の方は明治三十一年（一八九八年）に故郷大阪の魚問屋へ奉公に出て、雑喉場《ざこば》魚市場で潮の香りと鮮魚に囲まれた生活を送ることになる。黒田本人も魚や海には思い入れがあるらしく、後年の日記には次のように記されている。

「もとをたどれば、黒田家は浪花今宮のエベッサンに奉仕する神人《じにん》の家系と祖父より聞く。魚の売買いは今宮神人の務めにて、魚屋にデッチ奉公したるも因縁尽くであろう」

真偽の程《ほど》はともかく、黒田は自身の先祖が今宮戎《えびす》神社に仕えていたと信じ、その祭神の恵比寿が航海の神であることからも、魚問屋で働くことを運命めいたものと考えていたようだ。

以降、黒田は青年時代を魚問屋で働いて過ごした。いずれ商人として独り立ちすることも考えていたようだが、彼が十九歳の時に文学の道に入るきっかけが訪れる。

一九〇四年、アメリカでは十四歳になったラヴクラフトが中等学校に入学し、初めての短編小説「洞窟の獣」を書いていた。他方、同じ年に黒田は健《けん》という名の女性と出会い、その運命を大きく変えた。

※

健の素性について残された資料は少ない。彼女の人生を知れるものは、黒田が日記と作品に書き残したものが全てだ。

健は私娼だったらしく、黒田とは宗右衛門町《そうえもんちょう》で出会った。普段ならば、黒田は魚河岸の旦那衆と南地《なんち》の花街に繰り出すところだったが、その日は一人で町をぶらついていた。そこで声をかけてきた健に対し、黒田はなんの気なしに一夜を共にすることにした。すると健の方が黒田の素養に気づいたらしい。その時のことについて黒田は「おケンは尾崎紅葉などを好む存外に賢い女で、此方を文学者のようだなどと、やけに褒めそやす」と記している。

何をもって黒田を文学者として褒めたのか、ここには記されていないが、彼が一九一一年に発表した「斑観音《まだらかんのん》」から一端を垣間見ることができる。

「むら草を分け入れば、汚泥の臭いが立ち込め、アッと言うまに深井戸に足を滑らせた。くろぐろとした穴に落ちれば空を見ることも能《あた》わず、ただ口に潮臭い饐《す》え水が溢れるばかりで、裏庭にあるのは涸れ井戸だけと言っていた小僧を恨んだ」

これは恐怖表現ではなく、作中で年増の尼僧と性交に及んだ際の表現である。どうやら黒田は幼少期に培《つちか》った文学的素養を、こうした場面で発露したらしかった。もしかすると、健と行為に及んだ時にも口に出して表現したのかもしれない。

いずれにせよ、健にとって黒田は興味深い粋人《すいじん》に映ったらしく、彼を「古今稀な奇天烈文士」などと評したという。さらに健は持ち前の人脈を活かし、黒田を知り合いに紹介することにした。その知り合いというのが、当時、大阪心斎橋で印刷出版業を営んでいた青《あお》木嵩山堂《きすうざんどう》の社員だった。

その後の経緯は詳細ではないが、恐らく健の口添えもあったのだろう、一九〇六年に黒田は初の小説『宵崩れ』を出版した。内容は全くの創作で、曽江《そえ》国なる土地で目覚めた美僧が、石灯籠だけで作られた奇怪な街を放浪し、最後は花の精に魂を吸われて絶命する話だ。確かに、文字と内容だけ追えば怪奇小説に類するが、これは花街である宗右衛門町に繰り出す僧侶を風刺した物語として読める。

黒田の書く小説は、多くが皮肉と暗喩の積み重ねで作られている。ほとんどの作品は黒田自身が語り手となっており、彼が見聞きした奇妙な出来事を述べるような形式を取っている。いわば私的な日記を空想で彩り、他者からの伝聞として語り直しているのだ。この例としては、一九一〇年に発表された短編「海に帰る女」や、一九一五年の『石仏問答』といった作品が挙げられる。いずれも黒田自身が経験したことを複雑なイメージを用いて書き出したものだ。

ここでラヴクラフトの作品と黒田の小説を並べれば、怪奇小説の手法として近しいものも感じられる。つまり、既に奇怪極まる事件が起きており、視点人物は様々な形――日記や書簡、他人からの伝聞などだ――で事件のあらましを知っていく。

そして、いつしか視点人物も事件に絡め取られているのだ。

※

小説を書くようになった黒田だが、その作品が世間に広く知れ渡る機会はなかった。

明治期の文学者らしく、新聞記者として働くのでもなく、作家同士で同人誌を作ることもなかった黒田は、飽くまでも青木嵩山堂と懇意にする粋人程度の評価だった。

しかし、世間の評判とは別に、一九〇八年に黒田は働いていた魚問屋を辞め、文学者として身を立てることを決意する。

それというのも、それまで黒田を支えていた健が、この年に不慮の死を遂げたからだ。

「所帯を持つことも考えた女だったが」

その書き出しで始まるのが、先に挙げた一九一〇年に発表された短編小説「海に帰る女」だ。

この作品は、黒田の健への思いをそのまま描いたものだ。視点人物に名前はないが、男性である彼は海辺の町で出会った「お絹」という女性と仲睦まじく過ごす。しかし、天人女房の如く、ある時を境にお絹は

「海に帰りたい」とこぼすようになる。視点人物は海とは隠語であると思い込み、お絹の不貞を疑った末、深夜に海へと出かける彼女の後を追う。そんな視点人物の行動を知り、ついにお絹は自身の正体を告げる。

「もとは我、葦船にて流されし蛭子女《ひるこめ》。水底より汝を見て、傍《かたわ》らにありたく思い、海神にいずれ海へ帰ると約せしても、一時ばかり陸《おか》に上がる。これぞ真の岡《おか》惚《ぼ》れなり」

日本神話における蛭子は、イザナギとイザナミの間に生まれた最初の子であるが、育てられずに海へと捨てられたとされる。また蛭子は後にエビスとして祀《まつ》られたとも言われ、今宮戎神社と関わりのある黒田が主題に据えたのも頷ける。それ以外にも、一九〇四年に「人魚物語」として翻訳されたアンデルセンの「人魚姫」の影響もあるかもしれない。

しかし、この作品で最も重要な部分は、お絹が海へ帰ろうと身投げをした後の話である。

視点人物がお絹とロマンティックな別れを経験した後、浜辺に女性の水死体が上がった。その姿は蛭子のようで、白く無様に膨れ、突っ張った手足で今なお海に帰ろうとしている、という描写が続く。さらに「海に帰りたいなどと言って、自分を蛭子女と勝手に思い込んだだけの人間に過ぎなかった」と述べ、それまでの話を覆すような陰鬱な結末となる。

これらは全て、お絹のモデルである健が水死したという事実を黒田が小説として描いたものだ。

一九〇八年、健の死体が黒田の働く魚市場の近くに上がった。真に迫る水死体の描写も、健の死体を間近で観察した結果であろう。この私娼の死は大きな事件になることもなく、酔ったまま海辺を歩いて誤って落ちたものとされた。風聞としては、黒田と同時期に関係していた数人の男性客とのいざこざで殺されたとも、恋情の果てに自殺したとも伝えられた。

だが、健の死が黒田に与えた影響は大きかった。

この後、一九一五年に発表された『石仏問答』でも、健の水死を象徴するような場面が登場する。

「昨今、補陀落《ふだらく》補陀落などと唱えて入水《じゅすい》する者たちが多くいる。思えば、何年も前に死んだ女も似たようなことを言って海へ飛び込んだ。その女とは所帯を持つつもりだった」

黒田の『石仏問答』は、奇妙な願掛けをした石仏を巡る怪奇譚だ。布袋《ほてい》かエビスのように微笑む石仏は、それを見る者に様々な才覚を発揮させるという。だが、その才覚を独り占めしようとした者は最終的に石仏を抱いて海へと飛び込む。しばらくすると、再び石仏が浜へと流れ着いている。その微笑みは、先に飛び込んだ者の顔と良く似ている、という筋書きだ。

この物語において、健が水死した一九〇八年のことをこう表現している。

「その年は、なにやら世上も騒がしく、インスピレーション、心的直感に触れたせいで、ひょいと死んでしまおうと考える輩《やから》が増えた」

実際に一九〇八年に自殺者数が増えている訳ではないが、確かに日本では日露戦争の影響で金融恐慌が起きており、自殺を身近に感じる空気はあった。ただし、ここでは別の読み方も提示したい。

黒田の語るインスピレーションとは、ラヴクラフトが作中で書くような恐怖に近い。例えばラヴクラフトの代表作「クトゥルフの呼び声」では、恐怖の根源であるクトゥルフが海の底からテレパシーを送り、芸術家のような感受性の強い者に夢を見せるという。

この一九〇八年は、高校生だったラヴクラフト自身にも暗い影を落とした年で、原因不明の神経衰弱に陥り、酷い鬱状態から他人に会うことを拒絶していたという。

ラヴクラフトが経験した一九〇八年のインスピレーションは、後に様々な怪奇小説の基礎となった。そして遠く離れた日本では、健という私娼の死をきっかけに黒田致峰が文学者を自認するようになったのだ。

ここで、一九〇八年にインスピレーションを受けた三人目を紹介しなければならない。彼女の人生もまた、別の形で黒田に関わってくるからだ。

※

一九〇八年、アメリカはミズーリ州の美術教師、フローレンス・プレッツが「夢の中で見た神」を彫刻品として生み出した。

実際には、プレッツが勤務先の学校で見た仏像のコレクションから影響を受けたのだろう、その神は東洋の仏像に良く似ていた。プレッツは「前世が日本人だった」と語ったこともあり、彼女自身、日本の仏像を意識していたはずだ。

ミステリアスな微笑みを浮かべる神の姿は、次々と玩具や人形として大量生産され、瞬く間に人々を魅了した。やがて十年もせず、その神は世界中でブームを巻き起こした。

ここから先は、いささか恣意的な仄《ほの》めかしで文章を進める。

その神の像は幸運のシンボルとなり、お守りとして持ち歩く人々が多くいた。セントルイス大学のスポーツコーチもその一人で、同学のフットボールチームのマスコットになっている。あるいは、その神はアラスカのエスキモーの間でトーテムとして受け入れられ、今では神の姿を彫ったものが伝統工芸品として扱われている。

一方、ラヴクラフトの「クトゥルフの呼び声」でもグロテスクな神の石像が登場する。それはタコに似た頭部を持ち、顔から触手が伸び、細長い翼に肥満気味の体をしている。まさしくクトゥルフの邪神像なのだが、これは作中でまず、一九〇八年にセントルイスで行われた考古学の学会に持ち込まれた。また、この邪神はグリーンランドの亜流エスキモーの間でも信仰されていたとされる。

あえて重なる部分を取り出してみたが、もちろんプレッツが世に出した神は邪神などではない。むしろ、その神は早くに日本に紹介され、百年経った今でも人々から愛されている。

つまり、ビリケン像である。

一九〇九年頃、日本にもビリケンブームが訪れ、大阪の田村商店が商標を登録した。その三年後、大阪の新世界にルナパーク——当時最新のアメリカ式遊園地だ——が開園すると、園内にビリケン堂が設けられた。安置されたビリケン像は来園者を笑顔で出迎え、また「足の裏を撫でると幸運になる」と言われたことから、その足裏を輝かせ続けた。

新世界ルナパークのシンボルといえば、エッフェル塔と凱旋門を合体させたような初代通天閣である。しかし、当時からビリケン像も観光名所の一つだった。今の大阪名物の二つともが、全く同じ時期に生まれたのだ。

そして、新世界ルナパークに飾られたビリケン像に並々ならぬ執着を見せたのが黒田致峰であった。

「まるで、あの女が帰ってきたようだ」

ルナパークでビリケン像を見た際の感動を、黒田はこうした言葉で日記に書き残している。

ここで言う「あの女」とは、恐らく先に亡くなった健のことであろう。それというのも隠語では私娼を〝ビリ〟と呼び、ビリ健と言えば即ち「私娼の健」を表す渾名だった。ビリケンの名は作者のプレッツが思いついたものだが、それは偶然か、もしくは霊感のなせる技か、黒田の愛した女性と同じ名を使って故郷にやってきた。

「ぼってり腹を晒《さら》す姿など、あの女の死に様とよくよく似て、足を撫でればくすぐったがる笑みも似ておるから、これには此方も失笑禁じえず」

これ以外にも、ビリケン像の姿を健の水死体に喩《たと》えるなど、いくらか不謹慎な物言いがあるが、日記では黒田なりの喜びを文章として残している。

大正期は黒田にとって不安定な時期だったが、彼は毎日のように新世界ルナパークを訪れ、その度にビリケン像の足裏を撫でていたという。それこそ救いをもたらす仏像と同じ効果があったのだ。

※

ラヴクラフトの作品では、彼が学んできた自然科学の知見と、それらを超越する存在への恐怖が主題として現れる。既存の宗教では語り得ない神格があり、しかも人類はその庇護下になどない。いくら科学を進展させようとも、人々は旧習に囚われ続け、やがて対処できない破滅に向かっていく。まるで人類そのものが、心地よいベッドに横たわり、体も動かせずに死を待つ存在のように感じられる。

そういう意味では、黒田の作品もラヴクラフトの描いた恐怖に通じる。彼の作品には蛭子や名もなき石仏といった信仰し得ぬモチーフが登場し、そのためいくら祈っても救われず、いずれ因縁めいた偶然から破滅が訪れる。しかも、心霊的な話にしながら最後は誤解や勘違いなど、冗談じみた結末で話をひっくり返すのだ。

このように似通った怪奇小説を描く両者だが、その性向は相反するものだったようだ。

ラヴクラフトには内向的かつ社交的という側面がある。彼は作家としてのキャリアを歩み始めてから、幾人もの同好の士と交流を続けた。それは故郷プロヴィデンスに籠もるようになってからも続き、彼は多くの手紙を友人たちへ送った。多くの人と関わることは止め、自身の理解者たちと深い付き合いをしていた。

逆に、黒田は外向的だが厭世的な性格だったようだ。かつての魚問屋時代からの付き合いは多く、作家となってからも旦那衆や港湾労働者と花街で遊び歩き、陽気な冗談で周囲を沸かせることも多かったという。だが、それでいて理解者を求めず、創作活動のことを周囲に吹聴することもなかった。知人らは、黒田が一体何をして活計《たずき》としていたか知らなかったという。

この点において、ラヴクラフトと黒田は明暗を分けた。いずれも生前は文学の主流からは外れていたが、ラヴクラフトには理解者がいた。彼の死後、友人のオーガスト・ダーレスがラヴクラフト作品を保存して世間に発表し続けた。またダーレスは怪奇作家の後進育成の役目も果たし、ラヴクラフトの名は世代を超えて残り続けた。

しかし、黒田には理解者はいなかった。彼の足跡を知ることができるのは、青木嵩山堂から出版された五冊の小説と、その死後に兄・利太郎へ託された日記だけだった。

ラヴクラフトにおける最後の小説は一九三六年に発表された「闇をさまようもの」だが、それより十三年ほど早く、黒田致峰は最後の小説を世に残した。

一九二三年、黒田は後年の代表作である『福の神』を出版した。

内容は、通天閣に「福神教」なるカルト宗教の本拠地があり、信者が福神像に変えられているという荒唐無稽なものだ。語り手は新聞記者であり、友人の作家が失踪した事件を追うが上手くいかない。最後は神にもすがる思いで、通天閣の下にある福神像の足裏を撫でる。すると福神像から笑い声がした。思えば友人の作家はくすぐったがりだった、という笑い話じみた結末で終わる。

この『福の神』は、人間が仏像に変えられているというモチーフもあり、全体を通して一九一五年発表の『石仏問答』と同工異曲のものだ。また作中では、宗右衛門町の私娼が福神像に変えられていたという展開もある。

ここまで通して見ると、黒田は最後の時まで水死した健に執着していたのだろう。

黒田は健の手引きによって作家という道に進んだが、彼女自身は早々にこの世から消えてしまった。一番の理解者を欠いてしまった黒田にとって、それからの創作活動は暗い道を一人で歩くようなものだったはずだ。黒田にとって健こそが福の神だった。ゆえに、健と同じ名を持つ福の神が故郷に現れた時、黒田は運命を感じ取ったのかもしれない。

一九二三年、新世界ルナパークが閉園すると、同地で飾られていたビリケン像も行方不明になってしまった。その年こそ、浪花のラヴクラフトこと黒田致峰が水死体となって発見された年だった。

怪奇ショートショート競作・海外作家編

儂《わし》は怪物を殺した

澤村 伊智

儂《わし》は怪物を殺したことがあるんだ。

お前、今年で何歳になった？ 十一？ ああ、確かそのくらいの頃だった。

殺したんだ。この手でな。

今でも思い出せる。あの時の音、感触。信じられないだろ。でも本当なんだ。話してやるから聞け。いや、違うな。ジジイが可愛い孫に話したくて仕方ないから、どうか聞いてくれ。ありがとう。優しいな。

ここに来る時、お前、阿宇田《あうた》駅で下りただろ。それから南口を出て一本道を真っ直ぐ行って、阿宇田川んとこで曲がって、な。

その阿宇田川に突き当たる手前に、昔は空き地があったんだ。でっかい家が二軒くらい建てられそうで、でもそんな気配は全然なくてな。草が生えてて、土管が端に積んであって。

空き地は儂と仲間たちの、溜まり場だった。儂と、俊作《しゅんさく》と、茂《しげる》と、一美《かずみ》。四人組だ。ああ違う、ドラえもんと同じじゃない。一美は男だから。そういやあ、最近は男の子に美の付く名前、めっきり付けなくなったな。儂は結構好きなんだがな、真善美の美。まあ、それはいい。

リーダーの俊作と、お調子者の茂と、大人しい一美。

儂はオマケだ。謙遜じゃない。四人の中じゃ一番小さくて、ノロマで、馬鹿だったからな。チビでもすばしっこければ、忍者みたいで恰好が付いたんだが。

大抵は漫画を回し読みしたり、要はただ一緒にいたんだ。後は……どうでもい話をしたり。学校から大急ぎで帰ってきて、特別なことをしなくてもよかった。ランドセルを放り投げて、空き地に向かう。土曜はランドセルを放り投げた後、昼飯をかっ込んで空き地に向かう。そうだ、その頃は土曜に学校も、仕事もあったんだ。午前中だけだがな。

で、そんなある秋の日のことだ。

一美が妹を連れてきた。さっき言った、真善美の美の字が名前に付いた男子だ。

二歳下の、寿子《としこ》って名前の子だった。

「悪いけど、今日はこいつと一緒に遊んでやってくれ」

儂らに頼んで一美は帰った。用事があるとか言ってな。普段は物静かで、人に何かを頼むこともしないやつだった。それもあって、儂らは頼まれたとおり、寿子ちゃんと遊んだ。と言っても、漫画を読ませてやっただけだけどな。

暗くなる頃に一美が戻ってきた。儂らに礼を言って、寿子ちゃん連れて帰っていった。次の日も、次の日も。

流石に俊作が訊ねたのは、何日目だったかな。

「毎日、何の用事？」

「平和を守ってる」

一美はそう答えた。

「本当は何？」

隠し事をしてるのは丸分かりで、だから茂が質問したが、一美は答えなかった。だからあいつが行っちまった後、儂らは寿子ちゃんに訊いた。兄貴には内緒にするから、俺らに打ち明けてくれ、ってな。正直、その頃になると、寿子ちゃんが鬱陶《うっとう》しくなってたんだ。兄貴に似て大人しい子だったけど、ずっと側にいられると気を遣ってな。だから儂らは、彼女に迫った。

俯《うつむ》いて、小さい声で、寿子ちゃんは言った。

「怪物を追い払ってる」

「ははあ」

声を上げたのは茂だった。

「一美と口裏合わせてんだな」

「違うよ。お兄ちゃん、怪物と戦ってくれてるの」

「寿子ちゃん、一美に言っとけ。作り話ならもう少しマシなの考えろって」

「違う！」

寿子ちゃんがいきなり声を上げたので、儂らは驚いてな。あの子は涙まで浮かべてた。だから余計驚いた。いや、びびったんだ。

「お兄ちゃんは、怪物と……」

「分かった。疑ってごめんな」

詫びたのは俊作だった。寿子ちゃんを宥《なだ》めて、駄菓子をやって、それから質問した。

「その怪物って、どんなやつなの？」

儂と茂に目配せした。話を合わせるだけ合わせてやろう、そういう判断だな。寿子ちゃんは涙を拭って、教えてくれたよ。ああ、その前に。

この町と、隣の渡名洲《となす》町、直通みたいなもんだろ。間にそびえた山に道路があって、トンネルもあって。そうだ、阿宇田川の源流がある山な。

あの山が切り開かれたのが、この話のほんの数ヶ月前だった。山の道、山のトンネルは、当時の儂らにしたら出来たてのホヤホヤだったんだな。

怪物はそのトンネルから生まれた。

トンネルの暗闇から現れ、山を下りて町まで来ようとする。一美は毎日、一人でそれを食い止めてる。寿子ちゃんはそう言ったんだ。

そいつは真っ黒で、でかい。そのくせとてもすばしっこい。目が光ってる。口から長い舌を垂らしてる。手も足も太くてぬるぬるで、そして臭い。とんでもなく臭い。腐った魚をクソで煮込んだみたいな、そんな凄まじい悪臭がする――いや、一美からそう教わっただけで、寿子ちゃんはそれまで一度も、怪物に出くわしたことはなかったらしい。

俊作が訊いた。

「一美はどうやって戦ってるの？」

「武器で」

武器の隠し場所は教えてくれないらしい。怪物は怪力で、握り締めれば鉄の柱は簡単に折れ曲がり、殴り付ければ道路のアスファルトにも穴が空く。寿子ちゃんはそんなことを言った。どれも兄貴からの受け売りだと断ってな。

儂らは段々、可笑《おか》しくなってきた。こんな話を妹に吹き込んで、兄貴の一美はどこへ行っているのか。それも気になった。寿子ちゃんに見えないように笑い合いながら、儂らは彼女の話を聞き続けた。

暗くなり始めた頃、一美が戻ってきた。

「ありがとう。いつもごめん」

「いいって」俊作が平然と答えた。儂は何の気なしに一美に歩み寄ろうとした。途端にぎょっとして立ち止まった。

一美は、臭かったんだよ。

ほんの一瞬のことだ。鼻を突いたかと思えば、すぐ消えた。だが儂は確かに嗅いだ。まさに腐った魚をクソで煮込んだような、そんな悪臭をな。

近くにいた茂が空咳をして、鼻と口を押さえた。茂も嗅いだんだと分かったよ。

寿子ちゃんに気付いた様子はなかった。あの子は一美と手を繋いで、尊敬半分、心配半分の表情で兄貴を見上げていた。

「じゃあ」

一美はそう言って、寿子ちゃんの手を引いて帰っていった。二人の姿が見えなくなった時、俊作がつぶやいた。

「今の臭い、何?」

ああ、儂らは三人とも、臭いを嗅いでいたんだ。

暗くなって互いの顔が見えなくなるまで、儂らは空き地にいたよ。後で親に怒られると分かってても、動けなかった。

一美の話は出鱈目だ。でも、全部が全部そうじゃない。実際に悪臭がこびり付くようなことを、あいつはしているんだ。それが何なのかは見当も付かなかったが、だからこそ不安になった。


その翌日のことだ。

一美の死体が、阿宇田川で見付かった。今じゃ水自体ほとんど流れてないが、当時は汚いドブ川でな。ゴミもたくさん捨てられていた。

あいつは原付と洗濯機に引っ掛かって、灰色に濁った水に浮かんでいた。後で聞いた話だ。だが見てきたみたいに、あいつの姿が頭に浮かぶんだ。今でもな。


葬式は一美と寿子ちゃんの家でやった。その頃はそれが普通だった。狭い家でな。それまで何度か遊びに行ったことがあったが、棺と祭壇、それと弔問客で更に狭く感じた。死んだ一美は人形みたいだった。これは一美じゃない、一美の容れ物だ、そう思ったよ。

一美の母さんが泣いていた。その再婚相手——一美と寿子ちゃんにとっては継父だな——も泣いていた。二人の祖父《じい》ちゃん祖母《ばあ》ちゃんも、その他の親戚らしき大人もな。でも寿子ちゃんだけは泣いていなかった。顔が土色だった。棺の中の一美よりもな。目は兎みたいに真っ赤だった。

儂は声をかけられなかった。自分にはどうにもできない、余計なことはするな、いろいろ理由を付けて何もしなかった。でも、俊作は違った。

一美の家を出てすぐだった。俊作が儂と茂を先導して、空き地に向かった。そしてこう言ったんだ。

「寿子ちゃん、おかしかったろ。だから大丈夫かって訊いたんだ。そしたら」

怪物がいる。

近くに来てるの。

寿子ちゃんは本当に小さな声で、俊作の耳元で答えたそうだ。そして口を引き結んで、黙った。だから俊作はそれ以上訊けなかった。

「おいおい。何だそれ、何だそれ」

茂がおどけて言ったが俊作は真剣だったし、儂も笑わなかった。何より当の茂の顔が引き攣《つ》っていた。もう冗談にはできなくなっていたんだ。

察しがいいな。

そう、一美の家は少しだけ、ほんの少しだけ。

悪臭が漂っていた。

あの臭いの、欠片《かけら》が飛んでいる。そんな感じだった。嗅いだのは儂ら三人だけのようだった。

「どういうこと……?」

儂は誰に訊くともなく訊いたよ。だいぶ経ってから、俊作が答えた。

「一美が負けたってことじゃないか? 怪物に」

「おいおい」

茂はまた言ったが、その声は消え入りそうなほど小さかった。

一美の死は事故扱いだった。

夜中に山に遊びに行って、川に落ちて溺れ死んだ。死体は下流まで流された。そういうことになった。そんな馬鹿な話があるかと儂は思ったが、大人はそうは思わなかったらしい。一美の親すらもな。

儂らも儂らで、それまでと同じ暮らしに戻った。仲間が変な死に方をしてショックだったが、それでも朝が来て夜が来てまた朝が来る。新聞も届く。腹が減るし眠くもなる。自分が嫌になったよ。でも、その気持ちも少しずつ薄れていった。怪物の話もしなくなった。

それが変わったのは、すっかり冬になった、ある日の夕方のことだ。

三人になった儂らは空き地に溜まっていた。土管に凭《もた》れて漫画を読んでいた。茂が不意に「寒い寒い」と鼻水を啜りながら、一番上の土管に潜り込んだ。そしたら、

「おい!」

大声とともに、茂が土管から飛び出した。手にはそれまで持っていた漫画じゃなく、茶色い封筒を摑んでいた。中には藁半紙が三枚入っていた。

「一美の置き手紙だ!」

茂は叫んだ。土管のちょうど真ん中に、それまでなかった汚い、小さな筵《むしろ》が敷いてあって、それを退《の》けたら見付けたらしい。

手紙には確かに一美の名前が書いてあった。字も大人びていて綺麗で、見慣れた一美の字そのものだった。儂ら三人は覗き込んで読んだ。

置き手紙じゃなかった。

遺書だった。


〈僕は怪物に殺されます〉

最初にそう書いてあったんだ。

〈どうか、僕の仇を討ってください。それと、妹の寿子を助けてください。怪物が次に狙うのは、寿子だからです〉

そうも書いてあった。

ぞっとしたよ。字は少しも乱れておらず、文章も整っていた。だから余計に怖くなった。

遺書には、怪物が町に来る周期が書いてあった。あくまで推測だと一美は断っていたがな。それと武器の隠し場所も記してあった。そしてもう一つ、怪物を殺す方法も。

三人がかりで殺す方法だった。

そこまで読んでやっと分かったよ。これは儂ら宛だ。他の誰でもない、儂らに頼んでるんだってな。

〈怪物を殺してください〉

遺書はそう締め括ってあった。

しばらく誰も喋らなかった。

「どうする?」

訊いたのは茂だった。答えたのは俊作だった。

「とりあえず、武器の隠し場所に行こう」

「何で？」

「どうするか決めるの、それからでも遅くないから」

そうだな、と茂は青い顔で頷いた。儂は黙って二人の遣り取りを見守っていた。

その足で隠し場所に向かった。山の麓にある潰れた工場の、敷地の隅に小さな物置があってな。そこまで辿り着くのも結構な冒険だったが、今それはいい。

物置の中に、武器があった。

錆びたバール。金槌。ナイフ。鉄パイプの端を尖らせてブラシの柄に括り付けた、即席の槍もあった。槍は大人が使うには少し短くてな。

三人とも本当に驚いた。それから怖くなった。儂だけじゃないぞ。現に茂は真っ青になって、物置の戸を閉めようとした。止めたのは俊作だった。

「逃げんな」

そう言う俊作も青い顔をしていた。

「知ってるだろ。寿子ちゃん、最近学校あんまり来てないって。たまに来たら怪我してる」

事実だった。儂も密かに、寿子ちゃんを観察していたんだ。

俊作が言った。

「ここまで揃ったら、やるしかない」

「何を？」茂が泣きそうな声で訊いた。

「決まってんだろ」

俊作は答えた。その声も震えていた。儂はこの時も黙ってそこにいるだけだった。


儂らは学校が終わると空き地じゃなく、山に行くようになった。そして何度も練習した。一美の考えた、怪物退治の作戦をな。暗くなっても続けて、よく両親に拳骨を食らったよ。儂はそれが嫌で早く帰ろうと何度か提案したが、俊作が譲らなかった。理由？

一美の立てた作戦は、夜に決行するものだったからだ。

遺書を見付けて二ヵ月、いや一ヵ月くらいか。あるいはもっと短かったのかもしれん。

その日が来た。

一美が推測した、次に怪物が来る日が。

俊作の家に泊まりに行くと嘘を吐いて、儂らは夕方から山に向かった。そして所定の位置についた。山の中腹あたりにある、トンネルの出口。道路脇の森の木陰に身を潜めて、儂らは待った。たまに通る車のライトを眺めながらな。

寒かった。寒かったとも。真冬の夜だ。おまけに小雨まで降ってきてな。儂はバールを持たされてたんだが、手の感覚が無くなって、鼻水も止まらなくて。

何をしてるんだろう、と何回も思った。

他の二人は離れたところにいるから、話して気を紛らすこともできない。だからどんどん虚しく感じてしまってな。

いよいよ耐えきれなくなって、二人に声を掛けようとした時だ。

「来たぞ!」

俊作が言った。

儂は木の影から覗き込んだ。トンネルの奥に、小さな二つの点が見えた。

怪物の目だった。

ギラギラ怪しい光を放っていた。次第に大きく、眩《まぶ》しくなった。儂の心臓がぎゅっと縮むのが分かった。痛みまで感じるほどだった。

あの悪臭が鼻を突いた。

俊作が手で合図するのが見えた。

茂が飛び出して、道路に仁王立ちになった。迫り来る怪物に向けて、懐中電灯を振った。家からこっそり持ち出した、大きな赤い懐中電灯だ。その光がたくさんの雨粒を照らしていた。

怪物が速度を落とした。トンネルを出ると更にゆっくりになって、茂の数メートル手前で止まった。

一美の作戦どおりに事が進んでいた。

怪物は巨体を揺らし、唸り声を上げて茂を睨《にら》んでいたが、不意に黙って。そして縮んだんだ。それでも儂ら子供よりは大きかったがな。それから茂に歩み寄ると、何事か呼びかけた。

茂は緊張でガチガチになっていたが、それでも何か答えたのが動きで分かった。懐中電灯を振り、もう片方の手を開く。

怪物が更に一歩近付き、茂の手を覗き込んだ。

心臓がばくばく鳴っていた。寒いのも辛いのも忘れて、儂は怪物と、その目の前の茂を見守っていた。

その時だ。

怪物の背後、十メートルくらいのところに、俊作が現れた。槍を構えると、俊作は一気に、怪物の背中目がけて走り出した。迷いが生じる前に動いたんだろう。だがそれが悪かった。バシャバシャ大きな足音を立ててしまったからな。

怪物は振り向いた。咄嗟《とっさ》に身体を捻って槍の柄を掴んだ。そして物凄い声で吠えた。思わず耳を塞いでしまうような、不気味で不快な声だった。

怪物は驚いた俊作を蹴り飛ばした。続けざまに、立ち竦《すく》んでいる茂を殴った。だが茂も負けていなかった。殴られてすぐ、隠し持っていたナイフで怪物を刺したんだ。足——後ろ足をな。怪物は叫んで槍を落とした。

茂は逃げようとしたが怪物に髪を掴まれ、そのまま転ばされた。倒れた茂を怪物は太い腕で殴り付けた。茂はナイフで反撃したが当たらない。逆にナイフを奪われてしまった。

怪物がナイフを振り上げた。

茂が刺される。そう思った時、怪物の背後から俊作が飛びかかった。背中にしがみついて、怪物の耳に嚙み付いた。怪物はまた叫んだが、反動を付けて俊作の顔面に頭突きを食らわせた。俊作は吹っ飛んで、道路に倒れた。すぐ起き上がったが足がふらついていた。鼻から下が真っ赤に染まっていたよ。

怪物が俊作に掴みかかろうとした。

儂は叫んで、怪物にバールで殴りかかった。その少し前からそっと、身体を屈めて近付いていたんだ。

頭を狙ったんだがバールは肩に当たった。反動で儂はバールを落としてしまった。寒さで手が麻痺していたんだな。だから怪物もあまり堪えなかった。

怪物に顔面を殴られて、儂はあえなく吹っ飛んだ。転んで伸ばした腕が、槍の柄に触れた。儂は動かない指で必死で槍を掴んで身体を起こし、躍りかかった怪物めがけて突いたんだ。

槍は怪物の喉に刺さった。

ずぶ、と音がした。

尖った鉄パイプの先端が、ヤツの喉に食い込むのが見えた。転がった懐中電灯の光で、辛うじてな。

怪物はグブグブと泡立つような声を上げて、大きくよろめいた。儂は残った力を振り絞って、更に突き刺した。立ち上がって体重を乗せて、思いっきり、こうやって刺してやったんだ。

怪物は長い舌を垂らして、大きく後退《あとじさ》った。そのまま道路脇の森の中に突っ込んだ。儂の手から槍がすっぽ抜けた。怪物は喉に槍が刺さったまま、森の暗闇に消えた。木の枝がバキバキ折れる音が中から聞こえていたが、それもしばらくして止んだ。

儂らはしばらく、森の中に目を凝らした。最初は鼻血を垂らした俊作と二人で。茂が起きてからは三人で。気配はしなかった。物音もしなかった。撃退したんだろう、きっとしたに違いない。

話し合って、そう思うことにして、儂らはそれぞれの家に帰って、寝た。見付からないように、こっそりとな。三人とも家族にはバレなかったが、翌朝から揃って熱を出して、一週間近く学校を休んだ。まあ、風邪で済んでよかったよ。

その間ずっと、怪物を刺した時の音が頭の中でしていた。感触がずっと手に残っていた。寒さで何も感じなくなっていたはずなのに、だ。むしろ日毎《ひごと》にはっきりと、くっきりとしていった。刺したその時よりもな。

熱が引いて登校した、まさにその日のことだ。

阿宇田川に真っ黒な物体が浮かんでいるのが見付かった。目撃した人の話をまとめると、川上から流れてきたんだそうだ。

物体はぶよぶよで、傷だらけで、手足のようなものが生えていた。皮膚が弾けて、中から内臓や骨が飛び出ていた。

ああ、これは直《じか》に見て、確かめたわけじゃない。放課後に見に行った時には、凄まじい人だがりでな。初めて見る数だった。近所の夏祭りでもこんなには集まらない。それくらい大勢だった。

可笑《おか》しいのは、どいつもこいつも臭いだの、鼻が曲がるだの言ってたことだな。嘔吐《えず》くやつ、頭痛を訴えるやつもいた。倒れて運ばれるやつもな。そんなに辛いなら集まらなきゃいいのに。

そう、あの臭いだった。

物体はあいつの死骸だったんだ。

儂はすっかり臭いに慣れていて、苦痛ってほどじゃなかったが、それでも不快ではあった。でも、同時に達成感もあった。

儂らはあの怪物を殺した。

怪物を退治したんだってな。

保健所が怪物の死骸を引き上げたのは、確かその日の夜だったな。最初は翌日にする予定だったのが、臭いわ人が騒ぐわで、近所の連中が抗議したんだ。

翌日には川は元に戻っていた。

それまでと同じ、ゴミが浮いて灰色に濁ったドブ川にな。

少しして警察が家に来たが、儂は何も言わなかった。

俊作も茂も黙っていた。寿子ちゃんは翌年引っ越してしまって、それっきりだ。怪物を殺したのが儂らだとは知らないだろう。儂らは打ち明けなかった。話し合ってそう決めたんだ。まあ言い出したのは例の如く俊作だったが。

その俊作も五年前、癌で死んだ。茂も去年、くも膜下出血で死んだ。どっちも天寿とは呼べないかもしれんが、まあ早死にではないだろう。

怪物退治について知ってるのは、儂一人になった。もうすぐ誰もいなくなる。それが少し寂しくてな。だからお前に話した。それともう一つ、理由がある。

お前、こないだ母さんと、遠くに引っ越しただろ。儂以外には内緒で。いや、説明はいい。でもな、一つだけ言っとくぞ。

怪物は、殺せ。

さもないと殺される。一美みたいに。

どんな姿形をしていても、子供を苦しめるヤツは怪物なんだ。

「アウター砂州《ショール》に打ちあげられたもの」
P・スカイラー・ミラー

怪奇ショートショート競作・海外作家編

海見堂《かいみどう》

木犀あこ

　丘を登ったところに、大きな寺があるから——と聞いて来てみれば、何のことはない。それは神社仏閣とも呼べない、文化財もどきの怪しげな施設なのだった。

　型を抜いて作られたかのような地蔵菩薩のまわりで、丸っこい子供の像がいくつも手を合わせている。その周りの池の水はほとんど涸れて、蓮の茎の名残らしいものがコンクリートの壁面に貼りついている。

　いびつな池の周囲をぐるりと回ってから、私は持参したデジタル一眼レフで写真を撮った。赤や金の派手な色遣いに、すり切れるほどコピーされた仏像の造形。宗教施設まがいの建造物にありがちな、やけに巨大なお堂。こういったものは、たいがい地元出身の篤志家が、世界平和や人類の幸福を願って建てるものだ。朴訥《ぼくとつ》で純粋な、だがちょっとよこしまなご利益信仰も込めて。

　薄水色の空をバックに伽藍堂《がらんどう》の写真を撮り、私はひとり笑いを漏らす。こういうの、好きな人がいるんだよな。ひとり旅の気ままさを好み、ひとりで行動することを何よりも良しとしている自分は、それでも常に誰かの目を気にかけている。この写真はどこで公開すべきか？　どんな文言を添えれば、話題になって拡散されるだろうか？　凡人は……写真に添えるキャプションでさえ気の利いたことが言えなくて、当たり前のことながら、そんな旨味のない文章に人は心を動かされない。私の投稿は、驚くほど話題にならない。

ＳＮＳの記事のために「若い女の」一人旅を続けているわけではないが、いつの間にか「ネタになりそうか、そうでないか」という判断基準で行くところを決めるようになってしまった。今回の旅もそうだ。わざわざ時間とお金をかけて寝台列車に乗り、瀬戸内の街に来て、多くの人が訪れる観光地を素通りして、市街地から離れた海辺の地域にやってきた。主要都市を繋ぐ道路の開通で、すっかりさびれてしまった国道沿いの街である。ここに至るまでの路線バスの窓からは、荒れに荒れた喫茶店やレストランの廃墟しか目に入らなかった。

海見堂《かいみどう》という名のバス停で下りて、道端に立つ観光案内マップで周囲の施設を確かめる。かつては「ドライブウェイ」と呼ばれた国道沿いの観光地らしく、丘の上には展望台があって、温泉施設らしいものがあって……だが、それだけだ。この周囲の寂れぶりでは、おそらくこの温泉施設も運営はしていないだろう。廃墟となっていれば、それはそれで見もの、写真のひとつでも撮って帰ればいいのだろうが。

展望台と、その温泉施設が見えやしないかと、視線を上げる。木々に覆われた丘の上に奇妙なものを見つけて、私は目を細める。和風の――という言い方が適切かどうかはわからないが――建造物が、くすんだ緑の木々の中から頭を覗かせているのだ。五重の塔を縦にぎゅっと縮めたような、不格好な姿。丘の向こうには海が広がっているはずで、であれば景色を見るために建てられたものなのかもしれない。「海見堂」というバス停の名は、あの施設のためにつけられたのだろうか？

もう一度観光案内の看板に目を戻すが、それらしい施設の案内はない。がさ、という物音に視線を投げてみると、すぐそばの民家の庭先にいたおばあさんと目が合った。おばあさんは軽く頭を下げ、こちらをじっと見つめている。つばの広い帽子をかぶっているところを見ると、除草作業でもしていたのかもしれない。

「どないしたんえ」

存外に優しい声だった。私も軽く頭を下げ、目線で看板を指し示す。

「観光でここに来てるんですけど……あの、丘の上に見える建物って、ここから行けるのかなって」

　おばあさんはしばらく黙って、古いブロック塀に手をかけたまま、立ち尽くしていた。まるで目の前にいるはずの私のことを、急に忘れてしまったかのような態度だった。

「道路渡ってな、すぐのところに上っていく階段があるわ。極楽寺いうてな、市のほうで銀行しよった人が大きい寺建ててな、阿弥陀《あみだ》さんを祀《まつ》ったんよ。おんじょしさんもおらんもんじゃけん、法要もなにもようせえへん、すかすかの寺やいうて、あんまり人も入りよれへん」

　市のほうで、銀行を、阿弥陀さんを……地域の訛りが強く出た言葉を何とか聞き取りながら、私は黙って頷き続ける。おんじょしさん、というものが何かはわからないが、おそらくは住職を指す言葉なのではないだろうか。

「ほいで、海やら見えるほうにあの海見堂いうやつ建ててな、一時期は観光の人もたまに来よったわ。ぐるっと回る階段上っていって、上まで行ったら海がよう見えるいうて。あすこに上って下りてきた人がな、おばちゃん、塔に上ったけど、窓が閉まってて海や見えへんかったでってよう怒りよるんよ。一所懸命階段上ったけど、徒労じゃいうて」

　海を臨む場所に建てられながら、海を見ることができないお堂――写真一枚で表現するのは難しそうだが、ブログなどで潜入レポ風にまとめれば、なかなか面白くなりそうだ。カメラの紐を肩にかけなおし、私は言葉を返す。

「そのお堂って、今行っても入れるんでしょうか」

　おばあさんはおもむろに塀から離れ、横を向いてしまう。自分の背よりも高い雑草を鎌でかき分けながら、落ちついた声で答えた。

「寺に人はおらんけどな、いつでも入ってええんよ、あそこは。けど、海や見るもんとちゃうわ」

　がさ、がさ、と枯れた草木を踏む音がする。雲の合間から差した六月の陽が、私の頭のてっぺんを焦がすように照らしている。

「日の暮れかかりよう時に、海や見るもんでない」

　おばあさんの案内どおりに丘のふもとから階段を上って、今に至る――というわけなのだが、なるほど、観光や参拝目的らしい人はおろか、施設の関係者と思われる人すら見当たらない。除草や落ち葉の掃除など、最低限の管理はなされているようだが、施設としての運営はしているのだろうか？　寺社ではなく、ある種の観光地として、だが。閉まっているのならば、こうして敷地内に侵入してしまうのはまずいような気もするのだが……。

コンクリートの地味な門には、「西国極楽寺　どなたもお入りください」という看板が掲げられているだけだった。門を入ってすぐのところに施設内の地図があって、鐘楼、伽藍堂、そして海見堂など、建物の名前が書かれていた。それ以上の説明はなく、来歴やご本尊に関する情報はいっさいわからないままだった。

鐘楼に鐘はなく、伽藍堂の扉は閉まっていて、中には入れないようだった。カメラを手に握ったまま、私は歩く。海見堂と書かれた看板を頼りに、矢印の指し示す方へ進んでいく。宿坊らしき建物の横に伸びる道は乾いた土がむき出しになっていて、草の一本も生えてはいなかった。

日差しはますます強く、身体の内側から燃えるような熱が染み出してくる。鞄に入れておいたペットボトルの麦茶を飲み、さらに歩く。道の先はなだらかな坂道になっていて……その先に、あの不格好な、ひしゃげた五重の塔のような姿をした建物が見えてきた。近くへ寄って、真下からその姿を見上げる。高さはおそらく三十メートルほど、古い木造の建造物を模してはいるが、白い壁や柱のつくりは新しく、安物っぽく、ひどく低俗な見た目をしていた。坂道から続く入り口部分は扉が開いており、薄暗い内部には湾曲して伸びる階段が一本、上階へ向かって続いている。前に立つだけで、内部のほこりっぽい空気が鼻の奥をくすぐった。

なんとなく、すぐに入ることができずに、私はぐるりと建物の外周を歩いてみる。裏側は背の高い草に覆われ、足を踏み出すにも難儀した。一周して正面に戻る。入り口を除き、一階に当たる部分には扉や窓が設けられていないようだった。

建物の裏側、西に当たる方角には海が開けているはずだ。だが、この位置からは高い草木に邪魔されて、その景色の欠片《かけら》さえも見ることができない。やはり海を見るには、この堂を登っていくしかないらしいのだ。

「――こんにちは」

急に声をかけられて、振り返る。先ほど私が歩いてきた細い道を抜けて、こちらに向かってくる高齢の男性。本能的な恐怖を覚えて、思わず身構えた。男性はくすんだ茶色のベストに同系色のスラックスといういでたちで、一泊分の荷物が入りそうなバッグを背負っていた。どうも、地元の人間という感じはしない。

「ご観光ですか。僕も、下でこのお堂の話を聞いて上ってきましてね」

「え、ええ。まあ」

私が警戒していることを悟ったのか、男性は私からかなり距離を置くような形で、塔のほうへと近づいてくる。どうやらこちらを目指しているらしいことがわかって、今度は私のほうが建物のそばから離れた。男性は会釈をし、あの薄暗い入り口の前に立つ。

「へえ……見事なものですね。ちゃんとしたお寺ってわけじゃなくて、個人が建てたものなんでしょう」

見事かどうかはさておき、かなり規模の大きな施設であることは間違いない。まだ入り口から中を見上げている男性に向かって、私は頷いた。

「なんだか、銀行を経営されてる人が作ったって、さっきふもとのバス停で聞きました」

「ああ、地元の人が、そういう話をしていましたね。一代で財を成して、ちょっと変わった人だったとか。奥さんと子供さんを同時に亡くしたんだか、失踪されたかとかで、極楽の名前がついたこのお寺を建てたみたいですよ。すがるものが、欲しかったんだろうって」

涸れた池の地蔵菩薩とその周囲の子供たちの像を思い出して、私は勝手に得心する。家族を――それがどんな形であれ――亡くした男が、救いを求めて極楽浄土を作り上げる。彼はきっと朴訥で、純真で、無知で、あさはかな人間であったに違いない。ただ金にものを言わせて、自分のイメージする極楽というものをここに建立した。あの図体の大きな伽藍堂には、金ぴかの仏像が祀られていたのではないだろうか。想像に難くない。宗教法人とは認められず、主亡きあとは管理も難しくなり、放置されたままになる――。

「いやしかし、暑いですね」

入り口付近に立った男性は、首にかけたタオルで顔の汗を拭きながら、そう言った。長く深いため息をついてから、私に笑顔を向けてくる。

「上がっていって海を見たら、少しは涼しくなりますかねえ。なかなかの高さですから、上まで行くのも大変そうですが」

「あっ、でも、上は窓が閉まってて景色が見えないって……」

私の言葉に、男性はふっと表情を消す。そしてふやけたような笑顔を見せて、大丈夫です、大丈夫ですと繰り返してから、一歩踏み出した。年齢のせいか、それともこの熱気のせいか、足元がふらついているように見える。私は思わず身を乗り出した。こちらの動きを制するように手を挙げた男性が、はっきりとした口調で言った。

「私もね、妻を亡くしたんですよ。つい一か月前に」

動けなくなる。男性の姿が建物の中に消えていって、見えなくなってしまう。

空気は重い湿気をはらんでいるのに、草木は体中の水分を奪われたかのように、力なくしおれていた。虫や鳥の声すらも聞こえず、あたりは音のない空気に満たされているだけだった。時刻は……午後四時四分。日の入りにはまだ早い時間とはいえ、体感的にはもう十分、夕方と感じられる時間だった。

タオルハンカチで額の汗をぬぐい、ペットボトルの茶を飲む。六百ミリリットルのボトルに残った水分は、あと五分の一ほど。早めに切り上げて下に戻り、帰りのバスを待ったほうがいいだろう。

なのに――私はその場から動けないでいた。そうだ、写真を撮っていないじゃないかと気づき、ファインダー越しに堂の姿を捉える。少し違う角度からも写真を撮って、カメラから手を放す。急に、肩にかけたカメラのストラップが、重く皮膚に食い込んでくる心地がした。なんで……こんなことをしているんだろう？一所懸命写真を撮って、記事を書いたって、面白いことになんかなりはしない。どうせいつも通り、数十件のアクセスがあって、数件のアクションがあって、それだけじゃないか。

頭を振って、妙な考えを振り払う。どうして今、こんなことを考えるかな。しかし、先に上っていった高齢の男性は、大丈夫だろうか。もう五分ほど経つが、上まで行きついただろうか。それとも、途中で倒れたりしていないだろうか？

どうせ上るのだ、上るつもりだったのだ、と、私は重い足を踏み出す。様子を見て、男性が上まで無事に着いているようだったら、さっさと引き上げて帰ろう。中に入る前に深呼吸をして、肺にできるだけ新鮮な空気をためておく。Ｐタイルの床を踏んで、コンクリート造りらしい階段を上っていく。階段の幅は狭く、すぐ右側には塗装のはがれかかった壁が続いていた。左側の手すりは柱を巻くようにして上へと続いている。各階にフロアはなく、内部はただ上へと上がる階段だけが設置された作りになっているらしい。

一歩一歩、高い段を踏みしめながら、上へ上へと向かっていく。十二……十三。重くなる身体を鼓舞するように、段の数を数えながら上がって行く。二十三……二十四。なんで、こんなことをしてるんだろうなあ。五十六……五十七。こんな苦しい思いをしたって、それを面白おかしく投稿したって、いつも黙殺、見てもらえることなんてないじゃないか。百七……百八。ひとりぼっちなんだよ、結局のところ。みんな私に興味はないし、興味を持つこともない。光を浴びる人のところには光が集まるが、そうでない者のところには……どれほど望んだって……。

上がりながら、わけもわからず、涙が出てきた。蠅のようにまとわりつく卑屈な考えではなく、妻を亡くしたというあの男性、この施設を建てたという男の悲哀が急に生々しく感じられて、自分でも意味がわからないままに、ぼろぼろ涙を流していた。家族を亡くすって、どれほどの苦しみなんだろう。あの人は、どれほど寂しい思いをしてここまで来たんだろう。私のこのどうしようもない苛立ちと、虚しさ。彼らの癒されることのない悲しみと、喪失。苦しいことばかりじゃないか……胸を掻きむしりたくなる、そんな痛みばっかりじゃないか、私たち凡人に与えられるのは。こんな、心臓が、破れるような思いをして、階段を上がったって、その先に、賞賛が待ち受けているわけじゃない。私の、ようなものが、すばらしい景色を見たって、それを、誰かに、共感してもらえるわけじゃない。私はきっと、ただ誰が撮っても綺麗に見える景色をフレームに収めて、それを投稿して、そして、それだけだ。二百九十……幼い頃は、ただ生きているだけで褒められていたような気がするのに。三百……つまらなくなってしまった。私の存在は、いつの間にか、こんなにも、つまらなくなってしまった。

三百三十三。

肺に刺すような痛みを覚えて、私は立ち止まる。歯磨きの時、ぼうっと電車に乗っているとき……単純作業をするときに、ネガティブなことを考えがちなのは、自分の悪い癖だ。しかし、それにしても、辛気臭いことにばかり頭を使いすぎじゃないか？　別に、景色を見ようと思って上って来たわけじゃない。あの高齢の男性が行き倒れていやしないか、それが心配でここまで来たのだから。

　また足を踏み出し、さらに段を上がって行く。にわかに強烈な光がさして、その光が示す上へ上へと、歩を進めていく。湾曲した視界の先に、はっきりと、出口とわかるものが見えた——堂の、てっぺんだ。窓が、開いているのだ。腰あたりの高さの広い窓。その前には人が数人立てるスペースがあって、ちょっとした展望室らしくなっている。この位置から窓を見上げても、海は見えない。ただべたりと塗ったような、青空が見えている。それだけだ。

　身震いが、した。

　窓の前の空間に、高齢男性の姿はない。細い階段をやっとの思いで上がってきたが、誰ともすれ違わなかったはずだ。だとすればなぜ、高齢男性は、ここに「居ない」のか？　焦りと、恐怖で心臓が暴れ出す。息が浅くなる。高さ三十メートル、飛び降り。草は生い茂っていたものの、クッションになるような木は建物のまわりに生えていなかったはずだ。どうしよう、どうしよう。動揺した頭で、階段を数十段、一気に駆け下りる。駆け下りて、立ち止まって、ふと冷静になって——ようやく、なんと言うこともない事実に思い当った。

　なんだ。きっとあの男性は、私が上って来たものとは違う階段から降りて、外に出て行っただけなんだ。

　さざえ堂という建造物の話を聞いたことがある。階段が二重らせんの構造になっていて、上る人と下りる人が決して出会わない作りになっているのだとか。奇妙ではあるが、上り専用の階段と下り専用の階段があるだけだ、という風に考えると、それほど驚くべきことでもないだろう。ほっと胸をなでおろしたところで、私はまた細く続く階段の先を見上げてみた。窓は、開いていた。いつもは見られないこの建物からの眺望を、広く広がる海を、この目で見るチャンスだ。せっかくだから……行ってみよう。なんと言うこともない。ただ、楽しめばいいのだ。誰のためでもなく、自分がただこの時、この一瞬に、美しいものを見るために。

　にわかに開放的な気分になって、階段を上がる。微笑みを浮かべながら、自分を鼓舞し、頂上までの数十段を一歩一歩上っていく。よく考えて？　頭がまたぞろ不快で陰気なことを考えるが、それももう、気にする必要はない。よく思い出して？　もうすぐ頂上だ。日の光が、まぶしくなってきた。瀬戸内の海はきっと、濃い青に輝いて、私を迎え入れてくれることだろう。よくよく考えて。おかしいことに気づいて。入り口で見た光景に、違和感はなかったの？　建物の外周に、あの入り口以外の扉はなかった。入り口から伸びる階段は、たったひとつ、私が上っているこの階段だけであったはず。だったら、あの男性は——いったいどこを通って——この堂の中から、姿を消してしまったというの？

頭が勝手に、なにやら辛気臭いことを考えてる。考え続けている。

そんなことは、もうどうでもいいじゃないか。

さっきまでは感じられなかった潮のにおいが、濃く鼻をくすぐっている。空はさらに青みを帯び、下に広がる海の濃さを写しているかのようだ。私は、海が見たい。あの窓から、海が見たい。普通に生きていたって、惰性で今のままの生活を送ったって、劇的に心を動かすことがあるわけじゃないんだもの。きっと、あの男性も、何か強烈なものを求めて、海を、この海見堂から見える海を、見ようとしたんじゃないだろうか。私は、私たちは、海が見たい。青く広がる海、私たちが見たことのないような、胸も心も焼き尽くしてしまうような、強烈に広がる海の景色が見たい——。

足を踏み出す。最後の段を上がって、私は窓に飛びつくようにして、その向こうに広がる景色を視界に収めた。

私たちを新たな世界へ誘う、星そのもののような海の青さを、胸いっぱいに。

——「日の暮れかかりよう時に、海や見るもんでない」

「塔」マーガニタ・ラスキ

東の国から

雛《すう》先生

南條 竹則

有名な『聊斎志異《りょうさいしい》』の作者蒲松齢《ほしょうれい》は山東省淄博《しはく》の人だが、淄博からそう遠くない桃県という町に医者の雛澆《すうぎょう》先生が住んでいた。

　雛先生は、この地方きっての名医だった。

　名を慕って遠路はるばるかかりに来る患者も多く、金持ちは謝礼を惜しまなかったので、先生の収入《みいり》はかなりのものだったが、懐中はいつも寂しかった。貧しい者はただで治療してやるし、困っている人間を見ると、助けてやらずにいられなかったからだ。

　だが、先生は細かいことを一向《いっこう》気にせず、閑《ひま》さえあれば釣りをしていた。子供はなく、妻と死に別れてからずっと独身《ひとりみ》で、町外れの大きな家に住んでいた。

　月のさやかな秋の夜更け、先生が書斎で本を読んでいると、ホトホトと戸を叩く者があった。

　はてな、下男はもう寝たはずだが、と思いながら戸を開けると、そこに立っていたのは白い衣をまとった、年の頃は二十二、三の楚々《そそ》とした手弱女《たおやめ》である。

「どなたです?」

　先生は驚いてたずねた。

「あの——いきなりお邪魔をいたしまして相《あい》すみません。御高名な雛先生にうちの人を診《み》ていただきたくて——」

女はかぼそい声でそう言った。

「急病ですか？」

「いえ、急病というほどでもございませんが――」

「それなら、昼間おいでください。今夜はもう遅い」

「あの、御迷惑とは重々承知しておりますけれども、ちょっと事情があるものですから――どうか何もおっしゃらずに、わたくしと宋園へ来てくださいまし」

「宋園へ？」

先生は首をひねった。

医者が夜中に内密の事情で呼ばれることは、珍しくない。

だが、行先が宋園とは――

そこは昔、宋という姓の役人が隠居暮らしをしていた屋敷で、美しい庭園を誇っていたが、宋家は百年ほど前に死に絶えた。その後持主が次々と変わり、今は住む人もなく、狐や幽霊が出るといわれていた。

この夜更けにそんなところへ行けというのは、一体どういうことか？

雛先生は気が進まなかったが、女がしきりに哀願するので、仕方なく腰を上げた。

下男の丁《てい》を叩き起こすと、車の支度をさせたのである。

※

屋敷は荒れ放題に荒れて草はボウボウ、建物はみな蝙蝠《こうもり》の巣だった。

雛先生はますます不審に思いながら黙って女のあとについて行くと、女は母屋を抜けて、庭の池のほとりにある離れへ案内した。

離れはそこだけきれいに掃除してあり、調度などもととのっていた。

痩せ細った若者が一人、牀《ねだい》に腰かけ、蠟燭の明かりで本を読んでいた。

「この人です」

女は部屋に入ると、先生に言った。

若者は雛先生の顔を見上げて、

「お医者さんを呼んだのかい？」

と女にたずねた。

先生はその若者に見憶えがあった。郁《いく》という金持ちの一人息子で、名は彦亨《げんきょう》という。一月ほど前、郁家の大奥様の脈を診に行った折、孫だと紹介されたのである。

「あなた、郁さんじゃありませんか」と先生は言った。

「こんなところで、何をしておられるんです？」

若者はしどろもどろの返事をした。

先生はそれ以上何もきかず、若者の腕をとった。

「先生、いかがでございましょう？」

傍《かたわ》らから、女が不安そうに口を出した。

「この人、こんなに痩せてしまって、この通り顔色も良くありませんし、目に隈《くま》ができています。それなのに本人は平気だと言い張って、お医者にかかろうとしませんの。わたし、心配で心配で、今宵はとうとう思いきって先生をお呼び立てしたわけなんです」

雛先生はひとしきり若者を診察してから、言った。

「腎の臓が弱っておいでですな」

「やっぱり」と女はつぶやいた。

「申し上げにくいが――いわゆる房事過多とお見受けする。あなたはこの方のお内儀《ないぎ》ですか？」

女は顔を赤く染めた。

若者も牀の上で膝をモジモジ動かした。

「先生、このことはちょっと御内聞に願いたいんですけれど――」と女が言った。「わたしたち、わけあって、人目を忍ぶ仲なんでございます」

「なるほど」と先生はうなずいた。「野暮なことは申しませんから、御安心ください。しかし、それにしても郁さんはまだお若い。この年頃なら、少しぐらい無理をしても何ともないはずですが――何か余病があるのかも知れない。あなた、この半年ばかりの間に、重い病にかかったことはありませんか？」

若者はこたえず、女と目配《めくば》せをした。

「あの――」

女がおずおずと口を開いた。

「先生、それはたぶん、わたしのせいじゃないかと思うんです」

「何ですと？」

「わたしの手に触ってみてくださいまし」

女の繊細《ほそ》い手に触ると、氷のように冷たかった。

「わたし、じつはこの世のものではありませんの」

雛先生が絶句していると、若者が語りはじめた。

「じつは、今から二月《ふたつき》ほど前ですが、友達と酒を飲んでいて、胆試《きもだめ》しをしようということになったんです。みんなで籤《くじ》を引いて、あたった者が、この幽霊屋敷で一夜を明かす。それがいやなら酒代をおごる。そういう約束をして、籤引きをしたら、僕があたってしまいました。

僕は酔った勢いで、『なに、怖いことがあるものか。狐でも幽霊でも、出て来たら酒の肴にしてやる』と言って、この宋園へやって来ました。噂じゃこの離れに幽霊が出るといいますから、ここで夜明かしすることにしました。仲間は僕が逃げないように屋敷の門を見張っていました。

一人になると、さすがに少し心細くなってきました。持って来た酒を飲んで早く寝てしまおうと思ったんですが、どういうわけか、いくら飲んでも、ちっとも酔いがまわりません。それどころか、逆に頭が冴えてきました。

そのうち、誰かがそこの戸をホトホトと叩きました。

僕は一瞬ギョッとしましたが、待てよ、と思いました。飲み仲間の連中が悪戯《いたずら》をしているにちがいない――それで、澄ました声で『どうぞ、お入りなさい』と言ったんです。

入って来たのは、綺麗な女でした。ここにいる小淑です。小淑は宋家の縁者で、昔この離れに住んでいました。肺を患《わずら》って若死にしましたが、生きたいという思いが残って幽霊となり、屋敷に取り憑いたんです。でも、僕らはお互い一目見たとたんに、好きになってしまいました。

僕はそれから毎晩ここへ忍んで来ました。小淑が幽霊でも、ちっともかまいませんでした。内緒でこの屋敷を買って、この離れだけ、住めるように手入れをしました。いずれここへ引っ越して来て、一緒に暮らそうと思ってるんです。ところが、ここ十日ばかり前から身体の具合が悪くなって――」

小淑がそのあとをひきとって、言った。

「生者が死者と交わると、寿命を縮めるとか申します。わたし、最初からそのことを心配していたんですけど、やっぱり障《さわ》りが出てしまいましたわ。先生、そうなんでございましょう?」

雛先生は黙ってうなずいた。

「一体、どうしたらいいんでしょう」

「どうもこうもない。交わりを絶つことですな」

雛先生はきっぱりと言った。

「人間と幽霊が交わるなどというのは、幽明のけじめを乱し、天地の理法に悖《もと》る行いです。もう会うのはおよしなさい」

「いやです」

小淑は頭《かぶり》をふった。

「わたし、長い間ひとりぼっちでさみしく暮らしていて、やっとこんな慕わしい方にめぐり会えたんです。別れるなんて、いや！」

「僕だって、いやですとも」と郁青年が言った。「先生はお医者でしょう。僕の身体のことは、医術でなんとかなりませんか？」

「うーん」雛先生は唸った。「そんな例は書物にも載っていないと思うが——よろしい、これも何かの縁だ。方法を考えてみましょう」

雛先生はしばらく鬚《ひげ》をひねくっていたあとに言った。

「とりあえず、こうしましょう。あなた方は会ってもいいが、ひとまず閨房《ねや》のことをお控えなさい。郁さんは腎を補うために精のつくものをお食べなさい。わたしは処方を考えますから、四、五日したらおいでなさい」

「ありがとうございます」

「それでは失礼する」

先生は家に帰ると、さっそく医書を調べはじめた。

四日目の夜中に、小淑はまた先生の家へやって来た。

先生は言った。

「効き目の強い補腎薬を処方しました。この薬を、初めのうちは朝昼晩と飲ませなさい。十日もすれば、効き目があらわれてくるはずだ。そうしたら、あとは日に一回でよろしい」

処方箋を小淑に渡すと、小淑は何度も礼を言って帰った。

※

それから一月ほどして、夜中にまたホトホトと戸を叩く音がした。

戸を開けてみると、小淑だった。

「やあ、おまえさんか」と先生は言った。「どうしたね？　しばらく来ないから、薬が効いたんだろうと思っていたが、病人の具合はどうかね？」

「はい。おかげさまで、見違えるようになりました。先生のおっしゃる通りお薬を飲ませましたら、肌の色つやも良くなって、肉もついてまいりました。まったく、初めて会った時のあの人に戻りましたわ」

「それは何よりだ」

「ところが――ちょっと困ったことになったんです。近寄れないんです」

「近寄れない、とは？」

「あの――一昨日《おとつい》のことですけれど――もう病気は治ったから、一緒に寝てもいいだろうってあの人がいうんです。それで添寝をしようといたしましたら、いきなりグンと、強い力で押しのけられるように、わたしの身体が宙に浮いてしまったんです。何度やってみても同じで、あの人の肌に触れようとすると、押し戻されてしまいます。これって、一体どういうことなんでございましょう。お薬のせいでしょうか？」

「ははあ――」

先生は思いあたるふしがあるように、うなずいた。

「ちょっと御本人に会わせてもらえますかな」

さっそく車で宋園へ行き、郁彦亭の様子を見ると、先生は言った。

「思った通りだ。薬が効きすぎたな」

「どういうことなんでございましょう」と小淑がたずねた。

「つまりですな」と先生は説明した。「我々生きている人間は、体から陽気を発しています。一方、死人は陰の性質を持っている。陰陽和合などというが、それは生者同士の話で、幽明を異《こと》にすると、また作用《はたらき》がちがってくる。郁さんはもともと少し体が弱かったから、発する陽気もほどほどで、あなたと上手くいったのです。ところが、薬を服用して活力が充実し、陽気が盛んになってきたために、あなたの陰気を押しのけてしまうのでしょう」

「イヤだ。困りますわ。何とかしてくださいまし」

「さてさて、それは難しいな。薬をやめればまたもとに戻るが、それではこの前のように、郁さんの体が危うくなる」

「お薬を弱くしたら、いかがなものでございましょう」

「口でいうのは簡単だが、匙加減が難しくてな」

「でも、ほかに手立てがございますか？」

「そうだなあ――」

「先生、どうかお見捨てにならないでください。先生だけが頼りなんですから」

「しようがないな。乗りかかった船だ。出来るだけのことはやってみましょう」

先生はあらたに薬を処方してやったが、やはりうまく行かなかった。七回試みて、ついに匙を投げた。

「いかん、いかん。もうやめよう！」

困りきった顔の二人に、先生はこう言った。

「こうなったら、わたしに思いつく方法は一つだけです」

「どんな方法でございましょう？」

「妾《めかけ》を入れるんです」

「何ですって！」

「薬は以前の処方に戻します。そうすると、郁さんの陽気が強くなりすぎるから、これを別の方法をもって調整する。すなわち、郁さんは妾と添寝をなさるんです。そうすれば陽気が薄まり、ちょうど良い加減になるでしょう。羹《あつもの》を吹いて冷ますのと同じですよ」

「御冗談でしょ。わたし、そんなのごめんですわ」

「しかし、ほかに名案は思い浮かばない」

「だって――」

小淑はいやがったが、けっきょく先生の言うやり方を試すことにした。

郁はさっそく田舎から来た十五の娘を妾に入れた。

まだ本妻もいないのにと親は難色を示したが、郁がどうしてもと言うので、好きにさせてくれた。郁は宋園を手入れして別宅にすると、妾を本宅に置き、宋園では小淑と戯れたのである。

やがて妾が妊娠し、玉のような男の子が生まれた。郁はそこで妾を正妻に直した。小淑としては甚《はなは》だ面白くなかったが、どうすることも出来なかった。

今では子供も小淑に懐《なつ》き、「宋園のおばさん」と呼んでいるそうだ。

東の国から

あかつきがたに

勝山海百合

子どもの両のてのひらに納まる大きさの白い茶碗の底には、ごく淡い水色が溜まっているように見えた。外側に整然と並んで刻まれた蓮弁《れんべん》もうっすらと青く浮き上がっている。しかし全体としては白く、手触りはところどころ粗い。特に縁《ふち》は釉薬《ゆうやく》が剝がれて素地が剝《む》き出しになっているところもあった。一度砕けたものを接《つ》いであり、縁が大きく三角に欠けているものの、美しいと思った。どこがどうとは説明しがたかったが自分のような価値がわからない者が触れていいものではないと感じた。例えば、博物館の展示品に触れているような。その虞《おそれ》を察したか、

「海揚《うみあ》がり、というのですよ」

先生が優しく言った。私は先生の顔を見上げる……

これは記憶だ。

先生と呼んでいたが学校の先生ではない。兄が勉強を見てもらっていた遠縁の男性で、痩せてメガネをかけた、穏やかな人だった。若い頃に肺の病気をしていたので、学校も中途で辞めてしまったものの、独学で様々なことを学んで博識だった。今になって思えば三十を幾つか過ぎたくらいだったと思うが、落ち着きのある大人に思えた。私は兄がちゃんと勉強するか監視するよう親に付き添いを頼まれて一緒に出掛けていた。

兄は千駄ヶ谷の先生の家に通ってする漢文や古文の勉強を面倒くさがって、理由をつけて行かなくなり、付き添いの私だけが先生のところに行って、「本日、兄は来られません」と言わされることが続いた。

　ある日、「せっかくなので、今日はあなたにお話をしましょう」と私を座敷に上げてくれた。床の間に掛けられた御軸《おじく》の流れるようなかな文字が読めず、（最初の字は「来」かな？　あか川……）とあれこれ想像しながら津軽塗の座卓の前に座っていると、小さな松葉の形をした干菓子を出され、指で摘まんでぽりぽり食べていると、厚みのある白い筒型の茶碗が出された。

「粗茶ですが、どうぞ」と先生が改まって言う。私にはお茶の心得がなかったけれど、なにしろ小学生で無邪気でもあったので「無手勝流《むてかつりゅう》で、失礼仕《つかまつ》る」と挨拶をして、戦国武将のように茶碗を摑んだ。あの感触は志野焼きだった思う。肘を張って手の中で茶碗を回し、ぐいと飲んだ。二回か三回に分けて飲み、やり遂げたと思って茶碗をつくえの上に戻した。

「けっこうなお手前でござった」

　一礼して顔を上げると、先生は座ったまま体を二つに折っていた。病気の発作でも起きたかと思って「先生？」と声を掛けると、だいじょうぶ、と苦しい息の下から言って顔を上げた。

「お粗末さまで、ございます」

　やっと言うと先生は、涙が滲《にじ》むほど笑っていた。

　気まぐれか、気楽な話し相手が欲しかったのだろう先生は、また遊びに来なさい、木曜の午後ならたいてい居ますと言い、私は学校が引けた後で、時々遊びに行くようになった。先生の家は当時まだ多くあった、板塀に囲われた木造の家で、小さな庭があり、棕櫚《しゅろ》や椿が植えられていた。先生の家に来ると、先生について論語や唐詩の素読をした。先生は読んだ文章に関連する孔子の事績や、古代の故事などを語った。難しい言葉もあったが、急がなくてもものちにわかりますと言って、勉強が嫌いにならないように気を遣ってくれていた。勉強が終わると、通いのお手伝いのミネさんがお茶とお菓子を出してくれた。先生の家には、古い書画や骨董品があったが、先生が言うには古いだけで高価ではないとのことだった。

　影青《いんちん》という言葉は、あとになって知った。白磁なのだが、釉薬の溜まったところがうっすらと青く見え、竹のへらで刻んだ模様があれば、その線が青白く浮かぶ磁器のことだという。

何度か先生の元に通ったある日。勉強の後でいつものように先生とお菓子とお薄《うす》をご一緒した。もう大袈裟な挨拶はなく、いただきますと一礼して静かに味わった。そこでいつもは学校のこととか、天候のことなどを話して辞去するのだけど、ミネさんが甘い香りのする温い飲み物を持ってきてくれた。カップは厚手の茶色の陶器で、入っているのは泥の水のような色の飲み物。驚いてミネさんと先生の顔を見る。「ミルクココア」「ココアです」と二人が同時に言う。口をつけると、甘いチョコレートの味がした。

「平らかになさって下さい」と膝を崩すように勧めるので、私は座布団の上で遠慮なく足を崩したが、先生自身はずっと苦も無く正座を続けていた。そうして、つくえの上に黄色い布を広げると、傍らの桐箱から白い茶碗を出して布の上に出して見せた。どうぞ、手に取ってと言うのでこわごわと手を伸ばし、眺めたのだった……。

「海揚がりというのは、海の底から引き揚げられた物のことです。沈没した船の積み荷が、何百年もしてから引き上げられたり、岸辺に打ち上げられたりすることがあってね、これもそう。長い時間をかけて波に洗われてこんな風に」

私はよくわからないままに頷き、遺跡から発掘された遺物のようなものだと納得した。

「拾ったのですか?」

買う、という考えが思い浮かばなかった。河原で綺麗な石を拾うような幸運で手にしたのだろうという気がしたのだ。私はつくえに茶碗を戻した。

「そうです」先生は莞爾と笑った。「昔、鎌倉の材木座の海岸で」

以前、病気療養のために先生が鎌倉で暮らしていたとき、友人が東京から小豆《あずき》を持ってお見舞いに来たので、二人で海岸まで散歩に行ったのだそうだ。先生は寝間着の浴衣《ゆかた》に下駄、麦藁帽子、友人は麻の開襟シャツに制帽。ちょうど引き潮の刻《とき》で、遠浅の砂浜に並んで立ち、水平線を見ながら病気のことや学校のことなどを話していた。戦況は発表ほどは良くないことを感じながら、口に出してはいけない雰囲気が世の中にはあった。先生は、友人がなにか大事なことを話そうとしているが、それができずにいることを感じていた。

ふと足下に目をやると、灰色の砂から白いものが覗いていた。貝殻かと思ったがそうでもない。瀬戸物が打ち上げられることはままあり、染付の青い模様のある陶片を見かけることは珍しくなかった。先生がしゃがんでそれを拾うと、磁器の破片だった。友人は、「なかなかきれいじゃないか。白磁かな」と言い、足下を見回し、自分でもなにかを拾い上げると、先生の手から破片を取り上げて自分のものと合わせる。二つの破片は二人の目の前でぴたりと寄り添った。完全な形になるには足りないものの、二つの破片は同じ一つの器を構成していた。

「よく合わさったものだな。鎌倉時代の遺物かもしらんな」

「鎌倉時代なら南宋か、金《きん》……太祖《たいそ》ヌルハチ」

先生が空を見上げて年表を思い出していると、友人はズボンの腰にぶら下げた手ぬぐいを取って広げ、二つの破片を包むと先生の手に押し付けた。

「良い記念の品だ。来週入営だから当分会えないが、養生して、元気になってくれ」

友人の告白は意外ではなかったが驚きがあった。先生はどうしたらいいかわからなくて、軍隊式に敬礼しようと腕を上げかけて、「そういうのは、いいから」と笑って止められた。

先生の浴衣の裾が風ではためき、ステテコがあらかた見えるほどめくれた。友人の顔を見ると、口元は笑顔だが、目元は帽子の短いつばの陰で暗くて見えない。

「文弱の徒なんかいくら集めても、弾除けにもならんのに」

小さいが鋭く、学生を徴兵することを批判したので、先生は思わず身を竦《すく》める。どこで誰が聞いているかわからない、逮捕もあり得た。何食わぬ顔であたりを窺うと、離れたところで貝を拾う年寄りの姿があるきりだった。海鳥の影。

「下宿の小母さんが小豆を煮てくれてるから、食べていきなよ」

先生がやっと言うと、友人は笑って首を振り、

「僕の分も君が食べてくれ。直接駅に戻るよ」

それじゃ、と踵を返して歩き出す……

そこに居合わせたわけでもないのに、肌を指す陽光、足下の砂、湿った潮風になぶられて顔がべとべとするところまで感じられた。会ったこともない先生の友人

の後ろ姿、汗が滲んだシャツの背中。

「友人は戻って来なかったのですが、破片を寄せて、接いで、今のこんな形になったのです」

私は改めて茶碗に目をやった。縁が大きく欠けているが、糸底がちゃんとあって下半分が安定しているので辛うじて立ってはいる。轆轤《ろくろ》を回して作ったらしく、遠心力の軌跡が見えた。左右の高さがやや均等ではない。不意に何百年も前の中国の陶工が手を白くしながら轆轤に屈みこんでいる姿が見えるようだった。

目の奥がぼんやりとして、瞼《まぶた》が重く感じられた。うっかり眠ってしまって夢を見たのだと思って、背筋を伸ばそうとしたが、力が入らずにつくえに突っ伏した。額がつくえに着く、ごつんという音がして我に返った。先生が、大丈夫かい、お母さんに迎えに来てもらおうかと？ と心配そうに尋ねた。私は慌てて正座し、ぼんやりしていました、すみませんと頭を下げた。額がじんわりと痛んだが、恥ずかしいので平気な顔をした。

先生の後ろの、廊下に通じる障子戸が少しだけ開いていて、黒い髪の男性が立っているのが見えた。生成りのシャツの裾をズボンに入れずに着た、痩せた男性だった。

少し休んでいけばいいのにと言われたが、私は帰ることにした。玄関まで送ってくれたミネさんに、お客さんが来てるの？ 男の人が立っていたと尋ねた。耳が遠いミネさんは私の口の動きをじっと見て、「ごめんんね、耳がよく聞こえないんですよ」と言った。私は自分が変なことを口にした気がして、「ごちそうさまでした、さようなら」と言って外に出た。

その日以来、先生の家に行くと男の人の姿を見るようになった。縁側に座って庭を見ていたり、庭に立っていたり。白皙《はくせき》で中高《なかだか》で、映画俳優のようであったが、どことなく影が薄い。左の目尻に小さい黒子《ほくろ》が二つ並んでいる。おそらく身を寄せている親戚の人だろうと察して、あまり気にしないようにした。ああ、今日もいるな、相変わらず血の気が薄いなと思うだけだ。

ある日、いつものように先生と向き合っているときに、あの人が障子の向こうに立っているのが見えた。障子にその人の影が差さないことに突然気がついて、「あ」と声が出た。

「どうかしましたか」

先生に聞かれたが、「失礼しました。ちょっと驚いただけで」

目の端で窺《うかが》うと、その人の姿はもうなかった。

「……誰か見えたのかい？」

先生の顔を見ると、微《かす》かに眉間に皺を寄せた、真剣な表情だった。

「先生のご家族かと思っていました」

私の言葉を聞くと、そう……と先生は息を吐いた。

それから、少し迷った末に、「どんな人だい？」と聞く。私は記憶にあることをぽつぽつと話した。痩せていること、髪が長いこと、白いシャツを着ている……。

「わかるのはそれだけかい？」

「目尻に黒子があります、二つ」と付け足し、自分の左の目尻に触れた。

「……そうですか」

少しだけ落胆した様子に見えた。

家に帰ると、啓子伯母さんが来ていた。父のお姉さんで、大柄で笑い声が大きいので、家に来ていればすぐにわかる。茶の間に顔を出すと「伯母さん、いらっしゃい」と挨拶をした。張りのある大島紬に黄色い帯を締めた伯母さんの前には、七宝繋ぎが金彩で描かれた九谷焼の茶碗が出ていた。

「ちょうどいいところに」

伯母さんが手を振って私に座るよう促した。

「どうしたの、伯母さん？」

ぺたりと畳に座って、私は聞いた。ちらりと母のほうを見る。

「拝み屋の先生のところに行ったのですって」

母が言い添えた。母は合理的な人なので、神仏にはかしこまるが、占いやまじないというものをあまり信じなかった。そんな母でも、話す人次第では心を傾けて聞いてしまう。母にとって啓子伯母はそういう人だった。

「お父さんの、というのはあんたのお祖父さんのことだけどね、もうじき十三回忌だし、ちょっとお伺いを立ててもらったのだよ」

特別な職能のある人が、死後の世界にいる祖父に話を聞いてくれるのだという。どういうわけか、あの世の住民になると、少しばかりこの世のことを見通せるらしいのだ。

「法事は菩提寺で、今回までは並みにやってもらいたい、だけどもう次からは手厚くしなくても十分だっていうの。そういうことで、仕出しのお膳は松で」

お膳の差配もするのかとちょっと可笑しかった。松は一番高くて豪華だけれど、お精進なので海老も鯛もつかない。

「そこで。子や孫に伝えたいことはないですかって聞いたのよ。そしたらお父さんたら、道を歩く時は気をつけろ、風邪を引くなとか通り一遍のことしか言わないのよ。まあ、こっちのことにはもう疎《うと》いんでしょう」

伯母さんはお茶を一息に飲み干した。母は魔法瓶のお湯を急須《きゅうす》に足す。

「――それで。古いお皿を接いで直すと、家を守る助けになってやるそうだ。足りない陶片は、鶴岡八幡宮のトト屋？　おとや？　にあるっていうのよ」

伯母は四つに折った懐紙を広げた。「法事は並み松　交通安全　カゼひくな　小町通？　ととや」などと書きつけてある。

「孫は十人もいるのに、あんた一人、名指しよ。それで、『みなのことはいつも見守っている、達者でな』で、終わり。幽明境《ゆうめいさかい》を異《こと》にしているからね」

「それで、啓子さんはわざわざうちに寄ってくださったのよ」

母が遠慮がちに言う。

「この意味わかる？　心当たりはある？」

伯母さん聞かれても、家事を手伝っていてうっかり割った皿のことしか思いつかないし、お皿はもう捨ててしまった。

「鶴岡八幡宮ってどこにあるの？」

「鎌倉」

母と伯母の声がユニゾンした。

「源実朝《みなもとのさねとも》が刺された、大銀杏《おおいちょう》のある」

伯母が付け足した頃には、先生のあのお茶碗のことしか頭になかった。けれど私は「なんのことか全然わからない」と言った。

「遊びに行きがてら、鎌倉で古道具屋を覗いてみたら、あったんだよ。まさかと思ったのだけど、ぴったりで。千載一遇、盲亀浮木《もうきふぼく》」

古い鎌倉彫の重箱やお盆、糸巻や竹笊《ざる》といった民具、仏具、陶磁器などを商う薄暗い店で、陶片などはないかと尋ねると、店主は「こんなものしかありませんな」とビスケットの缶を出してきたのだと先生は言った。

十燭《じゅっしょく》電球（と先生は言ったけれど、これは昔の言い方だ。あんまり明るくない裸電球と思っていい）が照らす、錆びの浮きかけた缶の中に綿と一緒に幾つかの陶片があった。

「海で拾ったのを、売りに来る人がいるんですよ」

先生には黄色い缶を見たときから予感があったのだという。明るいところでというので、店の入り口のガラス戸近くに二人で寄っていく。そしてついに見つけた。

「触っても、よろしいか」とかけた声が思いがけず震えたが、店主は気にすることもなく頷いた。洗われた骨のように白い陶片を慎重に摘まみ上げる。大きさといい、形といい、茶碗の欠けた部分に納まりそうに見えた。

「……これ、おいくらです？」

「……いくらだと思います？」

先生は思い切って、うんと小さい金額を告げる。

「なるほど」破顔した店主の前歯が一本ない。「わかりました、ではそれで。ところで、こんな物に興味はないですか」

と言ってしゃがむと、貝殻がついた壺をつかんで立ち上がった。半分になっているので、壺としての用はなしそうにない。庭に置いたり別の容器を添えて花器に用いるのだろうか。

先生は首を振り、店主の気が変わらないかびくびくしながら言われた金額を払うと、新聞紙に包まれた陶片を帆布のかばんに仕舞った。

「それ、どうなさるんですか。研究ですか」

店を辞そうとしたところで尋ねられて心臓が縮みあがったが、古陶磁器や考古学を研究する者は資料にするだろうと思いあたった先生は、「いえ」と答えた。そして本当のことを言うこともなかろうと緊張を解いた。

「筆置きにしたら、いい塩梅じゃないかと思いましてね」

「それは結構なことで——毎度ありがとうございます」

店名は梅の字の入ったものであり、近くの古寺の門の向こうに緑の葉を茂らせた梅の古木が見えたそうだ。

茶碗の陶片が見つかったと知ってひどく安堵したが、同時にすっかり興味が失せてしまった。接ぎに出すと聞いたが、無事に欠落が埋まったのかは知らない。私は先生の家にも行かなくなり、たまに母親から消息を聞いたり、道でばったり会うくらいだった。会うと先生は、以前のように優しく学校の勉強はなにをやっているのかなどと聞き、また遊びに来なさいといつも言った。私は、はい、そのうちと返事をしても行かなかった。このことは少し後悔している。先生は大学に戻って学位を取り、雑誌に文章を書いたり、学校で教えたりしながらずっと一人で、穏やかに暮らしていたのを知っている。

　先生に教わったことはあとになって「そういうことか」とわかることがあったが、高校生になってから、突然、先生の家の床の間の御軸になにが書いてあったのかがわかって、ひどくすっきりしたことがある。源実朝だった。

来ぬひとをかならず待つとなけれども
あかつきがたになりやしぬらむ
（待っても来ない人を待つうちに
あかつきが訪れようとしています）

こんな子ども時分のことを思い出したのも、あの接いだ茶碗を久しぶりに見たからだ。鎌倉の扇ガ谷《おうぎがやつ》にある博物館で鎌倉時代の貿易がテーマの展示があり、あの接がれた茶碗が、ガラスケースの中に納まって照明を当てられていた。蓮弁が浮き出た白磁の茶碗は、長年潮に洗われて残った芯のような独特の美しさがあった。寄贈者は先生。思わずあの人を探したが、それらしき影は見えるはずもない。

　展示室を出ると、中庭に面したホールの端に立ってあの人が庭を眺めていた。紫陽花《あじさい》の咲き始めで、今はもう質素な書生風ではなかった。長い髪は一つにまとめられ、冠をつけ、襟の高い灰紫の長着をまとって帯を締めている。腰に玉《ぎょく》などを佩《お》びた、堂々たる唐土《もろこし》の貴公子に見えたが、誰も気にしていない。目尻に黒子が二つ、と思ったとたん、ゆっくりとこちらを振り返り、一揖《いちゆう》した。

「中国の壺」川原泉

怪奇ショートショート競作・文豪編

切れた縄

菊地 秀行

百一夜怪のうち三十九怪目

あたくしの名前は久作と申します。今年で三十六になる薬の行商人でございます。店は江戸の日本橋にありまして、三年ほど前までは、客足の絶えぬ繁盛ぶりでございました。

あたくしは七つのときから奉公に出て、働きぶりを認められ、おまえは弁も立つし、客あしらいも上手い。足腰も丈夫だと、東海道一帯の宿場への売り込みを申し渡されました。

十五になったばかりでしたので、お払い箱にされるのかとも思いましたが、主人はどうやら本気らしい。私が疑ったような気ぶりは少しも見せず、その場で番頭を呼んで話すと、彼も相好を崩して、そりゃあいい、こいつなら間違いありませんよと太鼓判を押してくれたのです。店でいちばんの二人に、こうまで言われては、拒むことなど出来やしません。こうして、その年の秋口から、あたくしは東海道を巡る行商人になったんです。

真っさらに申し上げて、いままで皆さん方がお話しになったような、奇妙で不気味な物語には出くわしたことはありません——とこう申し上げたいのですが、実はこれまでの行商の旅の中でひとつだけ、こればかりはどうにも説明がつかねぇ、はい、怪談といってもいい奴がありますんで、今回はそれをお耳に入れて、ご勘弁頂きたいと存じます。

あれは四年前、あたしが三十になった年、姫街道の六雲《むくも》宿って宿場と、その前にある古い神社の参道での出来事でございました。

ご存知の通り、姫街道ってのは、東海道の脇道で――正しくは脇街道と呼ぶらしいですが――遠江《とおとうみ》の見附《みつけ》宿から御油《ごゆ》宿まで続く、十五里ほどの道でございます。随分と昔から――その始まりは存じませんが――東海道の出来る以前から、こちらが本道として使われていたそうでございます。戦国時代は兵糧《ひょうろう》を積んだ荷車や軍馬がひっきりなしに往来し、真っ当な旅人は通行止めをかけられることもあったと聞き及んでおります。

今みたいに道も整えられ、宿場が並ぶようになったのは、家康公が日本中の道の整備に着手されてから、大分経ってからのことだそうでございます。

その年の春の暮れ、桜も散り萎《しお》れた頃に、あたくしは姫街道のお得意廻りと、新規の開拓に出かけておりました。

何度も足を運んだ勝手知ったる場所でございます。三日の間に、見附宿から三ヶ日《みっかび》宿まで片づけまして、さて、今日は三方原《みかたはら》追分を過ぎ、本坂峠《ほんざか》を越えて嵩山《すせ》宿で宿を取ろうと、夜明け前に宿を出たのでございます。

早足でぐんぐん進みまして、ようやく東の空が水みたいに光りはじめた頃、後ろで呼ぶ声がいたします。

ふり返りますと、皺だらけ白髪混じりの、六十年配と思しい男が駆け寄って参りました。

面倒臭いと正直思いました。

昨夜の晩飯は、給仕の女が少いという理由で、泊り客みなひと部屋に集まって摂《と》ったんですが、そのときの話ぶりから、あたくしは、その男も同じ薬の行商人と知りました。どうやら、姫街道の宿場で商売をしたいらしいのです。長年商売をしていると、同業者というのはわかるのか、しきりとあたくしに話しかけて来ましたが、あたくしは相手にせず、さっさと自分の飯を終えて、部屋へ戻って寝てしまいました。商売仇と親しくなったって碌《ろく》なこたありゃしませんし、旅の連れになったりしたら、億劫なだけですからね。ここだけの話ですが、口喧嘩にでもなったら、それだけで殺しかねません。

そいつが追いかけてきて、

「ご一緒さして下さいな、ご朋輩」なんて言ってくる。

「先にお行き」

とそっぽを向いても、

「殺生なこと言わずに、あたしはもう年配《とし》でね、ひとり歩きが寂しいんですよ。荷も重いしね」

「荷物運びなら、人足でも雇うんだね」

そう言い捨てて、男をその場へ残し、後ろも見ずに歩き去ったんです。

お陰で昼まで大分間がある時刻に、六雲宿の近くまで来ちまいました。

実はあたくしには、宿場へ入る前に楽しみがひとつあったんです。宿場まで四半刻とかからない場所に石畳の参道がありまして、その先、石段を十段ばかり上がったところに古い神社が建っております。鎌倉時代に創建されたっていう古い神社で、祭神は素戔嗚尊《すさのおのみこと》でございます。何か由緒正しいお宝も祀《まつ》ってあるということですが、あたくしは良く存じません。あたくしの楽しみは、神社へ続く石段——その少し前に植えられた二本の松の木なんでございます。

桜じゃないのかいとお笑いなさいましたね。

そう仰《おっしゃ》るあなたでも、あの松を見たら惚れ惚れと眺めるしかありませんでしょう。あの木の枝で——いえ、失礼をいたしました。

参道の入り口に立って、あたくしめの見たものを思い出しますと、今でも総毛立って参ります。ほれ、この通り。ご覧くださいませ。あの二本の松の枝ぶりの見事さは、少しも変わりありませんでした。ただ、その枝という枝から、何十本という縄がぶら下がっていたのでございます。どの縄の先も輪が結ばれておりました。

様々な思惑があたくしの脳裡を駆け巡ったのは、少し経ってからでございます。この縄を吊ったのは誰なのか？　実際に首を吊った者たちがいるのか？　彼らは死体をどう始末したのか？　本当に首を吊ったのだと確信いたしましたのは、縄の下にきちんと置かれた履物があったからでございます。

ですが、すぐにおかしいとも思いました。

首を吊るには、足が地に届かないよう台に乗らなくてはなりません。それがひとつも見当たらないのです。

彼らは自ら幹をよじ登り、首に縄を巻いて、枝からとび下りたのでしょうか？　ああ——

取り乱して失礼をいたしました。ここでわたくしは輪の大きさに気づいてしまったのです。そこには明らかに子供のものが。そして、もっとずっと小さくて狭い輪もぶら下がっていたのです。

悪戯《いたずら》とも考えましたが、こんな手のこんだことをする必要があるはずもありません。

見なかったことにしよう、と決心して、あたくしはその場を離れようとしました。あたりは静まり返っておりました。陽の光さえ、この光景の不気味さを際立たせているように見えたのです。

背を向けて走り出そうとしたとき、あるものが眼につきました。いちばん街道に近い枝から垂れていた縄が、それだけ途中で切れていたのです。その先は、地面の上で丸を作っていました。

ああ、誰か助かったんだと喜びが湧いたのも束の間、ぶら下がっている縄、縄、縄。あたくしは悲鳴も出せず、街道へ走り出たのでございます。

六雲宿に到着したのはそれから半刻ほどでございました。

何度も来た宿場でも、一年も経てば、行商人のことなど忘れてしまうものですが、ここではいつも和やかな挨拶があたくしを迎えてくれたのでございます。

小間物屋の主人の良作さんも、一軒きりの旅籠「附木屋」の番頭の勘次郎さんも、あたくしと知ると、暖簾《のれん》を上げて、ようこそ、精が出るねえと声をかけてくれたものです。宿の女郎衆も、すれ違う際には、たまには遊んどくれと笑いかけてくれるのでした。

そんな馴染み深い宿でしたが、今回は平常な心持ちで訪れることは出来ません。あたくしは、真っすぐ番屋へ駆け込むつもりだったのです。

その足を止めたのは、通りの向こうから駆けてくる男の子でした。彼は小さな右肩に荒縄の束をかけておりました。間違いなく、あの松の大枝に下がっていたのと同じ縄を。

脇をすり抜けようとする彼を、あたくしは肩を押さえて止め、何処へ行くんだい？　と訊きました。

子供は渾身の力をふりしぼって抵抗しました。歪み切った顔は、無我夢中というより、今にも泣きそうだったのです。

あたくしは、縄の端を摑んで、

「これで何をするつもりだい？」

と彼を揺すりました。彼の動きはまるでうなずいているようでした。

「縄が切れちゃったんだ。早く行かなくちゃ。でないと、みんなが」

「みんなが？　みんながどうなるというんだね？」

落ちつかせるつもりで力を込めましたが、子供は平静になりません。縄束をかき抱くようにして、あたくしの手から逃れようとします。

どうしようと思ったところへ、「附木屋」の勘次郎さんがとび出して来ました。あたくしたちは、宿の前で揉めていたのです。

気がつくと、通りの右側にある小間物屋からも良作さんが現れ、通りがかりの飯盛女たちもやって来るのが見えました。

「行かなくちゃ」と暴れる男の子へ、

「いいんだ、三吉、まだいいんだ」

と勘次郎さんが言いました。

あたくしの背に冷たいものが流れました。いいんだとは何だ？　まだってどういう意味だ。この子は――この子はあの松に登って、吊り直そうとしているんじゃないのか？

「あっ⁉」

という声が右手で聞こえたかと思うと、派手な色があたくしと子供の間に倒れこんで来ました。近づいて来た女のひとりでした。まだ着替えていない衣装から、汗と白粉《おしろい》の混じった嫌な匂いがあたくしの鼻に吸い込まれました。

「何をするんですか」

と喚いたときにはもう、三吉と呼ばれた男の子は猛烈な速さで小さくなっていくところでした。

倒れこんで来た女郎の、

「ごめんなさいよ。足を滑らせちゃってさあ」

という言葉にも、返事はしてやりませんでした。口調に嘘が感じられたからです。

女たちと、勘次郎さんは、何故かあの子を行かせようとしていると感じました。目的地は勿論、あの松の木です。あそこで三吉は何をしようというのか。あたくしはもう考えないようにしました。

新たに加わった良作さんのかけてくる言葉にも、適当な相槌を打って、早々に「附木屋」へ行きました。泊まるつもりはありません。ご主人夫婦に前から頼まれていた朝鮮人参と胃に効く麻黄《まおう》の粉末を届けようと思ったのです。

近隣でも温厚で通るご主人夫婦は、こちらの言い値に文句ひとつつけずに引き取って下さり、そのまま世間話に入りました。もう随分前からこの宿場に隠居を決めていたらしく、あたくしの語る日本各地の四方山話に、身を乗り出して、耳を傾けてくださいました。

半刻は話していたでしょう。去り際に障子を閉めると、達者でなと声がかかりました。

勘次郎さんや小僧さんに挨拶して外へ出ましたら、あたくしのやって来た方角から、あたくしと同じ大きな荷物を背負った行商人らしい男が、大変だ、大変だと叫びながら走ってくるではありませんか。言うまでもない、あたくしが放り出して来たあの男でした。

あたくしに気がついたらしく、こちらへ走って来たときも、あたくしは逃げませんでした。彼の通って来た道で何が起きたのか、何を見たのか、わかっていたのです。

男は真っ青な顔で、息を切らせ、今倒れて死んでもおかしくなさそうに見えました。

「どうしたい？」

こう訊くあたくしの声は、ひどく落ち着いていたと思います。

男は胸を押さえながら、後ろを指さして、言葉にならない声を上げていましたが、このとき、

「またな、久作さん」

と勘次郎さんが、あたしの肩を叩いて店の中へ引っこんでいきました。

「え？」

と周りを見ると、女郎衆が近くの飯屋に駆け込んでいくのです。そればかりか、親父さんが出てきて、雨戸を閉めはじめたではありませんか。

小間物屋の戸口から、良作さんがこちらを見て片手を上げ、奥へとひっこんでしまいました。

通りには、あたくしと同業者の男しかいなくなったのです。

「神社の松の木に」

と男がまた息も絶え絶えに言いました。

「何十人も首を吊って」

「わかった。ここにいな。いま、確かめてくる」

あたくしはそう言って、附木屋の木戸を叩きました。いつの間にか、玄関は閉じられていたのです。何度も

叩きましたが、返事はありませんでした。勘次郎さんも、ご主人夫婦も返事をしてくれません。もういないような気もしました。

　急に静かになりました。陽の光の降り注ぐ音が聞こえるような静けさの中に、あたくしたち二人だけが取り残されていたのです。

「仕方がねぇ。あんた、待ってるかい？」

　と訊きますと、男は、

「嫌だ。一緒に行く」

　と起き上がりました。立場が逆なら、あたくしだってそうしたことでしょう。

　私たちは街道を戻りはじめました。

　松の木は、男の言う通りでした。

　おびただしい首吊りの中にあたくしは勘次郎さんを見つけました。良作さんもいました。派手な衣裳のまままぶら下がっているのは、女郎衆でした。附木屋のご主人夫婦を見つけたときには、涙が溢れました。

　そして、あの切れた縄は新しいものに替えられ、三吉は舌を出してこと切れていました。

　本来なら、あたくしが先に、彼らを見かけていたはずなのです。

　ですが、三吉の縄だけが切れた。それで彼らはもと居た場所へ戻らなくてはならなくなった。三吉があれだけ必死にここへ戻ろうとしていたのは、自分ひとりが残ったために、みなが行くべきところへ行けなくなってしまったからでしょうか。

　街道を戻るという男と別れて、あたくしは六雲宿へ向かいました。

　宿場は静まり返っておりました。

　今になっても、あそこで何が起きたのかは見当もつきません。

　宿場の全員が首を吊った理由は、その後に来たお役人にもわからず終《じま》いだったと聞きました。

　縄を肩にかけて必死に駆け戻ろうとする男の子の、ある意味生き生きとした姿と、眼を剝き舌を出した首吊りの姿が、今も時折り夢に出て参ります。

岡本綺堂

怪奇ショートショート競作・文豪編

仏間の鏡

三津田 信三

まだ僕が編集者で、しかも自分好みの企画ができていなかった頃、いくつもの「怪談会」に参加した覚えがある。当時その手の催しが盛んだったのかどうか定かではないが、記憶にある限りでは好事家が手弁当で開いたような集まりが多かったと思う。

今になって振り返ると、まるで憑かれた如く会合に足を運んだのは、一種の代償行為だったのかもしれない。仕事では満たされない何かを求めて、そういう場にせっせと通っていた。そんな気がする。

あの会がいつ何処で開かれたのか……どうしても思い出せないが、地下の空間だったことは間違いない。そこで一晩を掛けて、参加者たちが一人ずつ語っていく。そういう場に僕はいた。

あれは何人目かの中年女性の話だった。

＊

私が十一歳の春休みのとき、一時的とはいえ父方の親戚の家に、かなり唐突に預けられたことがあります。ただし親戚といっても、当時の私には完全に未知なる家でした。なぜなら母方と違って父方の親戚とは、ほぼ付き合いがなかったからです。両親から聞いた覚えもほとんどなく、まして行き来など皆無だったため、私にとっては存在していないのと同様でした。

そんな伯父と伯母の家に突然、私だけ行くのですから、まさに青天の霹靂《へきれき》です。しかも理由の説明が、どうにも変でした。その伯父夫婦が大いに困っているので、私の両親が助けることになった。ついては二人とも家をしばらく空けなければならない。そうなると私が独りになってしまう。だから伯母が私の面倒を見るというのです。

両親と伯父の三人ではなく、父親と伯父夫婦の組み合わせにすれば、母親が残ります。私が伯母の所へ行く必要もありません。そう言ったのですが、どうしても両親の協力が必要だと返されました。きっと伯母では役に立たないのだろうと、暗に私は理解しました。伯父と伯母の二人では解決できない問題を、両親に頼ることで何とかしたい。そういう事情があるのだと察したわけです。

だったら母方の祖父母の家に行きたいと希望したのですが、少し前から祖父の具合が良くないらしく、さすがに私の世話まで頼めないうえに、伯母が「せめて娘さんの面倒を見たい」と申し出ているため、それを無下にもできない……という両親の説明に、私としても納得するしかありませんでした。

ただ父親は普通だったのに、なぜか母親は不安そうな顔をしています。本心では私を預けたくないと思っている。しかし諸々の事情から、そうせざるを得ない。そんな母親の葛藤を子供心に察したからこそ、逆に私は大人しく従おうと決心しました。依然として不安でしたが、母に心配を掛けたくなかったのです。

伯母の家に行く日の朝、母親は着替えなどを入れたリュックサックと鞄を渡したあと、私の左手首に小さな数珠《じゅず》をつけました。母方の祖母がわざわざ送ってきたもので、向こうの家に行っている間、ずっと巻いているようにと言われました。お風呂に入るときも、つけているようにと注意されたのです。この数珠が私に、妙な安心感を与えました。特に信仰心など持ち合わせていなかったのに、祖母から母に、母から私に渡されたことで、何とも言えぬ温かみを得たような気になったからでしょうか。

この安堵感は家を離れて、いくつも電車を乗り継いで、ようやく先方の駅に降り立つまで、まったく消えずに私を包んでいたのですが……。

駅前のロータリーで無表情な伯母に会った途端、すうっと薄らぐのが分かりました。彼女の運転する車で二十数分ほど走り、民家よりも田圃《たんぼ》が目立つ風景の中に建つ大きな田舎家の前に着いたとき、さらに弱まるのを感じたのです。

私は咄嗟《とっさ》に左手首の数珠を右の掌で握りました。恰《あたか》も祖母と母を守るかのように……。その家の悪意から隠すかのように……。

伯母に案内されたのは十畳ほどの仏間でした。正面の左手に床の間が、中央に床脇《とこわき》が、右手に仏壇がありました。床の間には掛け軸と生け花が飾られ、床脇の違い棚の上には小芥子《こけし》や木彫りの人形などが並べられ、その下には古びた鏡台が置かれて、仏壇は大きくて立派なものでした。座敷の左側の奥に押入れが、手前に和箪笥が見えます。右側と私が入ってきた後ろは共に襖《ふすま》で、何処にも窓はありません。玄関から仏間までは、ちょっと歩いた気がしますので、きっと家屋の奥に位置していたのでしょう。

そこが私の部屋になりました。母方の祖父母の家にも仏間はありましたので、そういう意味では慣れています。ただし祖父母の家では、あくまでも仏間は仏間でした。その部屋で誰かが寝起きしたのは、曾祖母が最後だったと聞いています。伯母の家には使っていない部屋が沢山ありそうなのに、なぜ子供の私にわざわざ仏間を宛《あて》がうのか。いいえ、それ以前に祖父母の家では感じなかった薄気味悪さが、この家の仏間にはありました。窓がないため日中でも電灯を点すのですが、どうにも光量が乏しいのです。まるで最初から豆電球しか点かないような、そんな薄暗さが常に纏《まと》いついていました。

いつの間にか左手首の数珠が、すっかり冷え切っています。いくら右の掌で包んでも、なかなか温かくなりません。家の中は何処も寒々としていましたが、特に酷かったのが仏間でした。

三度の食事は仏間から離れた、中庭に面した座敷で摂《と》ります。祖父母の家では楽しみだった食事も、伯母の所では苦痛でしかありませんでした。味がしないのです。薄味なのではなく無味乾燥という表現がぴったりの、人間の食べ物とは思えない代物でした。もしかすると伯母の食事は真面《まとも》な味つけで、私に出したものだけが可怪《おか》しかった気もします。しかし当時の私には、どうすることもできません。

……伯母が怖い。

駅前で会ったときから、その気持ちをずっと持ち続けていました。それが仏間を宛がわれ、味のない食事を出され、トイレと風呂に行く以外の自由は奪われ……という仕打ちを受けることで、余計に強まったのです。でも苦情を申し立てるなど、子供の私には無理でした。ただただ耐えるしかありませんでした。

伯母は半ば私を仏間に閉じ込めました。一応は遊ぶもの――人形やゲームや本など――を与えられたのですが、どれも私には稚拙に思われるうえ、どうにも薄汚く感じられてなりません。頼みの綱は家から持ってきた数冊の本でした。それらを私は大事に、とにかく大切にして、少しずつ読むようにしたのです。

そのうち私は気づきました。夕食に呼ばれて仏間を出て、食べ終えてから戻ると、いつも鏡台の鏡掛けが上げられていることに……。つまり私が仏間にいない隙を見計らって、伯母は鏡台の前に垂れた鏡掛けを、わざわざ捲《めく》りにきているのです。けれど不思議なのは、彼女が何度も同じ行為を繰り返していることでした。伯母が上げた鏡掛けを、私は一度も元に戻していません。では誰がやっているのか。私が寝ている間に、彼女自身が戻すのでしょうか。だとしたら可怪しくないですか。いくら何でも変ですよね。

ところが、ある出来事が起きてから私は、それを自らやるようになったのです。仏間を出る際には必ず電灯を消すようにと、伯母には煩《うるさ》く言われました。しかし夕食や風呂のあとで真っ暗な部屋に入るのは厭《いや》だったため、この点だけは私も抵抗した結果、豆電球は点しても良いことになりました。ですから私がその日の夕食後に仏間に入った際、ぼうっとした明かりの下で鏡台の鏡面が鈍く光っているのを見て、また伯母が鏡掛けを上げたのだと分かりました。その意味の分からなさに、改めて厭な気持ちになっていたときです。

……えっ、伯母さん?

という言葉が出そうになりました。後ろの襖の前に、いつの間にか当人が立っているのです。その姿が鏡面に映っています。

ただ、あまりにも様子が変でした。彼女は両手を襖に掛けて僅かな隙間を作り、そこから向こうを覗いています。襖の外は廊下で誰もいないはずなのに……。

鏡の中の彼女に気づいたとき、私は仏間の半ばまで入っていたので、咄嗟に右手を上へ伸ばして電灯の紐を探って引きました。

　豆電球よりは強い光が室内に満ちて、一瞬ながらも視界が真っ白になって、次に見えたとき鏡面の中の彼女は消えていました。はっと振り返ったものの、そこにもいません。けれど襖は確かに少しだけ開いています。ぴったり閉めないと伯母に小言を食らうため、私は襖も障子も板戸もきっちりと閉じる癖がついていました。仏間に戻ったときも閉めたはずです。にも拘《かかわ》らず襖には隙間がありました。ちょうど片目で覗けるほどの……。

　今の人影が伯母だったのかどうか、私は分からなくなりました。その家にいるのは伯母と私だけのはずです。他には誰もいません。

　まったく同じ状況で翌日、彼女を鏡面の中に見たとき、やっぱり両手は襖に掛かって、そこに隙間ができていました。ただ彼女は廊下を覗いておらず、襖の前に立っているだけです。ここで私は遅蒔《おそま》きながら、伯母のはずがない……と思いました。なぜなら彼女は台所にいて、夕飯の片づけをしている最中だったからです。それほど素早く私のあとから仏間に入って、そんな奇妙な恰好をできるわけがありません。

　このときも電灯を明るくすると、鏡の中の彼女は消えました。だからと言って安心できたかと言えば、もちろん違います。どう考えても異様な体験をしているのに、それから逃れる術が私には何一つないのですから……。

　さらに翌日の夕食後、戦々恐々しながら仏間に戻ると、鏡面の彼女が見えたのですが、両腕はだらりと左右に垂れています。襖の方を向いたまま、何もせずに佇んでいる。そんな姿でした。さらに翌日の夕食後は、首だけが右に少し動いていました。ゆっくりと振り返ろうとしている、そういう様子を目の当たりにしたわけです。

　次の日の夕食後から、私は仏間に戻ると同時に俯《うつむ》いたまま電灯の明かりを強くして、それから鏡台の前まで進んで鏡掛けを下ろす、という行為を繰り返しました。お陰で鏡の中の彼女は見ないで済んだのですが、日を追う毎に鬱々とした気持ちになっていきます。味のしない夕食のあと仏間へ戻るたびに、厭で仕方ないものが澱《おり》のように溜まっていく。私の体内に蓄積していく気がしてなりませんでした。

　ある日の朝、いつもは無表情で必要最低限のことしか喋《しゃべ》らない伯母が微かに笑いつつ、こう言って私を見詰めました。

「臭い物に蓋をする……って諺《ことわざ》があるけど、その臭いがあまりにも強かったら、いくら蓋をしたところで漏れるものなの。それと同じ」

私は必死に考えました。臭い物とは鏡の中の彼女で、蓋とは鏡掛けではないのか。私は鏡面の彼女を見ないように鏡掛けを下ろし続けているけど、実は何の効果もないとしたら……。もしかすると鏡の中で彼女はとっくに振り返っており、私の背中を凝《じ》っと見詰めているとしたら……。

その場合、襖の前に立つ彼女は私の後ろにいますが、鏡面の中の彼女は正面にいるとも見做《みな》せます。つまり私と目が合う懼《おそ》れがあるのではないか……と気づいて震え上がったのです。

いつまでも食事を長引かせていると、痺《しび》れを切らしたらしい伯母に、私は仏間へと追いやられました。絶対に見たくないけど確かめたい。そういう矛盾した気持ちに苛まれつつも、結局それまで通りの行為を繰り返すことしかできませんでした。

この間の数日が、本当に怖かった。私が見えていないだけで、あの彼女は近づいているのかもしれない。もう今日にも、私に触るのではないか。そんな不安と恐怖と絶望に、ずっと付き纏われていたのです。

でも、まったく何も起きません。すると夕食時の伯母の顔が、次第に険しくなっていきました。しかも彼女は物凄い目つきで、私の左手を凝視するではありませんか。最初は意味不明の眼差しでしたが、私の手首に巻かれた祖母からもらった小さな数珠を睨《にら》みつけているのだと、ようやく察することができました。この頃には数珠も、ほとんど身体の一部のようになっていたため、容易には気づけなかったわけです。

その夜、私が入浴していると、曇り硝子戸越しにぬっと人影が現れました。伯母が脱衣場に入ってきたらしいのです。何の用だろうと思っていると、風呂場の私に声を掛けることなく、脱衣籠の前に蹲んでいるようでした。彼女の不可解な動きは、まるで籠の中を物色しているみたいに映ります。恐らく伯母は、数珠を捜していたのではないでしょうか。でも私は祖母の言いつけを守って、ずっと手首に巻いていました。片時も肌身から離しませんでした。

伯母は脱衣場を出る前に、曇り硝子戸の向こうから、かなり長い間こちらを見詰めていました。私は気づかない振りを必死にしつつ、早く立ち去って欲しいと願うことしかできません。ふと全裸のまま風呂場から引き摺り出され、仏間まで連れて行かれるのではないか……と想像してしまい、温かい場にいるにも拘らず、ぞっと全身に鳥肌が立ちました。

　やっと伯母が出ていったあと、いつまでも私は湯船に浸かり続けました。そこから出ることができなくて難儀したのです。

　寝るときも豆電球は点したままでしたが、伯母が様子を見にくる心配はないと判断できるくらい時間が経ってから、いつも明かりを点け直していました。この日の夜も同じようにして蒲団に入りました。両の瞼《まぶた》を閉じても正直かなり眩《まぶ》しく感じられ、どうにも寝入るのが大変でしたが、かと言って豆電球だけでは怖くて余計に眠れません。だから瞼に覚える明るさも、ほとんど苦にならなかったのです。

　それが突然、ふっと翳《かげ》りました。電灯と私の顔の間に、いきなり何かが割り込んだ。そうとしか思えない状況です。けど、とても目を開けて確かめられません。何を見る羽目になるのか。ちらっと想像しただけでも、私は漏らしそうになりました。とはいえ両目を瞑った状態も、また恐怖でした。その正体不明の何かが少しずつ下りてくる。私の顔に近づいてきている……という感覚に囚われ出したからです。

　ぐうぅぅっと何かが落下の速度を上げて、いきなり迫ってきたとき、私は反射的に両目を開けてしまいました。鏡でした。目の前に鏡があったのです。でも鏡面に映っていたのは、私ではありません。はっきりとそれを認識する前に、咄嗟に私は左手を鏡面と自分の顔の間に差し入れていました。なぜそんな行動をとったのか。私自身にも分かりません。けれど次の瞬間、左手首に鋭い痛みを覚えたあと、すうっと意識が遠退きました。気がついたときは朝で、祖母の数珠は紐が切れて仏間中に小さな珠が飛び散っておりました。すべて拾おうとして、どの珠も割れていると知り諦めるしかありませんでした。

　その日の朝食はちゃんと味があって……というよりも普通に美味しかったです。伯母は満面の笑みを浮かべて、あれこれと私の世話を焼きます。ただし私は食欲がなく、とにかく放っておいて欲しいとしか思えません。それなのに伯母は午後から出掛けると、女の子用の玩具やケーキやお菓子などを買ってきて私に与え、一緒に遊ぼうとまでしたので驚きました。昼食を含めた午後からの彼女の様子も同様で、それが夕食まで続いたのです。

一方の私は、もう絶望しか覚えていません。何が起きているのか少しも分からないけど、かなり拙《まず》い状態になっているのは実感できます。それを防いでくれたであろう祖母の数珠は、跡形もないのです。そして何よりも伯母の異様なほどに燥《はしゃ》ぐ姿が、さらなる絶望を私に齎《もたら》していました。

大変なご馳走の夕食を目にして、私は「最後の晩餐」を連想しました。恐らく間違っていなかったと思います。だから私は、いつまでも食べ続けました。口に運ぶ量を最低限にして、できるだけ食事の時間を引き延ばしたのです。伯母は微笑んでいました。嬉しそうに笑っています。楽しそうに嗤《わら》っているのです。

もう駄目……。

口の前まで運んでも、まったく食事を受けつけなくなって、完全に箸の動きが止まったとき、私は真の絶望を体感しました。

そのとき玄関が騒がしくなって、伯母が怪訝《けげん》そうに出ていったのですが、戻ってくる気配と共に現れたのは祖母でした。後ろでは伯母が食って掛かっていますが、祖母は完全に無視したまま私の手を取って、さっさと家から連れ出したのです。外にはタクシーが待っていて、祖母は私と一緒に乗ると、すぐさま車を出させました。伯母は日本語とは思えない言葉を叫びながら、物凄い走りで追い掛けてきます。でも、さすがに車には勝てません。彼女の絶叫は小さくなっていき、やがて消えてしまったのです。

祖母は街灯のない暗がりで車を停めさせると、運転手に俯くように頼んでから、私を丸裸にしました。そして来る途中で買い求めたらしい体操服に着替えさせ、サンダルを履かせたのです。それから私が着ていた衣服だけでなく下着も靴もゴミ袋に入れたあと、祖母は信じられないことに、運転手に家の前まで戻るように言いました。そして伯母の家に着いたところで、祖母はゴミ袋を持って降りて、それを玄関前に投げ捨てたのです。

気配を察して出てきた伯母に再び追い掛けられながらも、タクシーは最寄り駅まで私と祖母を無事に送り届けてくれました。そこから家に着くまで、私は身体に合っていない体操服にサンダルという恰好でしたが、少しも気になりませんでした。ようやく我が家に帰れる……という大いなる安堵感だけが、あのときの私にはあったからでしょう。

その後すぐに両親も家に戻ってきて、恐らく伯父と伯母との付き合いは、ほぼ途絶えたのだと思います。推測の域を出ないのは、祖母と母親はともかく、父親は細々とながらも繋がっていたかもしれないからです。

私が大学生のとき、大好きな祖母は亡くなりました。それから就職して、やがて結婚したのですが、式の前日に大きな荷物が届いたので開けると、あの鏡台でした。普段は大人しい母親が、それを裏庭に持っていって徹底的に破壊してから、家庭用の焼却炉を使って完全に灰になるまで燃やしました。

私は今でも鏡台が苦手です。なぜなら目にするたびに、あの家の仏間で寝ていたとき、私の顔の上に浮かんでいた鏡面は、伯母が枕元で鏡台を持ち上げていたものなのか……と考えてしまうからです。そうまでして伯母は、いったい何がしたかったのでしょうか。

岡本綺堂

怪奇ショートショート競作・文豪編

ぼうやと銀色のナイフ

倉野　憲比古

――銀の三日月、ナイフを、ください。長く伸びすぎた、髪を、切る、ために……。

熱に浮かされ朦朧《もうろう》とする頭を抱え、わたしは昔に憶えた歌を途切れ途切れに口ずさんでいる。

蒲団《ふとん》に横たわっていると、台所の先の窓から外がよく見える。葉が落ちきった欅《けやき》の老木が見える。その枝先にぶらんと引っかかるように、糸のような銀の三日月。

悪寒《おかん》が軀《からだ》の芯から放散される。震えが全身に走るたびに、ぼうやのほんのり火照《ほて》った頰が恋しくなる。乳の甘ったるい匂いのするぼうやの頰。わたしの頰をすり寄せたい。

光り耀《かがや》くものが好きな、わたしのぼうや。

夏の雨上がりに水溜りに光る太陽、アイスクリームを掬《すく》う金色のスプーン、川面で跳ねる魚の銀の鱗《うろこ》、薄暮の空に浮かぶ宵の明星――。

ぼうやは、そんな耀くものを見ると、小さな掌《てのひら》に収めようと決まって手を伸ばす。ぼうやの小さな小さな魂に、光を同化させようとするように。

ぼうやはわたしの光、太陽、金のスプーン、銀の鱗、宵の明星……。

ぼうやさえいれば、わたしは生きていられる。

ぼうやはわたしの希望、幸福、夢、光の天使。


だが、恍惚とした思いも長く続かない。とにかく熱で気怠《けだる》い。

わたしは、虚ろな頭を捻じ曲げ、台所を見た。途端に鋭い痛みが頭全体を駆け回る。わたしはそれでも頭をぐっと持ち上げ、恨みの眼差しをあいつの背中に送る。首筋に忍び込んでくる、ひんやりした空気が心地よい。と思う間に、嘲笑うように悪寒がすぐさま背筋を駆け抜ける。ぼうやの頬がほしい。

不格好にエプロンを纏《まと》い、眠るぼうやを背中に括りつけ、あいつは野菜を洗っている。エプロンの裾から、ペンキで汚れた作業服が見える。香辛料めいた、ムッとする汗の臭いが鼻を衝くように感じる。体臭でも男をアピールするあいつ……。

あいつは子守唄代わりなのか、こんな時にも口笛でミッキーマウスマーチを吹きながら、無邪気に、無神経に。癇《かん》に障る。

カサカサにひび割れた唇の先で、わたしは呟《つぶや》いた。


「クソ」と。熱に蒸されたような臭い息がわたしの口から立ちのぼる。

熱を測ろうかと、枕元の体温計を探ったが、すぐに諦めた。どうせ四十度近い熱が出ているに違いない。穢《きたな》い淋菌がわたしの下腹部で蠢《うごめ》いているに違いない。あいつから放たれた穢《きたな》い淋菌が。


あの男はわたしの闇。

黄昏時に背後から追いかけてくる夕闇、井戸の底の真っ黒い水、老犬の喉の奥にあるドス黒い粘膜、黒死病患者の肌にうかぶ暗紫色の斑紋――。

あいつは、女と見ると見境なくやりたがる。自分の穢い精子で、周りを汚染させようとでもするように。

あいつはわたしの闇、夕闇、汚水、黒い粘膜、内出血の斑紋……。

あいつのせいで、わたしはもうすぐ死ぬのだろう。こんな生活に疲れ果てて。

わたしの思考は脈絡なく乱れていく。熱が額から発散されるたびに、思考の糸もちぎれて、糸屑がふわふわと室内を舞う。

「死ねばいいのにな……」

わたしは声に出したつもりだったが、ムッと生温かい息が音もなく口から吐かれただけだった。

「あいつ……死ねば……いいのにな……」

わたしは声に出すことをやめ、頭の中だけで考えてみた。ドロドロに腐敗したものが詰まっているような、頭を揺り動かして。

「何？　どうかした？」

あいつがそう言って振り向いたので、わたしは訳もなく狼狽した。頭の中だけで考えていたことが、筒抜けになっていたのだろうか？　それとも、いつの間にか声になっていた？

わたしは無言で目を細め、口の端を引き攣《っ》らせた。心配するな、と笑みを返したつもりだった。

何故？　何故こんな羽目に陥っても、あいつの御機嫌を取る？

「可哀そうに、軀がきついんだね」

あいつは一瞬だけ不安な表情になったが、あっさりと流しの方を向くと、今度は何かを炒め始めた。油の匂いが漂う。そしてミッキーマウスマーチの口笛……。

カラカラに乾いた口の中に嘔気《はきけ》がこみ上げてくる。唾で胃酸を押し戻そうとしたが、口中は乾ききって、咽喉だけが虚しく動く。

出会った時のあいつはどうだったろう？　あいつも今みたいではなかった、だろうか？　嘔気から気をそらすために、鈍くなった頭を回転させて、わたしは四年前のことを思い出そうとする。


……

……


だめだ。あいつの得意の微笑——本当はニタニタ笑い——が頭に浮かんできて、さらに胸をむかつかせる。とりあえずあいつは、たらしこむような笑みを浮かべ、わたしに迫ってきた——はず。

しかし、わたしの下腹部で増殖するこの淋菌は、どの女の膣で培養されたものだろう？

いや、どうせ売女《ばいた》だ。名前も知らない、どこかの売女だ。あいつに似合いの売女だ。

そいつの腹に溜まった、腐りきった粘液の中で、あいつは身勝手に腰を振り続け、そして果てたに違いない。ホッと満足げな息を吐き、微睡《まどろ》みかけたあいつの尿道へと、淋菌はうねうね這っていったに違いない。喜悦の叫びをあげながら、淋菌どもはあいつの精巣を目指したに違いない。淋菌は、あいつの穢い腐臭を放つ睾丸近くに陣取り、凱歌をあげたのだ。

視界に靄《もや》がかかったように翳《かげ》っているけれど、あいつの軀の中で繁殖する淋菌が眼に見えるようだ。微細な、それでいて奇妙な形をし、触手を忙しく蠅のように動かし、睾丸をまさぐる淋菌ども……。

淋菌どもは、やがてあいつの穢《けが》れた精子に纏《まと》わりつく。精子と淋菌は手に手を取り合う。奇妙なダンスを踊る。

空想に耽るわたしの胃を、またもや嘔気が襲った。でも、白昼夢は止まらない。蜃気楼のように眼前に揺蕩う。

淋菌と精子で充満したあいつの男根が、わたしの股に捩《ね》じ込まれる。酒臭い息を吐いて、あいつはいつものようにニタニタ嗤う。わたしは顔を背ける。またしても身勝手な腰遣いで昂《たかぶ》ったあいつは、腐汁を排泄する。

汁まみれの淋菌どもは、あの奇妙なダンスを踊りつつ、わたしの膣へと殺到する。「ここが次の巣だぞ！」などと喚《わめ》きながら……。こうして私の膣を毒素だらけの、悪臭を放つものにしていくのだ。毒で畸形化した子供を産ませるべく……。

——どうしてあんな淋菌まみれの精子からできた赤ちゃんを、わたしは産んだのだろう……？

わたしは不意に愕然とした。

——何を考えているんだ！

可愛いぼうやをそんな風に思うなんて！　淋菌まみれの赤ん坊なんて！

急にわたしは、今にもぼうやが死ぬんじゃないかという予感がした。こんな罪深いことを考えたのなら、神様はわたしから、可愛いぼうやを永遠に取り上げてしまうかもしれない！

わたしは熱のためか、恐怖のためか、ガタガタと震えながら祈った。

——神様、ぼうやをどうか生かしてください。死なせないでください。穢く腐らせないでください……。

熱で潤《うる》んでいた眼が、さらに熱くなった。涙が溢れてきた。ぼうや、ぼうや、ぼうや、わたしの可愛いぼうや！

わたしの必死の祈りを知らぬげに、あいつは口笛交じりで血が滴る肉の切れっ端と、半ば萎びた野菜を炒めているのだ。血の生ぐさい臭い、月経の臭い、女の臭い、売女の臭い……。

——あいつ、許さない……。元はと言えば、あいつがわたしをこんな風にしたんだ。

わたしは憎悪に満ちた眼差しをあいつの背中に送る。と、わたしの感情に呼応するように、あいつの背中で何かが光った。

おや、と思ったわたしは、眼を細めてそれを見た。きらり、きらりとそれは耀く。ある一瞬は夢のように、次の一瞬は現《うつつ》のように。ひらり、きらり、きらり、ひらりと。ぼうやの玩具？

……わたしは思わず声をあげそうになった。だが、声はかすれ、熱で灼けつく咽喉の奥で吐息はドス黒い粘膜を震わし、ひゅうと隙間風が過ぎるような音がしただけだった。

ぼうやがペティナイフを握っていた。ぼうやはご機嫌で、ナイフをさも面白そうに、ひらり、ひらりと翻していた。天使のようなあどけない笑みを浮かべながら、ナイフの煌めきをしげしげと眺めている。

そして——あいつはぼうやの危険な行為にまったく気づいてない。

「ぼうや、ストップ！」

たまらずわたしは叫んだ——つもりだった。

だが、やっぱり声にはならなかった。今度は風のような音もせず、ただ、腹の底の方に言葉は押し込められた。毒を撒き散らす淋菌と共に。

わたしは無言のまま、ぼうやのペティナイフとあいつの背中を等分に凝視した。

熱でこんなにまいっているのに、思考だけはぐるぐると廻った。あの銀色に煌《きら》めくナイフが、ふとした拍子にあいつの首に当たろうものなら、頸動脈を切ろうものなら……ナイフ、ぼうや、あいつは危険……。

だが、思考は回転していくうちに、何だか自分のものではなくなっていく気がしてきた。旋風が起こり、思考が吹き散らされていくような気分だ。

——チャンス、絶好のチャンスだぞ！

空虚な頭蓋からではなく、どこからか嗄《か》れた男の声がする。密やかに、淫靡《いんび》に、誘惑するように……。

悪寒からくる震えなのか、頭がガクガクと揺れた。

そこで、わたしは直覚した。

そうだ、囁《ささや》きだ。下腹部の淋菌が意地悪い声で囁いている。それが空っぽの頭蓋へと伝導し、骨をカタカタと震わせているのだ。

悪寒からくるものかわからないが、わたしの背中はゾッと粟立った。

——おい。ナイフを振り回すままにしておくんだ。きっと面白いものが見られるぜ。

淋菌は嘲笑《あざわら》った。わたしは頑是《がんぜ》ない幼児のようにイヤイヤして、

——でも、それじゃあいつが危険……。

——あいつが危険だって？　それがどうした。あいつが嫌いなんだろう？　憎いんだろう？　どこかにいってほしいんだろう？

誘惑の文句を淋菌は、そっと囁き伝える。

——それなら、このままにしておく他ないさ。これは見ものだぜ。

わたしの膣の内壁を、そう言いながら淋菌は、べろりと舐め上げる。淋菌の甘美な舌遣いに、わたしはちょっとうっとりした溜息を吐いた。

——つまり、あいつを死なせるってこと？

わたしはあえかなる喘ぎをあげつつ、なおも軀の中を伝達する言語で会話する。淋菌は鼻で笑い、

——当り前さ。そうしなきゃどうする？　お前は、これからもずっと、不潔なあいつに苦しめられるんだぞ。

それは正論だ。あいつさえいなければ、わたしはぼうやとふたり、水入らずで幸せな家庭を築けるのだ。あいつさえ、邪魔者のあいつさえいなければ！　逝ってしまえば！

——やっとわかったかい？

淋菌はわたしの思念を解読したのか、舌なめずりし、膣の襞をひとつひとつ撫でさする。わたしは思わず吐息を漏らすほどの、快感の虜になる。

——さあ、眼を瞑るんだ。口も閉ざせ。耳も塞げ。何も見るな、言うな、聞くな。そうしてすべてを排除しろ。次に目覚めた時には、幸せな家庭がそこにあるさ。

淋菌は怪鳥のような声で忍び嗤《わら》った。嗤い声がわたしの頭蓋をカタカタ、ガタガタと震わした。頭の震えと共に伝わる誘惑の言葉で、わたしの心は決まった。

わたしは眼を瞑ろうとした。だが、瞼《まぶた》がぴくぴくと痙攣《けいれん》するばかりで、降りてきてはくれない。額に瞼が膠《にかわ》で貼りつけられたようになっていて、眼球を覆ってはくれない。

ぼうやは相変わらず剣《つるぎ》の舞《まい》のように、銀色のペテ

ィナイフをひらひらとかざす。ナイフの刃は、あと数ミリで頸動脈に触れそうになるかと思うと、反対に遠ざかったりする。まるで舞台上の奇術師が、台に括《くく》りつけられた美女の一寸刻みを焦らすようだ。わたしは刃の行方をただひたすら見守る。

――ぼうやの掌の筋力では、刃の軌道が安定しないんだな。

と、わたしはもはや狂ってしまったのかと訝《いぶか》りたくなるくらい、冷静すぎるほどの正気さで、その様を見つめている。見つめ続ける。

わたしから生霊《いきりょう》が放たれて、ぼうやの手助けをしてくれたなら、とわたしは強く祈った。

――ぼうやを、どうか助けてあげてください。神様、手助けしてあげて。

……必死に祈り続けていると、何かが、わたしの中で、変わったようだった。

まるでわたしの生霊が一歩一歩近づいていくように……視界の中であいつの頸動脈が数秒ごとに拡大されていく。無精髭がむさ苦しく伸びた顎から首筋。果てる前に、あいつが必ず擦り寄せてくる吹出物だらけの顎。どんどん大きく見えてくる。ひくり、ひくりと脈打つ血管が、いまや眼の前にあるように、まざまざと見える。蚯蚓《みみず》のように、血管がひくひく、ひくひく蠢いている。ひくり、ひくり、血管自体が意思を持ち、わたしを誘っている。ひくり、ひくり、おいで、おいで、と……。

――さあ、ぼうや。ひと思いに！

わたしはぼうやを励ました。いつしか手に汗を握りしめながら、視野に大写しになった、あいつの頸動脈を見つめている。これは生霊が見た視界なのか、と錯覚を起こさせるほど、頸動脈の拍動は真に迫っていた。

刃が動脈に近づくたびに、まるで膣に男根を送り込まれた時みたいな、粘膜をこすり上げられるような、むず痒い快感を覚えた。眼球を飛び出させ、固唾《かたづ》を呑んで「死んで償《つぐな》え！」と励ましの念を送る。

――ママ、悪者を殺してあげるよ。

頭蓋に伝導する超言語で、淋菌の声が聞こえた。いや。今、「ママ」と聞こえた。ということは、ぼうやの声？　膣から話しかけていたのは、まさか、ぼうやなの？　ぼうやが淋菌のふりをして、いや、ぼうやが淋菌で……。

と、ブツリと何か弾力のあるものが裂ける音がした。わたしはその音にハッとしたのも束の間、一瞬の後に、液体の飛沫がわたしの顔に大量に弾け飛んだ。液体のぬらつく生温かい感触！　子宮めがけて精液を放出されたような、たまらない快感。

あいつが、糸を切られた操り人形のように、ふらふらとよろめいているのが見える。

でも、そんなことはもはやどうでもいい。

わたしは顔にかかった液体を自らの顔に塗りたくった。ぬるぬると極上の手触り。そうやっていると、陶然とした心持ちでわたしは絶頂を迎えた……。

＊＊＊

「お前さんがやったんだろう、なあ奥さん？」

ヤニ臭い息を吐いて、初老の刑事がわたしに問いかける。

寒々とした取調室で、わたしは半ば茫然として俯いていた。刑事の表情だけは穏やかに、声音はあくまで冷たく鋭いのが恐ろしい。

「常識で考えてもだよ、まさか一歳ちょっとの赤ん坊に、殺人ができるわけはないじゃないか。ぼうやが誤ってナイフを玩具にして、振り回しただって？　無理だよ。奥さん、認めちまいなよ。自白しちまったら、嘘のように楽になるぜ」

老刑事は自らの言葉をわたしの精神に釘打つように、コツコツとスチール製のデスクを叩きながら、わたしを追い詰めようとする。その音にわたしは何とも言えない恐怖を感じた。背筋がざわざわとして、無意味な言葉を叫び出したくなる。

「お前さんが旦那の派手な女性関係に疲れ果てて、旦那が料理をしている隙に、ナイフで後ろから首を斬ったんだろう。な、そうだろう？　さっきの供述は嘘だった、なあ、そういうことだろう？　奥さん、吐いちまいな」

嘘——？　そう、嘘だ！　何もかも嘘だ！　この刑事が言うことは、全部嘘っぱちだ！

「まったく、とんでもない現場だったぞ。あんな凄惨な現場は、刑事人生でもなかなか御眼にかかれないね。首を斬られた旦那が台所に転がって、純真無垢な、神様のこどもみたいな赤ん坊が全身に血を浴びてて。辺りはもう血の海さ。あんたは、顔中を血塗れにして蒲団の中でガタガタ震えていたが、そんな天使みたいなわが子に、あんたは罪をなすりつけようっていうのかい？」

わたしはあいつを殺してなんかはいない。殺したのは、ぼうや！　わたしじゃない！　……本当にわたしじゃない？

「……強情な女だ」

刑事が、さも呆れ果てたというように、机をひと際強く叩いた。わたしは震えあがる。そして、あの時の高熱による震えを、にわかに思い出す。

このままでは、わたしが殺人犯にされてしまう。やめて、やめて！　あの夜、本当に起こったことは、あの夜の真実は――！

いや、あの夜の真実はどうだったか……？

わたしの茫漠とした頭蓋内に、疑問が膨れ上がる。ぼうやは本当に殺人を犯したのだろうか？　確かに、赤ん坊にそんなことが可能だろうか？

わたしは俯《うつむ》いたまま、必死にあの夜のことを思い出そうとした。

あいつが料理を……ペンキのついた作業服とエプロンの取り合わせが……ぼうやがナイフを持ち出し……。だが、熱に浮かされていたせいだろうか、記憶は夢のように曖昧《あいまい》で取り留めがない。悪夢のような、甘美な夢のような。何が事実で何が空想だったか、ちっとも判断がつかない。

いや、待って。わたしの生霊が現れたような気もする……。そう、それに淋菌が下腹部から、すべてを知悉しているように唆していた。

……馬鹿馬鹿しい、何が生霊だ。その点からしても、あの夜の出来事は、すべては熱に浮かされて見た悪夢だったに違いない。そう、すべては悪い夢。目覚めれば元に戻る。温かい家庭へ。

……本当にそう？

わたしは、自分の右手をじっと見つめた。見ていると、何だか麻薬でも打たれたように、全身の血の気が退き、脱力していく。

あの夜に真に起こったことは……いや、そもそもわたしは……ぼうやはあいつの背中で天使のように眠っていて……そしてあいつは口笛を吹いていて……わたしは刑事さんの言うように足音を忍ばせて、あいつにそっと近寄り……？

銀色の月のようなペティナイフを、わたしはこの手に握ったのだろうか……？

わたしは、ハッと顔をあげた。

取調室の窓から、星々が瞬く寒い冬の夜空が見えた。そして、あの夜みたいな、凍りつく銀色の三日月も。

銀の三日月、ナイフを、ください。長く伸びすぎた、髪を、切る、ために……

「剃刀」志賀直哉

怪奇ショートショート競作・文豪編

ミスラ

Mithra

西崎 憲

「ループ？　知ってるよ」とおれは答えた。

「ブレイクビーツのことだろう？　二小節とかのできあいの断片をマウスでパズルみたいに並べていって曲にするんだろう？　興味ない。そういうのをやるのはアイディアのないやつだけだ」

代々木校のロビーで玉坂にそう言った。玉坂はおれとおなじでこの音楽学校の講師だ。玉坂はデスクトップミュージックを、おれはギターを教えている。

「ああ、ちがいますよ、昔の人みたいなこと言わないでください」

玉坂はいつも生意気だ。たいてい上から見下ろすようにものを言う。自分の知識の優位性を確信して、大学の先生が学生に話すみたいな口調で。実際、若いのに知識はたいしたものだったし、そう悪いやつではないことはよく知っているから、そこまで腹は立たないが、プロツールズの操作がわからないときに、しょうがないなという顔でおれのマウスをとって、おれが難儀している操作を一瞬で片付けてしまうことにはむっとする。なによりマウスさばきが速すぎてなにをやっているのかわからないし、教えるつもりはないのかこいつはと思う。

いま玉坂はプロツールズのインポートからフォルダ

を開けて、ループをひとつトラックに貼りつけたところだ。

選択したそのトラックを再生するとフリューゲルホルンやストリングスが入ったループが流れた。

悪くなかった。

というか、ソフトロックの勘所をよくとらえた音だった。八小節という、ループとしてはたぶん長めのもので、音の出しいれがよく吟味されて、手間もかけられた立派な音だった。ハイラマスの二〇〇〇年代の音にちょっと似ていた。知性的なソフトロック。

おれはしばらく耳を傾けてから言った。

「まあまあだな」

玉坂がしゃくにさわる笑いかたをした。

「けど、これは誰にでも売るんだろ？　これをもとにしてみんな作るんだから、おんなじような曲がたくさんできるんだろう？　おかしくないか？　アレンジして金もらってるんだったら、そんな使いまわしを提出するわけにはいかないだろ。オリジナリティーってのはどうなるんだ。そもそもみんな真似が多すぎるんだよ。日本の音楽はほんとにだめだ」

「またその話ですか、西村さんはほんとに日本の音楽が嫌いですね」

「許せるのは cero や Lamp くらいだよ」

「ああ、いいと思うのもあるんですね。知らなかった」

「当たり前だろ、おれはべつに化石みたいな感覚をしてるわけじゃない」

玉坂はもうひとつループを貼りつけた。

「西村さん、これぜったい好きでしょ」

ちょっともっさりした感じの音のスネア、プレシジョンベース、たぶん三管構成のホーンセクションが入ったループだった。

「モータウンじゃないか。フレーズはどれも露骨な真似だけど」

けれどまぎれもなくそれは全体として自分もやっている音の組み方だった。

「これはラック・オブ・アフロっていうバンドが作ってるループパックからとったものです。最近音楽の出しかたもちょっとちがってきて、アーティストとして活動しながらループの素材を出す人もけっこう多いんですよ。これ続き番号になってて、つないでいくとYouTubeにアップしてる曲になるんです。ヴォーカルは入ってないけど。

　ループパックを出すのもアーティスト活動のひとつってことですかね」

「これこのまま使えるのか？」

「もちろんですよ、使えます」

「ラック・オブ・アフロか。ソウルが好きなんだな。いくつくらいなんだろう」

「YouTubeを見ると二十代後半くらいの感じですね」

「そうなのか、若いな」

　おれはフォルダのなかのループのリストを見た。

「ストリングスはなんで連番になってないんだ？　ギターのカッティングも連番じゃないな」

「ドラムはずっと鳴ってるんでドラムループ1がD1、2がD2っていうふうに単純につづけていけばいいんですけど、ストリングスとかってサビだけとか断続的じゃないですか、ドラムループ5からストリングスが入る場合は、たとえそれが最初のストリングスループだとしてもドラムに合わせて、ストリングス5にするんですよ」

「あ、そうか。このカッティング3っていうのは、ドラム3と同じ位置に並べろってことなんだな」

「そうです」

　興味がわいてきた。そしてギターのそのカッティングはたぶんテレキャスでいい音で録れていた。

「これはおれが作りたい音楽のひとつだ。著作権はどうなってるんだ。使い方には条件があるんだろう？」

「ないですよ、なんにでも使っていいです」

「そうなのか」

　代々木校から家にもどる電車のなかでおれはすこし興奮していた。ソフトロックやモータウンのループがまだ耳のなかで鳴っていた。

　見慣れた建物の廊下の壁にきゅうにドアがあることに気づいたような気持ちだった。自分が好む音楽を好きな人間がほかにもいることはもちろん知っていたが、もしこういうループを使って音楽を作るとしたら、ただのファン同士という関係から一歩前に踏みだすものじゃないかという気がした。これは直接的にセッションをするようなものではないか。ここに入っているギターのカッティングやデヴィッド・T・ウォーカーのようなハンマリングオンはいつも自分が使うものだ。いつも自分が弾いているものを他人が弾いていて、それに自分のギターを重ねることを考えるとそこには新鮮さがあるような気がした。

　おれはその夜、ラック・オブ・アフロが出しているループ集を三種類買った。しかしダウンロードしてプロツールズで読みこむとテンポがあわなかった。一時間ほどあれこれやってみて、あきらめて玉坂に電話した。

　玉坂は家で本を読んでいたようだった。

「テンポがあわないんだけど」と言うと、一瞬で状況を把握したらしく、玉坂は言った。

「サンプリング周波数がちがうんですよ。ファイルを作るとき、周波数はどうしてますか。たいていループは44だから、新規作成するとき44で作らないと、テンポがちがってしまいます」

「そうなのか、96とかじゃだめなのか」

「変換したら使えますけど、不便なんで、44でやったほうが楽ですよ」

「そうか、いや、ありがとう」

「なんでも訊いてください」

　言われた通り新規作成のファイルを44Khzにしてループをインポートすると見事にテンポが一致した。そしておれは音楽の新しい道に足を踏みだした。


　それからたくさんのループパックを買った。

　おれはもう若いとは言えなかった。現役の音楽家でもなかったかもしれない。アレンジや作曲の依頼はいまはほとんどこなかった。

　けれど仕事ではない音楽を作ることには新鮮さがあった。おれはあるときから自分のための音楽を作ることをやめてしまった。そしてようやく自分のために音楽を作りはじめた。それはかぎりなく歓びにみちた経験だった。ふたたび目標ができたのだ。

　もともと凝り性だったおれはループにかんして相当くわしくなった。しばらくして玉坂に会ったときおれは言った。

「玉坂くん、サウンドスケープに先週アップされたスムースラテンのパックはもう聴いた？　色々チェックしといたほうがいいよ」

「えーと、ループのことはおれが教えたんですよね」

　そして三か月ほど経ったころ、それが起こった。

　いつものようにループ集を探していたネットをさまよっていたおれは、いかにもインディーっぽいベンダーの販売サイトを見つけた。

「オッドループ」という名前のサイトだった。サイトのデザインは垢抜けなかったが、パックのデモを聴いてみるととても魅力的だった。

おれはソフトロックやボサノヴァやデトロイトのソウルが好きだった若いころと同じものを追いかけている。影を、まあ死んだ音楽ばかり追いかけている。それでも新しい音楽も少数にしか好まれない難解な音楽、個人的な音楽も好きだ。オッドループにあるループキットのデモは未来のチルアウト、未来のアヴァンギャルドなポップといったものだった。

「フィロソフィー」という名前のパックがあった。そのデモは強烈な新しさに満ちていた。そしてドラムに支配されていなかった。ビートやグルーヴはあったが、それを生みだしているのはドラムやベースだけではなく、もっと複合的ななにかだった。そしてこれをバックにしたら未知のギターが弾けるとおれは直感した。そしていますぐこのサイトの視点を自分のものにしなければならないという強迫観念に近い感覚に襲われた。おれは一瞬も迷わず購入した。

「フィロソフィー」には四曲を組めるキットが入っていた。そして一曲をなかばまで組んでみて、新鮮さに驚き、そしてほかの三曲もすくなくともデモの再現はできそうだったので満足した。

そこでおれはおれはもうひとつのフォルダーに気がついた。そのフォルダーはMithraという名前だった。「もう一曲分あるのか、得したな」とおれは思った。「ミスラ、って読むのか？」

名前の響きに惹かれたのかもしれない。おれはその曲を組みたてることにした。

けれど、デモもない曲を番号だけで組み立てるのはかなり難しかった。複雑な暗号を解いているようで、なかなか形をなさなかった。

ラック・オブ・アフロやボサノヴァだったら難しくはない。音楽はほぼ形式と同義であることが多い。意外に突飛なことはやらないものなのだ。なんらかの調和の感覚で統治されているはずだった。

けれどミスラというその曲はどうもちがうらしかった。転調があるらしいし、ＳＥやノイズと思われる音も入っていた。水の音をサンプリングしたものも入っていた。これはいったいどのパートに組みこむべきものなのか。

深夜の二時頃にようやく形になりはじめた。

ミスラは名前を聞いたこともないような国あるいは

民族のポップミュージックなのかもしれなかった。おれはギターを手にした。フレーズが湧いてくる。おれは未知のギターを弾いていた。これはいままで弾いたことのないフレーズだと思いながら。そしてミスラは生きているようにおれのギターに応えてくれた。隣で演奏しているように。水の音はリズムの一部だったし、ときにドローンのようでもあった。そして水の音のなかに声が聞こえるような気がした。部屋のなかに誰かいるような気がした。

――ちゃん、おにいちゃん、おにいちゃんと言う声が聞こえておれは目を開けた。妹の美理が自分を見下ろしていた。隣に玉坂もいる。

なんだおまえどうしたんだ？　おれはそう訊いた。

「目、開けた」と美理が言った。

「西村さん、よかった」と玉坂も言った。

「なんだ、どうしたんだ？」

「倒れたんですよ」と玉坂が言った。

「玉坂さんが発見してくれて、発見が遅れてたら死んでたかもしれないって」

腕を見ると、点滴が刺さっていた。病院だった。

「倒れた、おれが？」

「原因不明で、脳梗塞とかじゃないみたい」

「なにがあったんですか」玉坂が尋ねた。

「それはこっちが訊きたいよ、おれは音楽の制作をしていただけだ」

「西村さん、授業に出てこなかったでしょ。事務のほうから聞いて、なんかいやな感じがして、アパートまで見にいったんですよ。

管理人さんに開けてもらって、入ったらキーボードの上にうつぶせになってて、死んでると思いましたよ」

「そうだったのか、全然覚えてないな」

玉坂の話では窓が開いていたそうだった。

脳をＭＲＩで診た結果、異状は認められず、おれは四日後に退院した。

家にもどったおれはプロツールズを立ちあげた。インポートした四曲分のキットがあった。けれどミスラはなかった。

オッドループのサイトに行ってみた。

オッドループは前と同じだったし、フィロソフィーも売っていた。デモを聴いてみると最初の不思議な印象はかなり薄まっていた。

自分が昏倒したのはどういう理由だったのだろう。一時的に頭がどうかなったのだろうか。病院の診断名は「一過性脳虚血発作」というものだった。ミスラを組みたてているときにそれが起こったのは偶然だったのだろうか。あまりに興奮しすぎたのだろうか。

ミスラの五番目のキットがどんな曲であるのか内容はまったく思いだせなかった。リズムもメロディーも具体的にはひとつも思いだせなかった。けれど、それは究極のポップミュージックがあるとしたらそのようなものだった。

ギターを弾いているときに浮遊感があったことは覚えている。目の前に広がる雲が晴れていって、そしてそこに巨大なものがゆらめいていて、そこから腕のようなものが伸びてきた、というような漠然とした記憶があった。そしてそれを見た瞬間、意識が飛んだのかもしれなかった。

そういうことをおれは玉坂に話した。信じてくれないだろうと思いながら。

玉坂はいつものように冷静だった。

黙って聞いたあと、こう言った。

「うーん、なんとも言えない話ですね。不調で意識が混濁していた可能性もあるし。でもループが自分を引っ張りあげてくれる感じはわかります。自分が知らなかったところへ。ループは制約そのものとも言えるんですけど、自由も与えてくれますね。自由ってなににつながるかちょっと怖いですけど」

自分にいったいなにが起きたのかはたぶんわからないままだろう。

これも考えすぎかもしれないが、おれが倒れた日は世界中でさまざまなことがあったらしく、アリゾナでは竜巻が起きて十人死んでいる。マレーシアの浜辺には巨大で奇妙な形の魚が打ちあげられた。チリでは大規模な噴火があった。中央アフリカの国では政変があった。それらが関係があるかはもちろんわからない。けれどそれはあまり重要ではない。おれはただ音楽を作るだけだ。いままでと同じように、なにがあっても。

「幻談」幸田露伴

怪奇ショートショート競作・文豪編

外科室2.0

斜線堂 有紀

これは、しがないイラストレーターである私が聞いた奇妙な話である。たとえば私が漫画家なんかであれば、これを漫画にして広く世に知らしめて、多少の印税ないし原稿料をせしめる道もあったかもしれないが、如何せん私はコマ割りというものが苦手なのだ。構図を決めるのは好きなのに、やれ吹き出しの位置だの視線誘導のだのと考えると、途端に面倒になってしまうのである。

それに、この話は漫画として成り立たせるには少しおぞましく、恐ろしい、それにオチの無い話である。

——なので、こうして掲載されるかも分からないエッセイとしてしたためる次第である。一旦書いてみるといい、と言ってくださった編集者のH氏には感謝してもしきれない。是非とも稿料の方も弾んで頂きたいところだ。

前置きはこの程度にして、本題に入ろう。

私には外科医師をやっているTという友人がいる。Tは端《はた》から見ても気持ちの良い男で、その善性から医師を志し、人を救い続けているという今時珍しい人間である。医師の鑑《かがみ》という言葉を冠するのに、彼ほど相応《ふさわ》しい奴もいないだろう。

そんな彼の元に、とある患者が回されてきた。

気胸を患い、一刻も早く手術が必要とされる婦人である。ここでは単に彼女のことを『夫人』と呼称したいと思う。

既に夫人の左肺胸膜の三割に穴が空いており、すぐにでも手術をしないとならない状態だった。だが、彼女はその状態で三人もの医師から手術を拒否されていたのである。しかも、彼女に麻酔を掛けてから——今まさにその肌にメスを入れようとした瞬間に手術を放棄しだすというから、奇妙というか、職業倫理的にどうなのかと言わざるを得ない。

Tも夫人の話を聞いた時、そんなことがあっていいものかと怒り、と同時に戸惑ったという。麻酔は患者の身体に負担を掛けるし、そもそも夫人はすぐにでも手術を必要としているのである。

だが、Tに夫人を回してきた二番目の医者——Mはげっそりと痩せた顔でこう言ったのだった。

「あれは手術出来ないよ。無理だ。もしするのであれば、麻酔無しでやるしかないだろうね」

「そんな話があってたまるか。麻酔無しで気胸の手術が出来るはずないだろう。脇腹を切るんだぞ」

「ああ、分かってる。そんな痛みに耐えられる人間はいないだろうね。けれど、麻酔をしたら僕達の方が耐えられないんだ。思えば、最初に彼女を担当したMも同じことを言っていた。Sから夫人を引き継いだMも同じことを口にしていた。『麻酔を使うんじゃない』と。僕だって不可能だと思ったよ。でも、誰かが引き受けなきゃならないんなら、夫人が引き受けるしかないだろうよ——」

TはMの言っている意味が分からず、背に冷たいものを感じた。

MはTの目をじっと見つめると、夫人について語り出したそうだ。

「じゃあまずは、Sの話からしよう。これも又聞きの形にはなってしまうけどね——今や僕はそれが正しいと、誇張でも何ンでもないんだと理解している。だから、包み隠さず教えようじゃないか」

そうして、Sの時のことを語り出した。

夫人はこの上なく美しい女である。

さる高貴な家の出で、明治から続く実業家の元に嫁《とつ》いだという箱入りの貴婦人である。ただし、彼女が実際にどんな男と結婚しているのかは、誰も知らないらしい。

顔の造形が整っているのは勿論《もちろん》、目を引くのは内側から光るような白い肌である。まるで月の光を集めて中に閉じ込めたような、透き通る白だ。良い意味で血が通っているように見えない、とSは思ったそうである。病の為か、彼女の唇は色が褪せていて、そこも一層彼女の常人ならざる様を際立たせていた。

彼女はかよわげで、かつ気高く、清く、貴《とうと》く、うるわしき病人だった。

Sは愛妻家と知られる人間であり、妻以外の人間にはまるで心が惹かれないと日頃から宣言しているほどである。そんな彼ですら、夫人を見て心を動かされたというから、夫人の魅力たるやという話だ。

あるいは、夫人の人ならざる雰囲気がそうさせているのかもしれない、と後になってSは思ったという。

「広範囲に渡ってはいますが、手術をすれば問題ありません。息苦しかったり背中が痛かったりという症状は、手術ですっかり治りますよ」

夫人の症状については既に聞いていたので、Sは彼女を安心させるべく笑顔で言った。背の痛みが出て寝苦しいと聞いていたので、なるべく早く手術の日取りを決めなければならない。長年外科医をやっているSからすれば、気胸の手術はそう難しいものでもなかった。さて日取りを決めよう、となったところで、夫人が奇妙なことを尋ねてきた。

「その手術というのは麻酔を用いるのですか」

「……はあ。一応、全身麻酔を施しますが」

「大きく切りますか」

「いえ。今はもう開胸手術ではなく……まあ、専用の器具を使って小さな傷口で済ませるようにするんですよ。胸に二センチほどの傷が三つほど出来ますが、大きく切るというわけでは」

ははあ。この夫人は落ち着いた人に見えるが、手術が怖いらしい。と、Sは思った。ヒアリングを行ったところ、彼女は今まで大きな病気もしたことがないというから、尚更恐ろしいのだろう。そういう人は少なくない。Sは更に優しい笑みを浮かべて続けた。

「だから、安心して――」

「麻酔は、」

「はい？」

「麻酔は、使わないでください。お願いします」

冗談を言っているようには見えなかった。むしろ、夫人は至極真剣に言っているようだった。

「大きく切るわけではないのでしょう。ならば、耐えてみせます。じっと動かないようにしますから、どうか麻酔をしないでください」

「いやいや、肺の病変部――異状がある部分を切らなくちゃいけないわけですから。どうあっても麻酔無しでの施術は無理ですよ」

「痛みには耐えてみせます」

「さっきと言っていることが違うように聞こえるかもしれませんがね。二センチっていうのは意外と大きいです。注射なんかとは訳が違うんですよ。そこから器具を差し入れるわけですから」

「それでも、麻酔だけは厭《いや》なんです」

「一体、どうしてそんなに麻酔を嫌がるんですか」

するると、夫人はほうっと目を細め、薄く笑った。

「私はね、心に一つ秘密がある。痲酔剤《ねむりぐすり》は譫言《うわごと》を謂《い》うと申すから、それがこわくってなりません。どうぞもう、眠らずにお療治ができないようなら、もうもう快《なお》らんでもいい、よしてください」

それを言う夫人の声は、さっきとはうって変わってSを揶揄《からか》うような響きがあり、彼の心を擽《くすぐ》った。馬鹿にされているようにも、慈《いつく》しまれているような気分にもなった。普通なら夫人から距離を取るところだが、患者ともなればそういうわけにもいかない。Sは至って真面目に言った。

「ええと……どのように説明したら納得して貰えるのか分からないんですが……まず、大丈夫ですよ。全身麻酔だと本当に深く眠ったようになりますから、最中は問題ありません。寝入りばなや覚醒直前に何かを口にする患者さんは沢山いますが、大体は支離滅裂な言葉で、はっきりとした文章にはなりません。秘密を話してしまうということにはならないと思いますよ」

「これだけ強く心に思っていたら、きっと口から漏れ出てしまうに違いありません。私は確実に秘密を口にしてしまう――そう思うのです」

「よしんば秘密を話したとしても、私を含め病院の人間には守秘義務があります。それが外に漏れるようなことはないですよ」

たとえ貴女の浮気や、世にも恥ずかしい特殊性癖、夫には終《つい》ぞ打ち明けられない金の使い途を知ったところで、私達はそれを外に漏らしたりはしない――と、ここまであけすけにではないが、Sは約束した。実際には病院の中でちょっとした噂になってしまうかもしれないが——外に漏れることはない、というのがSの見解だった。

しかし、夫人はゆっくりと首を振った。

「私は構わないのです。ですが、……こんなにも優しくしてくださったS先生に迷惑をかけるのが忍びないのです」

「私に？　迷惑なんてかかりませんよ。たとえ意識が混濁した貴女に罵詈雑言を浴びせかけられたとしても、私は気にしません」

「S先生、後生ですから麻酔をしないで手術をしてください。私はきっと耐えてみせますから。お願いします」

「そういうわけにはいきませんよ。貴女が何を言ったとしても私は気にしません。周りもです。ご安心なさってください」

夫人はしばらく渋っていたが、結局はSの言葉を受け容れた。即ち、麻酔をかけての手術に同意したのだ。もしかすると、背中の痛みは想像以上に酷かったのかもしれない。

さて、そうして迎えた手術当日。予定通り夫人は全身麻酔を施された。ごく一般的な手術の一工程として、痛みを喪失させる為の処置を施され、自我を失った結果——。

ものの数秒もしない内に、彼女は譫言を口にし始めた。

それは、譫言というのははっきりとしており、手術室にいるS以下執刀チーム六名全員に聞こえるほどの大きく、こちらを虜《とりこ》にするほど甘やかな声で発せられたものだった。

「ああ、お久しぶりです。S先生。再びお会い出来るなんて夢のようです。覚えていますか、遡ること三年前。私とS先生は上野のあの場所で出会いましたね。S先生のような素晴らしい方に私なぞが目を掛けて頂けるとは思わず、夢のようでございました。私は全てにおいて慣れておらず、たどたどしく初心でありましたが、S先生はそんな私を導いてくださいましたね。私の肌を滑る貴方の指は、私に感じたことのない悦楽を味わわせてくれました」

その言葉の内容よりも、少しの乱れも無い脳波計の方が手術室を慄然とさせた。それは最早譫言ではなかった。全く意識の無いはずの人間が、無意識下で発するにはあまりに朗々としている、およそ信じられないような内容の『譫言』。

彼女はこれを心に秘めた秘密と呼んだ。

何より狼狽していたのはSだった。どうしていいか分からず、彼は夫人を見つめ続けた。その間も夫人は喋《しゃべ》り続けた。

「私はS先生に再び愛して頂ける日を心待ちにしておりました。来る日も来る日もこの日を待ち望んでいたのです。胸を病んだと聞いた時、私は恐怖よりも歓喜を覚えたのです。ああ、S先生。もう一度私を愛していると言ってください。貴方が語ってくれたこと、触れてくれた場所、私は一時も忘れたことはありません――」

夫人はそれからもSについてのことを語り続けた。二人の愛の日々を。麻酔は完璧に掛かっているはずなのに、夫人の言葉は止まらない。

結局、手術は中止となった。喋り続ける患者を前に、外科手術が出来るはずもない。

だが、それにもましてSの消耗が激しかった。彼の顔からははどんどん色が失われ、終《しま》いには立っていることすら危うくなった。

「あれはただの譫言ですよね。本当に彼女とお知り合いだったのですか?」

「そんなわけないだろう。三年前と言えば、末の娘が産まれた頃だ。俺の話じゃない」

看護師に問われたSは吐き捨てるようにそう答えた。だが、調べてみると確かにSはその日上野にいたことが発覚した。彼には夫人と密通するに足る時間の間隙があり、彼女と会っていた可能性自体は否定出来なかったという。

手術の中止を受け、Sは担当医を辞した。夫人は麻酔に掛けられた時の譫言を全く覚えておらず、Sについてのことにも口を噤《つぐ》んだ。彼女が言ったのはただ一言。

「やはりこうなりましたか」

という言葉だけだった。

そのあらましを聞いて引き継いだMも、夫人に対して十全な対策を講じることなく手術に臨んだ。

「要するに、妄想癖というか……虚言症の一種だろうって思ったんだな。無意識下に押さえ込んでいた悪癖が麻酔によって表に出てくるわけで、事実無根だというのなら気にしなければいいって思った。実際、俺は端《はな》から何も気にしないつもりだった。手術チームにもそう言い含めたよ。麻酔科医だけ少し不安そうだったがね」

Mはそう言って、力無く笑った。

夫人は同じように手術室へと運ばれ、同じように麻酔を施された。彼女の脳波が完全に落ち着いたところで、またも『譫言』が始まった。

「M先生、貴方ったら恐ろしい方ね。私と再会しても、眉一つ動かさないんですから。私は、台風十六号が直撃した日に貴方と言葉を交わしたこと、未だに忘れてはいませんよ。あの時、M先生は銀座のウィークリーマンションの一五〇六号室に私を迎え、一晩中私を愛してくださった――」

Sの時と同じく、夫人は甘やかに語り始めた。当然ながら、Mにはそんな記憶など無かった。妄言が始まったぞ、とほくそ笑む余裕すらあった。Mは周りに手術の続行を指示し、夫人の言葉を耳に入れないよう、準備に没頭しようとした。

「M先生は私を信用してくださったからこそ、お母様を殺したことも話してくださったのですよね。私の気持ちは今でも変わっておりません。お母様は病に苦しんでおられました。貴方が鎮静剤を投与してお母様を安楽死させたのは、間違ってはいませんでしたわ。床の中で言った言葉は嘘じゃありません！」

手術はそこで中止となった。

Mの母親が闘病の末に亡くなったことはTも知っていた。

「殺したのか」

その言葉に、Mは曖昧に微笑むだけだった。それでTは一切を承知した。

「恐ろしいのはね、そんなはずがないのに、まるで彼女の言葉が本当だったかのように思われることだよ。俺は彼女と肌を交わしたのではなかったかと、そう思ってしまうのだ。今となっては、そうであったらいいと思うよ。あの時期に、彼女が傍《そば》にいてくれたのなら――」

非道《ひど》いものを押しつけてしまうことになってすまない、とMは言った。

「俺はもう駄目だが、次は忠告に従うんだ。彼女に麻酔を掛けるな。彼女は譫言によって心の内の秘密を暴露する」

「私には何の秘密も無い。後ろ暗いことは何も」

「そんなはずは――いや、君ほどの男ならそういうこともあり得るのか」

　Mは微かに笑った後、もう一度念を押した。

「いいか。麻酔を掛けるな。彼女が何も言わないよう、意識のある彼女の胸を割け」


　しかし、Tは当然のようにそれを拒否した。夫人は同じように麻酔を拒否する旨を伝えてきたが、Tは首を振って言った。

「私は揺さぶられるような過去が無い。関係を揺るがされるような妻子も無い。何を言われても、私は気にもならない」

　夫人の口にする『秘密』が、彼女自身のものではなく、執刀する者の秘密であることをTは既に了解していた。だが、彼の言葉通り、Tは真の意味で何にも頓着しない男だった。Mのように心に秘めたものがあるでもなく、考え得る限り最上の人生を送ってきた。医療というもの以外にさしたる興味を抱かず生きていた様は、ある種非人間的であったが、なればこそ彼は夫人を担当するに相応しい人材だった。

　夫人はちら、とTを見て微笑んだという。


「夫人、責任を負って手術します」

　私がTからこの夫人の話を聞いたのは、この直後だった。

「お前はこういう話が好きだろう」

　電話でTはそう言った。真面目な彼の、たまの茶目っ気が見える声だった。

「けれど、本当に大丈夫なのか」

「俺は大丈夫だよ。何を言われても気にならない」

「Mの話が本当なら、夫人が言うことには妙な力があるように思う。お前が何も無くても、そう思わされることはあるんじゃないか」

　我ながら非科学的なことを言っている自覚があったが、SもMも同じような目に遭って三人目とあれば、警戒するのも当然だろう。

　果たして、Tは言った。

「夫人の譫言はお前にも聞かせてやろう。もし俺が何かを思い込むようなことがあれば、お前が正してくれ。今の俺を忘れないよう」

　私はこのTの言葉を守る為に、こうして筆を執っているのかもしれなかった。

そうして、Tは夫人の手術へと向かった。

麻酔を掛けられた夫人は、落ち着き払ったTに向かって、相も変わらず意識など欠片も感じられない脳波をして、朗々と言った。

「私とT先生はこれが初対面です」

Tはじっと、彼女の次の言葉を待っていた。

「私とT先生はこれから始まるのです。T先生は私の手術を難なく成功させ、経過を観察した後、そして私の病が問題無く癒えたと確信した後、折を見て私に会いに来てくださります。私を迎えに来たT先生は、私を必ずや嬲《なぶ》り殺すでしょう。それは、嬲り殺すという言葉でしか形容の出来ない、凄惨なやり方です。その際に、T先生は麻酔などお使いになりません。私がどれだけ痛みに泣き叫ぼうと容赦せず、何も感じていないような顔をして私を解体するでしょう。私はこの手術でつく二センチ大の傷がまるで気にならなくなるような長い傷跡をいくつもつけられ、その傷すら全く見えなくなるほど丹念に損壊されるでしょう。私を迎えに来たT先生を見た時、きっと私は恐怖に泣き叫んでどうにか逃げようとするに違いありません。ですが、T先生は私を逃がしません。貴方は必ず私を殺す。私を殺します。私を生かしたその手で、きっと私を殺します」

それから、夫人はけたたましく笑い始めた。周りの看護師が手術の中止を進言する中、Tは能面のような無表情で、メスを取った。


手術は成功した。元より、そう難しくはない手術である。

夫人の経過も順調で、一週間も経たずに彼女は退院していった。迷惑を掛けた代わりに、と言って彼女は病院中に菓子折を配って回ったというから、なんとまあ妙に気を遣うお人である。

麻酔中の譫言など、手術が終わってしまえばどうということはない。Tから譫言の音声データを貰った私は、その不気味さに震えつつも、全ては終わったものだと片付けた。

それが、そう。

今になってこうして雑文をしたためた理由だが——。

Tが、失踪したのである。

先述の通りTは真面目な男である。誰にも言わず出勤しなくなることなど考えられない男だ。そんな彼が煙のように消え失せたというのは、俄《にわか》には信じがたい話である。

心配しつつも、私にはとあることが引っかかっていた。

例の譫言だ。

分かっている。こんなものはただの考えすぎだ。だが、これを読んだ方の中で、あの夫人の行方を知っている方はいないだろうか——あるいは、同じ年頃の女性の失踪事件を耳にしたという方は？

重ねて書いておくが、Tは医者の鑑のような人間である。善性が高じて医者となった男である。

それだけは誤解しないで頂きたい。

「外科室」泉鏡花
（引用も）

音楽の愉しみ

挿話《フォルゲ》　青い天鵞絨袋《ビロード》

シューベルト「冬の旅」に乗せて

朝松 健

父よ　父よ　かの聲を聞かざるや
魔王のわれにかねごとするささやきを

ゲーテ　石川道雄訳

1

一九三〇年七月八日火曜日。ヴァイマル共和国第二代大統領パウル・フォン・ヒンデンブルクは自分の悲鳴で目覚めた。目を開けば闇が広がっている。

（炎ではない）

パウルは激しく瞬いた。たった今まで燃え盛る炎に取り巻かれていたからである。

「夢を見ていたのか……」

そう力なく呟《つぶや》いて身を起こし、パウルは大きな溜息をついた。

八十三歳の肉体はそれだけの動きで腰が軋《きし》み、背中の筋肉に激痛が走る。

痛みに顔を歪めてバルコニーのほうを見やった。まだ暗い。どうやら陽《ひ》は未だ上ってないらしい。ぼんやり考えると汗が大きな滴《したた》りとなって頬を伝っていった。それを拭ってパウルはたった今まで見ていた夢を反芻《はんすう》した。

目に痛いほど眩《まばゆ》い赤が脳裏に蘇った。紅蓮《ぐれん》の炎。見上げるほどに燃え上がる炎の壁である。夢の中でパウルは燃え盛る炎に囲まれていた。炎の眩さに目を灼かれ、凄まじい熱気に息も出来ないほどだった。

(地獄か？　私は地獄に堕ちたのか？)

と思わず身を硬くした時、取り巻く炎の壁の向こうから声が聞こえてきた。声は何人もの男女のものだ。その声は聖歌のように恭《うやうや》しく、だが単調な——未開人の儀式の歌に似た節回しで繰り返されている。

(祈りの言葉のようだが)

パウルは幼い頃すごしたポーゼンの城館で乳母から聞かされた昔話を思い出した。乳母の話では魔女どもは水曜と金曜の深夜に森の奥に集まって〝魔女の夜宴《ヘクスン・ザバット》〟を催し、魔王や悪魔の名前を連禱《れんとう》しておぞましきものどもを讃えるという。

ただし夢の中でパウルが聞いたのは「サタン」や「ベールゼブブ」や「アスモデウス」といった民話や伝承で聞き慣れた名ではなかった。それはラテン語のように聞こえた。——Adorate lumen tenebrarum Conspiciunt in tenebris lucet——パウルは夢の中で忘れかけた知識を紐解いて、その大意を訳してみた。

「崇めよ、闇の輝きを　輝く闇を凝視《みつ》めよ」

何のことだろう？　パウルは炎の向こうの声に叫んだ。

「なにが言いたい、悪魔ども。この私に何の用だ」

すると紅蓮の炎の向こうから巨大な漆黒の十字架が現われた。十字架はゆっくりと左に傾き、さらに十字の先が直角にねじ曲がった。スワスティカか。……いや、違う。左向きの鉤十字——。

「サンバスティカだ」

そうパウルが呟いた瞬間、身を取り巻いた炎がさらに燃え上がり、その身を包み込んだ。目を灼く炎熱。眼底に突き刺さるほどの眩さ。そして繰り返される謎の声——Adorate lumen tenebrarum　Conspiciunt in tenebris lucet——。

悲鳴が響いた。

パウルの悲鳴だ。

自らの悲鳴に驚いて、次の瞬間目覚めたのだった。

——そこまで思い出したパウルは大きな溜息をついた。

軽く頭を振る。

「毎日毎日、ただ紛糾のために紛糾する議会で疲れているのか……」

小さく独りごちると、寝台に身を横たえて、そのまま眠りに沈んでいく。

今度の眠りの底に待つのは悪夢ではない。

死にも似た老人の眠りだった。

2

食事の後で一服しようとパウルは懐《ふところ》をまさぐった。パイプを求める。朝食の後はパイプに火を点けて今日一日の執務予定を眺め、どう対するべきか思いを凝らすのが彼の日課であった。

背広の内ポケットに手応えがあった。柔らかいベルベットの感触だ。パウルの唇が髭の下でほころんだ。愛用のパイプは常に青いビロードの袋に入れていた。

東部戦線の思い出の詰まったパイプだった。

一九一四年、ポーランドのタンネンベルクで繰り広げられたロシア軍との戦いに勝利した記念に戦友たちから贈られたオルデンコット製の逸品であった。

それを入れるビロードの袋は布地の色が目に鮮やかな青色で、チュートン騎士団の紋章である「盾に十字」とその下に"Orden der Brüder vom Deutschen Haus der Heiligen Maria in Jerusalem"の文字が金糸で刺繍されている。

パウルが大切にしてきたお陰でパイプには毛一筋の瑕《きず》もなく、ビロードの袋も擦り切れることなく、贈られた時そのままに鮮やかな青色を誇っていた。

――と、パウルの微笑が唐突に萎《しお》れた。

ビロードの袋はあるのだが、その中身の手応えがない。

眉を寄せて内ポケットから袋を出した。袋は空《から》だった。

パウルは思わず声に出した。

「パイプはどうした？　私のパイプは何処《どこ》へ行った？」

幸い声が小さかったらしい。夫人も家政婦も執事も振り返らない。

無駄と知りつつ、パウルは袋を振ったり、裏返したりしてみた。当然、パイプはない。ただパイプ煙草の真っ黒い灰がほんの少しこぼれただけである。眉間に皺を寄せてパウルは空の袋を見つめていたが、やがて「ふん」と鼻を鳴らすと空の袋を背広の右ポケットにしまい込んだ。

　そして紙巻き煙草を咥えて、予定表に目を落としたが、文章がなかなか頭に入らなかった。

＊

　パウルが己れの〈空白〉を意識したのはその日の午後、閣議の最中である。

　折りしもヴァイマル憲法を錦の御旗に振りかざす社会民主党、中道右派の国家人民党、急進左派の共産党、さらに中央党、民主党……そして新興勢力の極右派——国家社会主義ドイツ労働者党などが連合軍撤収後の共和国の在り方について甲論乙駁《こうろんおっぱく》、侃々諤々《かんかんがくがく》の議論を続け、共和国大統領としては一秒たりとも気が抜けない場面のことだった。

　ふとパウルの心に素朴な疑問が湧いたのだ。

(私は三百年以上続く地方豪族《ユンカー》階級に属し政治信条は皇帝《カイゼル》復帰を願う根っからの帝政派だ。……ヴィルヘルム二世陛下にオランダ亡命を勧め、その手筈を整えたのはこの私ではなかったか。その私がどうして民主社会主義政府の大統領として、この椅子に座っているのだろう？　先の大戦で他ならぬ皇帝陛下のために戦ったこの私が)

　そんなことを考えながら、大仰に手を振り、机を叩いて大声で議論する議員たちを眺めるうちに、パウルは胸焼けにも似た嫌悪の気持ちが湧いてきた。

　大きな溜息が洩れる。うんざりした時間を過ごす時の癖で、パウルは無意識にパイプを求めた。そっと背広のポケットに手を入れた。ベルベットの手触りが指先に触れる。

(いかん。議会中ではないか。今、喫える筈がない……)

　顔をしかめたのと、ベルベットの袋が空だと知ったのは同時だった。

　それから、今朝もこうやってパイプを探したのを思い出した。

(……それにしても……私のパイプは何処へ行ったのだ？)

　そう思った瞬間、パウルの脳裏に青いビロード生地のイメージが閃いた。

目に鮮やかなブルーの生地である。光沢のある艶やかな質感と、その柔らかい手触りを思い出す。さらに輝かんばかりの金糸で縫い取られたチュートン騎士団の紋章が、細部まで鮮やかに浮かび上がった。

（十数年大事にしてきたお陰で未だ新品のような袋だ）

と思って、うっとり目を細めかけたパウルの心の隅から声が湧いてくる。

（パイプの入っていない袋など、絹製だろうが木綿製だろうが、ただの袋ではないか）

パウルは議員や大臣たちに気づかれぬように注意してポケットからビロードの袋を取り出した。手を合わせる振りをして袋を持ってみる。

（軽い……）

ビロードの袋はパウルの手の中で美術品のような美しさを保っていたが、あまりに軽かった。少し下にやると、袋の口を上に向ける。

真上から見れば、袋はいびつな七角形の口を開いていた。

（七芒星《セプタグラム》だ……）

パウルの意識にそんな声が響いた。Septaglamだと？なんだ、それは？　聞いたこともない単語だ。どうして、聞いたこともない言葉を知っている？

（しかも意味まで知っているのは何故だ？）

パウルは顔をしかめた。

（そんなことはどうでもいい。今は議論に集中しなければ）

そう自分に言い聞かせた直後には、また、同じ疑問が浮かんでくる。

（私のパイプは何処にいった？）

（私はここで何をしている？）

（私は帝政派……ヴィルヘルム二世陛下に忠誠を誓った生粋の豪族《ユンカー》……勇猛なるプロイセンの兵……なのに……どうして……中道左派なんかに押されて……ここにいる？）

黒い七芒星のイメージが意識に広がった。まるで夜空に咲いた暗黒の花火のようだ。七芒星。七つの頂点を有した星。否《いな》、あれは星ではない。袋の口だ。否、そうではない。夜空を嚥《の》みこむ穴だ。否、違う。超巨大な袋の口だ。その中に夜空が——果て知れぬ暗黒の空間が広がっている。否、そうではない。暗黒の空間とは私の内部だ。何もないがらんどうの闇。否、そうではない。私の裡《うち》には暗黒も空洞も夜空もない。私こそが空洞。私こそが何もない袋の中身――七芒星の形をした袋の口の中にある何もない空間。否、そうではない。……違う。そんなものではない。私は袋だ。何も入ってない青いビロードの袋。何もないが一杯詰まった袋なのだ。否、そうではない。否。そうではない。否《ナイン》。否《ナイン》。否《ナイン》。

3

一九三〇年六月三十日。

第一次世界大戦のドイツ敗戦と一九一九年のベルサイユ条約締結以来、ずっとラインラント第三地帯を占領していた連合軍が撤退した。同時に、これによって十一年の長きに亘ってドイツ共和国領土の一部を実効支配していた連合国勢力――具体的にはフランスの影は国土から完全に消えたのであった。その日、フランス占領軍はマインツとケールからも撤退した。

フランス軍の白い制服制帽の隊列が完全に去った瞬間、ラインラントは再びドイツ共和国の一部となったのである。ドイツ共和国の全国民は歓喜の声を上げ、共和国の政治家たちは右派左派を問わず「今や戦後ではない」「屈辱の日々は終わった」と叫び、国内の新聞はこぞって「ラインラント解放」と書き立てた。その日、フランス軍に代わってドイツ警察隊が十一年ぶりにラインラントに懸かる橋を渡り、黒・赤・金の共和国旗が再びラインラントの空に翩翻《へんぽん》と翻《ひるがえ》ったのだった。

このとき、ドイツは遂に「第一次大戦後」という重く暗い軛《くびき》より解き放たれたのである。

七月二十二日、ラインラント解放祝賀式典に参加するため、ドイツ共和国大統領ヒンデンブルクはエーレンブライトシュタインに到着した。

前後を護られた大統領専用車が見えた瞬間、全ドイツを沸き立たせる歓喜は最高潮に達した。

だが、それから僅か二十四時間後に、歓喜は凍り付き、悲鳴と悲嘆と怒号に変わることとなる。

歓喜を恐怖と悲嘆に変えたのは翌日――七月二十三日の事故だった。

その日、大統領の到着と、それを迎えるセレモニーを見物しようと全ドイツから駆け付けた群衆の重みで、モーゼル川に懸かる板橋が突然、倒壊し、崩落した。群衆はモーゼル川に投げ出された。川で溺れ、必死にもがく人々の頭上に橋を構成していた石や材木や馬車、さらにさらなる群衆がぶちまけられた。

この事故で見物人多数が死亡した。

予想すらしなかった悲劇に衝撃を受けたか、それとも二週間ほど前から囁かれていた体調の悪化のためか、祝典のためにフリードリヒシュトラーセ駅に降り立ったヒンデンブルク大統領は悄然とした様子を隠せなかった。

それはあたかも自分の立った場所が何処か分からず、自分を迎える人々が誰かさえ分からなくなっているように見えた。

それでも気にせず笑いかけ、出迎えの言葉を投げかける知事や、地元名士たちをヒンデンブルク大統領は人形のように無表情な目で見つめていた。握手しようと右手を差し出した州知事に大統領は呟いた。

「……空《から》だ」

「なんですと?」

拡げかけていた笑みを強張らせて州知事は訊き返した。

ヒンデンブルク大統領は掠《かす》れ声で応えた。

「中身が消えた……消えて……空になってしまった……私も……袋も……否……袋には何もなかった……私にも……何もなかったのだ……」

言い終えると同時に大統領は膝からくずおれるように倒れ込んだ。

まことに奇妙なことだが、州知事の目にはヒンデンブルク大統領がくずおれていく様子は——たった今聞いた大統領の言葉そのまま——人間の形をした袋が中身を失い、くたくたと崩れながら大きな布の堆積になっていくように映ったのであった。

「いかがなされました、何が……大統領閣下の身に……何が起こったのですか」

駆け寄った警備兵に州知事はヒンデンブルクを見つめたまま応えた。

「なんと申されました?」

訊き返した警備兵に振り返って州知事は言った。

「空だった。袋は空だったのだ」

*

意識を失ったヒンデンブルク大統領は、最寄りの病院へ搬送された。

その容体は一時危ぶまれたが、医師たちの熱い手当の甲斐あってなんとか持ち直した。

しかし、倒れる前のヒンデンブルク大統領の、年齢を微塵も感じさせない矍鑠《かくしゃく》とした覇気は失われていた。

退院したヒンデンブルク大統領は一人の病身の老人に過ぎなかった。

老体のうえ病身、しかも呂律《ろれつ》も判断力もあやしくなった大統領を、ドイツ共和国の野党陣営はここぞとばかりに非難し、任期満了前の大統領の退陣を声高に叫び始めた。

左派・右派を問わず、今こそは国民の圧倒的支持を誇る普仏戦争の英雄を大統領の椅子から引きずり下ろす千載一遇の機会だったのである。

七月二十三日のモーゼル川の崩落事故と、それに続く、ドイツ共和国の象徴ともいうべきパウル・フォン・ヒンデンブルク大統領の病変は、ヴァイマール共和国の未来を覆う不吉な死の翼の影の兆しに他ならなかったが、この時点においてその兆しに気づいたものはごく僅かに過ぎなかった。

九月十四日に行われたドイツ国会選挙で国家社会主義ドイツ労働者党は一〇七議席を獲得し、民主党に次ぐ第二党となった。

同党党首アドルフ・ヒトラーは党員と支持者たちに高らかに呼びかけた。

「共和制の運命は定まった。さあ、追撃戦に移ろう」

それに応じて突撃隊《SA》が真紅に鉤十字の旗を掲げて行進し、彼らの勇猛な靴音に党歌「旗を高く掲げよ《ディ・ファーネ・ホーホ》」を歌う声が重なっていった。

そして、ナチスの追撃がはじまった。

*

ヒンデンブルク大統領が、ナチスと通じた側近の言うままにアドルフ・ヒトラーを首相に指名したのは、それから三年後のことだった。

すでにパウル・フォン・ヒンデンブルクは空の袋どころか、袋すらない空気のごとき大統領に成り果てていたのである。

参考文献

平井正『ベルリン　1928-1933破局と転換の時代』せりか書房
前川道介『炎と闇の帝国　ゲッベルスとその妻マグダ』白水社

音楽の愉しみ

翻訳家と悪魔

植草 昌実

私はもう二時間、コンピュータのディスプレイをただ見つめていた。画面には、すでに書かれた英語の羅列で埋まったウインドウと、もうひとつ、空白ばかりの文書作成ソフトのウィンドウ。自分がキーボードで打った日本語は一文字も増えていない。目につくのは、液晶に反射している、中途半端に歳をとった自分の顔だけだった。

筋を追って読むだけならひっかかりもしない文章が、訳すとなると難文になる。ミステリやホラーの翻訳を飽きもせず続けてきて、そんな文章にはときどき出くわしてきたが、ここまで途方に暮れるのは初めてだ。

「年貢の納めどきか」と、仕事では避けている日本語の決まり文句を口に出す。

「どうかしたの」

私は顔を上げた。妻が仕事部屋に置いたギターを取りにきたのだ。私の翻訳とは対照的に、彼女の音楽活動は順調なようだ。

「今度の仕事はけっこう手強いんだ。宗教用語が多いみたいで」

妻はバンドリーダーの名を口にした。私もよく知っている、白髪白髯のキーボード奏者で、職業は神父だ。彼女にとっては兄のような存在で、私より付き合いは長いという。一時はヴァチカンにいて、教皇の下で働いていたそうだから、こういうときは頼りになりそうだ。もっとも、その頃の役職が祓魔師《エクソシスト》だったというのは、内輪のネタなのだろうが。

「あの人なら教えてくれるかも。最近は忙しそうだけど」

メモに携帯電話の番号を書くと、妻はギターを手に出ていった。

留守番電話に用件を録音しておくと、今村神父は折り返してくれた。

「今は急用で東京の教会に詰めているところで、あまりゆっくりお話はできそうにありませんが、わかる範囲でお答えしましょう」

今週は金曜日の午後なら時間がとれる、とのことなので、約束を取り付け、当日までに教えてほしいことを書き出しておくことにした。

今週の金曜日は、十三日だった。

『石塊《いしくれ》の叫び』という小説を知ったのは、旧知の編集者に奨められたSNSでのことだった。

プロフィール欄に書いた「英日翻訳家」という職業に目を付けてか、自分の小説を日本に売り込みたい、というメッセージが、あちこちの国のさまざまな書き手から来た。ロンドンの大学生だというブライアン・ドーンも、その中の一人だった。彼のホラー小説を読んだきっかけは、出版社に売り込んでみたが「短すぎる」と断られた、というぼやきを読んだからだった。

短いとはいえスーザン・ヒルの『黒衣の女』よりは長いその長編は、二十代の若者が初めて書いたとは思えないほど面白かったので、私はつねになくレジュメを丁寧に書き、二、三の出版社に送ってみた。

その小説が『石塊の叫び』だった。企画を持ち込むにあたり、私は『エクソシスト』と『シャイニング』を引き合いに出した。自分はそんな例示に期待はしないが、相手は編集者、わかりやすいに越したことはない。もっとも、私が真っ先に連想したのは、F・M・スチュワートの『悪魔のワルツ』だったが。

かつてのベストセラー作家が低迷を続け、悪魔と契約して筆力と名声を取り戻すが、同時に悪の快楽に溺れていく。旧友である神父が彼を悪魔の手から救うために苦闘する——こう書くと、いかにもよくある話に聞こえるが、主人公と悪魔との会話はテンポよくユーモラスだし、あちこちに小技が効いている。

ブライアンは、神父が闘って小説家を悪魔から自由にするか、二人とも敗れて悪徳の栄華に耽溺するか、どちらの結末にするか迷っていると言って、私に意見を求めてきた。後味は良くしたほうがいい、と私は答え、ブライアンも同意した。

これは出版されたらブラム・ストーカー賞にノミネートされるかもしれない。有望な新人作家の長編第一作が出版前に読めただけでも幸運だ。

だが、幸運はそこで終わらなかった。海外のジャンル小説ならここ、と言われる出版社がレジュメに興味を持ち、ブライアンと出版契約を結んだのだ。訳者はもちろん私だ。久々に印税額の大きな仕事になりそうだ。だが、張り切ってとりかかったものの、さほど翻訳が進まないうちに、主人公と同じように低迷に踏み込んでしまった。もっとも、私の訳書がベストセラーになったことは、まだ一度もないのだが。

金曜日、私は都心まで電車に乗り、今村神父の母校である私立大学に行った。構内の教会には予定より数分早く着いたが、約束の時刻が過ぎても、神父は来なかった。

ショートメールが届いた。

「用事が長引いてすみません。終わったらお知らせしますので、お好きなところでお待ちください」

さて、どこで待とうか、とスマートフォンから目を上げると、すぐそばに一人の神父が立っていた。長身痩軀で肌は浅黒く、髪も黒々としている。スペインか、あるいは南米のどこかから来た人のようだ。

神父はペンネームのほうで私を呼んだ。その口調から、日本語を使い慣れているのがわかった。

「用事が終わるまでお相手をしているようにと、今村神父から申しつかりました。学内では落ち着かないでしょう。外でコーヒーでもいかがですか」

神父は名乗ったが、よく聞き取れなかった。聞き返すと、彼は「ミゲルと呼んでください」と言った。想像したとおり、スペイン系らしい。

駅ビルのカフェで、私はミゲル神父を相手に時間をつぶすことにした。私の前にはコーヒー。カプチーノを舐めるように味わっている神父の唇は、妙に赤く、大きく見えた。

「今村さんの御同僚ですか」

「まあ、古い知り合いと言っておきましょう。ヴァチカンにいた頃からの」

　教皇庁にいたのは若い頃だと、今村神父は言っていたが、ミゲル神父は見たところ四十そこそこだ。ただ、物腰の落ち着きようを見ると、若作りなだけかもしれない。

「お若く見えますね」

「金に不自由しない趣味人は、老け込まないものですよ」とミゲル神父は笑った。

　驚いたことに、ミゲル神父は私の仕事をよく読んでくれていた。十年ばかり前にアンソロジーに収録された、ルイス・パジェットの「著者謹呈」の感想を語ってくれるほどに。

「悪魔の台詞まわしが愉快ですね。自分のことを〈乃《だい》公《こう》〉とか〈余輩《よはい》〉とか言って。まったく、やつらそのままです」

「悪魔とはお知り合いですか」と言うと、神父は「はい、仕事柄ですが」と答え、さらに笑った。

「それにしても、日本語の翻訳でお読みになるとは珍しい。ご出身はどちらですか」

「旅ばかりしていました」と神父は答えた。「サンクトペテルブルクにも、ダラスにもいたことがあります。ムンバイにも」

　なかなか面白い人のようだ。私も一緒に笑った。

　ミゲル神父は大学英文科の非常勤講師だという。

「テキストはこの本ですよ」と小さな鞄から出したのは、M・G・ルイスの『マンク』のペーパーバックだった。「私みたいな男の本です」

　私は今日ここに来た用を思い出した。英文学の講師なら、翻訳の相談をするには恰好の相手だ。

　私が翻訳している小説の話をすると、ミゲル神父はまず驚きに目を見開き、作者の名を口に出すと、満面の笑みを浮かべた。

「ブライアンとは知り合いです。その小説のことは聞いていましたが、日本でも出版されるとは、すばらしい。そのうえ、訳者にお目にかかれるとは！　私にできることなら、なんでもお手伝いしますよ」

　スマートフォンが震えた。今村神父からの電話だ。

　ミゲル神父に一言ことわり、店の外に出て通話ボタンをタップする。

「お待たせしてすみません。今、どちらに……すぐに参ります」

こちらがミゲル神父の名を出す前に、通話は切れた。席に戻ると、彼の姿はなく、テーブルには名刺大のメモが残っていた。

「急用にて失礼いたします。ご連絡はこちらへお気軽に」

その下には、メールアドレスと、彼の名前らしい欧文の文字列が走り書きしてあった。

「すみません。昔の仕事のからみで、急に忙しくなってしまったもので。マリーにも心配をかけてしまって……」

私の妻をバンドのステージネームで呼びながら、今村神父はテーブルに目を落とした。私はその視線を追った。メモがない。あるのは煙草の吸殻から落ちたような、ひとつまみもない灰だけだった。この店は禁煙のはずなのだが。

「誰かと御一緒でしたか?」今村神父が尋ねた。さっきまでそこにいた人のことを話そうとして、私は言葉を失った。あれは誰だったのだろう? 長身で髪の黒い、英文科の非常勤講師の……

「いいや、お気になさらず。御用は翻訳のことでしたね」

神父の声に我に返り、私は質問を始めることにして、鞄から原稿を取り出した。

今村神父が教えてくれたおかげで、その夜は翻訳が進んだ。わからなかったところは、ブルガーコフの『巨匠とマルガリータ』を踏まえていた。今回の仕事では聖書だけでなく、幻想文学の古典も、それも非英語圏の作品まで復習しておく必要がありそうだ。

教わるまで、そこがM・G・ルイスの『マンク』のもじりだと思い込んでいたのは、なぜだろう。

メールが届いた。私は、その理由を思い出した。ミゲル神父だ。もう忘れているとは我ながら呆れたものだ。

「急に席を外して失礼しました。翻訳のお手伝いはいつでも歓迎です。お気軽にご連絡を。今村神父によろしくお伝えください。M」

私はすぐに返信を書いた。大学の英文学講師で、そのうえ著者と知り合いならば、力を借りない手はないだろう。

メールのやりとりだけで、話はすぐにまとまった。

ミゲル神父は訳文のチェックを引き受けてくれた。私はさらに、原文の細部について尋ねるとき、ブライアン・ドーンへの連絡もお願いした。これまで英文でやりとりしてはいたが、日本語に訳するときの疑問点を自分でうまく英語にできるか、心許なかったのだ。神父は快諾してくれたが、「共訳者として印税は折半に」という私の提案だけは辞退された。返信にはこう書かれていた。

「お気持ちだけで結構です。ただ、この仕事が終わった時点で、私のささやかな願いを、一つだけ聞いてください」

遠慮深いのは仕事柄なのだろう。私は承諾した。


翻訳は快調どころか、加速していった。ミゲル神父のチェックは的確で、きびしくはあっても一つ一つが納得のいくものだった。レポートをこのようにチェックされる学生は幸せだろう、と思うほどに。

そのぶん、今村神父とは疎遠になった。彼に会ってからひと月ほどして、妻が尋ねてきた。

「マイクとは連絡とってる?」今村神父は、バンドではマイク今村だ。洗礼名のミカエルからきているのだろう。

「いや、ここしばらくしてないな」

「あなたに電話もメールも通じないからって、わたしの方にメールが来たの」

私はスマートフォンを開いた。今村神父からは着信もメールもなかった。

「新しく知り合った人には気をつけて、だって。あと、契約ごとは慎重に。おみくじみたいだけど、必ず伝えるようにと言っていた。あなたのことが心配みたい」

「教会にもおみくじはあるのかな」

最近知り合ったのはミゲル神父で、今村神父の紹介のようなものだし、仕事への協力をお願いしているが、契約したわけではない。そう答えると、妻は言った。

「マイクに伝えておくね」


今村神父のことを次に聞いたのは、バンドの音合わせで一緒にスタジオに行った妻からの電話だった。帰りに何かが路上に飛び出してくるのを見て、神父がハンドル操作を誤ったという。車はガードレールに衝突したが幸い神父は軽傷、助手席の妻はかすり傷ひとつなかった。「エアバッグが出るところを初めて見た」

と彼女は言った。

軽傷ではあったが、今村神父は検査を兼ねて数日入院することになった。警察の事情聴取は一応済んだので、教会に寄って伝言してから帰る、と妻は言った。

帰りには気をつけて、と言って通話を終えたあとで、どこの病院か聞いてタクシーで迎えに行けばよかった、と思った。妻は運転ができるが、私はできない。だが、すぐに仕事に戻った。切りの良いところまで訳して、ミゲル神父に送信したかったのだ。

妻は帰宅すると、久しぶりに乗る電車は面白かった、と言った。今村神父の軽傷というのは、右足首の捻挫と頭の切り傷、あとは打撲くらいだというので、少しは安心した。本人は脳波検査やレントゲン撮影で足止めされるよりも、年寄り扱いされることをぼやいていたそうだが。

「でも、わたしも見たの」と妻は言った。「影みたいに真っ黒い、大きな犬が、車に向かって走ってくるのを。わざとぶつかろうとするみたいに」

今村神父が退院する日、病院から教会まで送るといって、妻は車で出かけていった。

彼女を見送ると、私は仕事を始めた。『石塊の叫び』も残すところ最終章だけになった。このペースなら第一稿は今日中に脱稿できる。ミゲル神父に通しでチェックしてもらえば、推敲に移る前に少しは休めるだろう。

だが、何行も進まないうちに、ミゲル神父からメールが届いた。ブライアンが最終章を書き直した。決定稿を添付するから、そちらを訳してほしい——という文面だった。

添付ファイルを読んで、私は驚いた。これは新しい原稿ではない。ブライアンが「どちらにするか迷っている」と言って送ってきた、悪魔が勝利する結末——そう、私が選ばなかったほうだ。

私は急いで返信を書きはじめた。たとえ著者の意向であっても、小説の結末を変えるのであれば、出版契約を見直すことになりかねない、と。

送信ボタンをクリックしかけたとき、背後で声がした。

「送ることはありません。もう読みました」

振り向くと、ミゲル神父の浅黒い顔が、光る目で私を見下ろしていた。

どうやって入ってきた、と言いかけたが、言葉は喉で止まって出ていかない。

「せっかくの御提案でしたが、この結末のほうが、書いた本人としてはしっくり来るもので」ミゲルは初対面のときのように笑った。「あなたもペンネームをお使いだから、おわかりでしょう。私がブライアン・ドーンです」

ようやく声が出た。「印税を断ったのは、契約後に書き直したかったからなのか？」

「本来の意図に則した形に戻しただけです。著者として、そして翻訳のチェッカーとして、お願いしたいことは別にあります」ミゲルは言葉を切った。「申し上げげましたが、印税はいりません。私が頂戴したいのは、あなたの魂です」

「冗談にしても神父には不似合いだな」

私が言うと、ミゲルのばかに大きな口が、笑みにゆがんだ。

「この『石塊の叫び』はベストセラーになります。著者として断言します。あなたにも奥様にも、生きているかぎり、このうえなく豊かで楽しい生活をお約束しましょう。ですが、死んでしまったあとは楽しくはありません。審判の時まで待ち続けているのは退屈です。だから、決定稿の結末のように、魂を私にお預けください。そのほうが刺激がありますよ。傲慢、貪欲、嫉妬、憤怒、淫蕩、暴食、怠惰――いかがです、面白いことばかりでしょう」

私は笑い声で返した。「契約もしていないのに？」

「もうしていますよ。翻訳協力を決めたさいに。メールの記録は契約書に準じますから、私たちの手間も減りました」

「ばかな。それは契約じゃない」

ミゲルが言った。「強情なお人だ。では、一度だけ簡単なゲームをしませんか。あなたが勝てば契約をしなおしましょう。納得できなければ破棄しても結構。しかし、私が勝ったら、契約はこのまま有効です」

「どんなゲームだ？」

ミゲルが言った。「古典的なものです。この国のお伽話にもあるほどの。私の名前を当ててください。ミゲルでもブライアン・ドーンでもない、本当の名前を」

私は声を荒らげた。「ふざけるな。あんたの名前なんか聞いてもいない」

「申し上げましたよ、初めてお目にかかったときに」

ミゲルは歯を剝き出して笑った。「名刺も置いていきました。今村が来たときには灰になっていたことでしょうが」

あの聞き取れなかった名前か。読めなかった走り書きか。私は呻いた。

「お忘れですか。残念です。もっとも、思い出していただけるだけのヒントも差し上げてはいますが」ミゲルは手にしたペンで、私の机をリズミカルに叩き、「フー、フー」と妙な高い声をあげはじめた。

名前がひとつ、頭に閃いた。あまりに有名なので、考えから外していた名前だ。

「わかった。言わせてもらう」

「どうぞ」

私が口を開こうとしたとき、部屋の扉が勢いよく開いた。踏み込んできたのは、右手に松葉杖をつき、左手にロザリオを掲げた今村神父だった。白髪はさらに白い包帯に覆われている。

今村神父は何かを叫んだ。私には聞き取れなかったが、ミゲルは手からペンを落とした。口をかっと開き、吠えるような声をあげた。「また貴様か！」

今村神父は、今度は聞き取れる声で言った。「きみの負けだ。帰りたまえ」

ミゲルは口惜しげに歯嚙みをすると、その姿は小さな青い炎になり、消えた。

今村神父の後から入ってきた妻を見て、私は気が遠くなった。


「あなたが仕事している様子がおかしかったから、病院に行くたびマイクに話してたの」居間のテーブルにコーヒーカップを置きながら、妻が言った。

コーヒーを一口飲むと、今村神父が言った。「やはり、古い知り合いでした。教皇庁にいた頃に祓《はら》った悪たれ小僧です。手の込んだことをしたがるのは相変わらずだ」

私は熱いコーヒーを飲み下した。「あいつ、ルシフェルじゃなかったんですか」

神父は笑った。「大物は地上《ここ》まで出向いてはきませんよ。あいつは大魔王陛下《ヒズ・サタニック・マジェスティ》に憧れるあまり、その名を勝手に名乗る小物です。もし、そう呼んでいたら、あなたは負けていました。本当の名は……口にしたいものではありません」

「ロックスターのファンにいるよね」と妻が言うと、

「まさにね」と神父はまた笑った。
私はふと席を立ち、仕事部屋に入った。
コンピュータを立ち上げると、『石塊の叫び』は、原文も訳文もファイルごと消えていた。最後にミゲルが送ってきたファイルだけは残っていたので、開いてみると、一行だけの文書が現れた。

See you! Woo woo!

「悪魔を憐れむ歌」ザ・ローリング・ストーンズ

物語の国へ

移植

井上雅彦

おやおや。なんということだ。
君は、すっかり「空っぽ」じゃないか。
酷《ひど》いことだ。君は——まるで——穴だ。たくさんの穴ぼこだ。
虚《うつ》ろな穴だ。無残な穴だ。
まるで、世界から抉《えぐ》り取られた赤黒い穴そのもの……。
ああ、可哀相に。
もとの姿はのぞむべくもないが、哀しさのあまり、ひとだとわかる。
治してあげよう。
できるだけ、ひとの肉体《すがた》にもどせるように。
幸い、よい器官なら揃ってる。おそらく、君に合うものも。
目か。眼球か。
愛しさのあまり、抉《えぐ》り取られた眼球はどうだろう？
美しい眼。宝石のような眼。火のような目。
ただ、それは片方しかないけれども。
それも、黒猫の目だ。
いや、君に似合うと思っただけさ。人間の眼球なら、いくらもある。
黒い目。碧《あお》い目。翠《みどり》の目。菫《すみれ》いろの目。榛《はしばみ》いろの目。

砂男が集めてくれたものだ。眠ろうとしない子供の眼を抜き取る砂男がね。

コッペリウス博士に診てもらおう。いや、彼の本職は弁護士だったか。それなら、目羅博士でもいいのだけれど。

邪眼。光る眼。X線の目。それとも、悪魔の創った鏡の破片が飛び込んだ眼……。

選べないかな？　いや、そもそも、僕らの声も聞こえまい。

耳をつけてあげなくてはね。

たとえば、そこのボール箱に入った二つの耳か。これは、もともと、男女ひとりづつの耳だったし、塩漬けにされたものなので、あまり役には立たないかも知れない。

いや、いくら耳殻が大きくたって、こんなに青黒くて、蟲《むし》が喰ったようなのは論外だ。アメリカン・ポップスには反応するが。She wore blue velvet……

同じ左耳なら、画家が自分で切り落としたもののほうが、ましだろう。

だが、画家よりも、音楽家の耳がいい。きれいなものが、ちょうど一揃いある。琵琶《びわ》という弦楽器の弾き語りの名手でね――。

鼻も必要だ。琵琶の国の僧侶の鼻があったが、あればかりは論外さ。

形の整ったものなら、理髪師の食卓で見つかったものがある。ロンドンのフリート街の床屋じゃないよ。ペテルブルグのウォズネセンスキイ通りの理髪店だ。だから、あの八等官の鼻は、肉パイにならずにすんだのだったね。

しかし、見映えより機能で選ぶなら、ロシア役人の鼻なんかより、フランスの香水職人のもののほうがいいだろう。あの〈蛙《ガルグイユ》〉の行いは誉められたものではないけれども、鼻だけは特別だった。ギロチンで切断することはできずじまいだったけれどね。

唇。こればかりは、感触で選びたい。

英国人外科医のメスで切り取られた令夫人のふっくらした唇ばかりではない。

百唇譜なる悪魔めいた蒐集物から、実物を再現するのもいいだろう。

いや、唇よりも。だいじなのは、開いたその内側から、零《こぼ》れんばかりの光を放つ白いもの。小箱の中に入れていたもの。美しい従妹《いとこ》から抜き取ったばかりの燦《きら》めく白い象牙色の「三十二個」を、そのまま植えこんであげようか。……それとも、もっと鋭く尖ったものを？

凶暴な口か……。

美食家の舌。ならば、針の植わった「悪魔の舌」も悪くない。

でも、それよりも、きっと君に似合うのは、恋の願いを叶える条件で抜かれた舌だ。

そう。彼女の舌は、誰よりも美しい歌声ゆえに奪われたのだ。使い方次第では、人魚の歌声は、怖ろしい事態をまねくことになるのだから。

喉から首へ。鋭い歯で噛み痕さえつけられなければ、綺麗な喉首もたくさんあるのだけれど、それを覆い隠すような、長い髪があればいい。

金髪。ブロンド。栗いろ。黒髪……。ラプンツェルのような髪でも、ここにはある。

ああ、やはり。考古学者の日録がもたらす、あのふくよかな髪すらも。

しかし、おそらく君に似合うのは、クリスマスの夜に、鎖の無い金時計とともに失われたあの長くて美しい髪だろう。――そう。あれを手に入れたのは、表向きには、姿を見せていないもうひとりの〈賢者《デーモン》〉だったと僕は思うのだけれども。

美しい髪なら、じゅうぶん、肩にまで届く。

そこから、下はどうしよう。

肩からとりはずせる、美しい女の腕。それをひと晩、借りた男は、別の雪国で、指の記憶を語っていたこともあったのだった。

指なら、僕らは、いいものを揃えているよ。

技師の親指。薬指の標本。ギャンブル好きの夫が長い時間をかけて手に入れた指たち。

アルコールを満たした瓶の中で、蟹のように蠢《うごめ》くピアニストの右手もいいじゃないか。

それなら、いっそ、「五本指のけだもの」というのも悪くはないのだけれども。

君に似合うのは、むしろ「一対の手」だろう……。

しかし、手より、腕より、悩ましいのは脚だろうか。

確かに美しい脚や、丈夫な脚は、いくつもある。

舌をさしだした人魚が代わりに手に入れた脚も、もうしぶんのない美しさだったようだ。

彼女の歩いた海岸の国で、首切り役人が斧で斬りおとした二本の脚もまた美しかった。どの部分から切断したのかは知る人ぞ知るだが、今でも踊り続けるその足には赤い靴。

履き物の手がかりだけなら、その跫音《あしおと》だけでも、心を掻きたてる脚がある。幾晩も恋人の元へ通い続けたその女の脚は、見えないがために琴線に触れるものがあるはずだ。他人に脚を見せない国であっても、恋人だけは視た筈なのだ。いかに細くて長い足首なのか、いかに艶やかなふくらはぎなのか、いかに輝く膝なのか、いかに白くて柔らかな腿なのか、あの牡丹灯籠は照らしだしていたに違いない。

ああ、君に相応しいのは、どちらだろうか……。

さあ、このように、素敵なパーツは揃っている。だが、しっかりした骨格もまだ無いのか。なれば、「死の舞踏」におでましいただくか。

いや、さんざん踊り疲れて、すでにボロボロ。欠損が激しい……というのは、ゲーテのもの。カール・ハンス・シュトローブルのものなら、きちんと女性の一体ぶん、大小すべての骨が組みあがったまま。やはり、美しく変質した肉のおかげだろう。動きも実に滑らかだ。

これには、透き通るような皮膚もついている。個人的には好みなのだが、このままではいささか使いにくい。

いや、大丈夫。皮膚だって、僕らはちゃんと用意しているよ。

皮剝ぎの名匠なら幾人も心当たりがある。だが、なめし革にしたがるやつらは論外だし、大柄専門のも困る。ていねいな仕事ぶりでおすすめなのは、ノモンハンで出会った名人だと、ねじまき鳥が教えてくれた。

ああ。外側のことより、中身が問題だろう。

内臓。臓物。それだって、いくらでも在庫はある。案山子《かかし》が翼のある猿にされたように、イーストエンドの娼婦たちからぶちまけられたものや、ショッピグモールの〈客〉が食べ残したものまでと、不完全なものばかりではない。

可愛い名前のつけられた「生きている腸」もある。アジアでも少し南方にいけば、貪欲な胃や腸や消化器が空を飛ぶものさえもある……ただし食道の先に、余分な頭がついているのだけれども。

いっそ、形状の異なるもの――「二階の下宿人」から摘出したもののほうが、君には相応《ふさわ》しいと思うんだ。

男は、いらだったように言った。「これだから、自動運転はあてにならない」

「……いやな場所？」

「みんな、こっそりと〈図書館跡〉なんて言ってるけれど、当てずっぽうにしたって、悪い冗談だ。本当は……」

「……なんなの？」

「処刑場さ」

男は言った。「人間図書館……って、知らないだろうな。都市伝説すら忘れられているようだけれど、実際にいたのだ。小説だの、脚本だの、歴史書だの、政権にたてついて、社会に害毒を流していた奴らの、こっそり隠れていたその生き残りどもが見つかって――ここで〈焚書〉に……」

おっと、これ以上は言えない。

男は思った。町で拾ったばかりの娘に、自分の役所の業務について話すなんて――。

「本なんて、読んだこともなかった」

その娘が言った。「もしも、そんな存在さえ知っていたなら、私はこの世から、自分を消してしまおうとはしなかった」


おなじイリノイ州の「十月のゲーム」で使われたものでもいいのだけれど。

おっと、だいじなところを忘れていた。

それを、僕に言わせるのかい？

ああ……しかたがないね。

若い身体を陵辱されて、切り裂かれ、ひんむかれて、抜き出されたものがある。

色もつやつやして、動き方もいい具合だ。

心臓さ。ヘリメス・トリスメギスタスの記述の試行者が摘出したものだが――

だが……最も重要なのは、心臓じゃない。

流れる血でも、脳ですらない。

それらも、すべて、こちら側には揃ってはいるが。

魂だ。ああ……それこそ、君が最も求めているものだね。

大丈夫。それは、君なら、もう持っている。

この場所を、選んだぐらいだからね……。

※　※　※

「いやな場所に来ちまったな」

「え？」

「でも、もう大丈夫」

女が顔を向けた。「私はこの場所で——今度は、読まれる存在になったのだから」

「ええっ？」

「ほら、今も」

白い歯が鋭く燦めいた。片目が火のようにゆらめいた。

物語の国へ

絞首台の小人、あるいは女嫌いのシャーロック

荒居 蘭

ぼくがかつて知っていた一番魅力的な女性は、保険金ほしさに三人のいたいけな子どもを毒殺して、絞首刑になった女だ。

アーサー・コナン・ドイル『四つのサイン』
小林司 東山あかね 訳

一八八八年に起きた『四つのサイン』事件の幕開けは、シャーロック・ホームズの記録係である私にふたつの驚きをもたらした。

ひとつは、依頼人であるメアリ・モースタン――のちに私の妻となった――のたぐいまれな気品と愛らしさ。いまひとつは、ホームズが口にした〈ぼくがかつて知っていた一番魅力的な女性〉の存在である。ホームズにとってただひとり、特別な女性といえばアイリーン・アドラーその人のみと思いこんでいたが、その彼女と同じくらい――あるいはそれ以上、ホームズに強い印象を与えた女性がいたなどとは、夢にも思わなかったのである。

とはいえ、ホームズがその女性に恋心めいた思いを抱いていたとは考えにくい。

彼にとって好きとか嫌いといった感情がもたらす先

入観は、完璧な演奏に混じった雑音のようなもので、判断を歪める不純物でしかない。こと恋のような激しい心のうねりは、彼の冷たく引き締まった知性とは相容れないのである。

　ホームズはその〈一番魅力的な女性〉と、生死を飛び越えた、奇妙な再会を果たした。ずいぶんあとに知ったことだが、きっかけはやはり『四つのサイン』であったという。


　あれは妻メアリを亡くした私が再婚をし、ホームズと暮らした部屋を去る一、二年ほど前のこと。

　当時、私は気がかりな患者を抱えていた。軍医として第二次アフガン戦争に従軍していたころ、同じ連隊に所属していた傷痍軍人で、自宅で転倒し頭を打ってから、めっきり弱っていた。私は『バスカヴィル家の犬』執筆で多忙をきわめていたが、具合が悪そうなときはいつでも呼ぶよう、彼の妹に言い含めてあった。

　私が往診から帰着するなり、ホームズはゆったりとした動作でテーブルの上の小さな包みを指した。茶色い包装紙の隙間から、植物のようなものが飛び出している。宛先には〈ベイカー街二二一B〉とだけ記されていた。

「きみも知っての通り、ぼくのところには依頼の手紙だけでなく、さまざまな郵便物が届く。だから開封には――特に小包には用心しているけれど、こんな風変りな贈り物ははじめてだ」

　ビロード張りの肘掛け椅子に深々と身を沈め、ホームズはパイプからあがる煙を目で追うように、ぼんやりと天井のほうを見ている。促されるまま包みを手に取ると、思った通りしなびた植物の根であった。

　大きさは手のひらに載るほどで、黒く艶光りした根茎は幾枝にも分かれ、どことなく人間の形を思わせる。根本のぼこつきは人の顔、その上にかぶさる茎と葉は髪の毛のようで、見る者にひどく不吉な印象を与えた。

　私は一八九七年に遭遇した、あの陰惨な「悪魔の足の根」にまつわる事件を思い出し、思わず身震いをした。

「なんだい、これは」

「〈マンドレイク〉だよ。神経毒を含み、幻覚や幻聴を引き起こす植物さ。しかし同封の手紙によれば、この気味の悪い根っこは死刑囚の血液から生じた伝説級のしろもの――らしい。さしずめ〈絞首台の小人〉といったところだね」

その言い伝えなら、私も耳にしたことがある。

マンドレイクは刑場に自生し、引き抜かれると同時におそろしい悲鳴をあげるという。その絶叫を聞いた者は正気を失くしてしまうため、犬をつないで抜かせるのがよい。こうして手間暇かけて手にした希少な植物は神秘の力を宿し、魔術や錬金術に使われるほか、所有者に富貴をもたらしたり、性的な魅力を授けたりするという。

「贈り主は誰だ？　こんな愚にもつかないお伽話を、本気で信じているのだろうか」

「手紙の末尾に〈A・C〉とサインがある。そこの棚から備忘録を取ってくれないか」

ページをめくるホームズの細長い指を見つめながら、私も向かいの椅子に腰かけた。

「あった、おそらくこの人物だ。アレイスター・クロウリー……魔術結社の一員か。科学者のはしくれである我々とは、どうやら対極にいる男のようだ。その彼に言わせると、この根はかつて、ぼくが絞首台送りにした殺人犯から生まれたものらしいよ。ならばぼくの手元にあるべき――というわけだ」

ホームズは手紙をつまみ上げ、ひらひらと揺らして言葉を継いだ。

「マンドレイクは超自然的な力で――じつに馬鹿らしい話だが――所有者の望みを叶えるそうだね。ワトスン、きみなら何を望む？」

私には少しばかり難しい質問だった。医師としては、もちろんみなの健康を願う。しかしホームズの伝記作家としては事件を――つまりは誰かの不運や奇禍を望んでしまう。

私はしばらく思案してから口を開いた。

「私には親類縁者もないし、妻にも先立たれ、ずいぶん孤独な時期を経験した。あのころは、きみがライヘンバッハの滝に落ちて死んだとばかり思っていたしね。だからどんな形であれ、誰かとつながっていたいと願うよ」

ホームズは微笑みながら、深くうなずいた。

「そういうきみはどうなんだい、ホームズ。ああ待て。私が推理してみせよう――きみが心から望むのは、きみを頭脳の停滞から救うもの。難解な暗号、こみ入った化学分析、とびきり奇怪な事件。それとコカインに煙草――違うかね？」

ご明察だと言ってホームズはもう一度笑い、小鬼のように醜い植物をデスクの引き出しに放りこんだ。

その後――あの奇怪な贈り物のおかげでもないだろうが、ホームズの望みはかなえられたかに見えた。興味深い事件が続々と舞いこんだのだ。

ナポレオン像の連続損壊からはじまった奇妙な事件では、スコットランドヤードから惜しみない賞賛を受けたし、ソア橋の一件では取るに足らない小さな痕跡を足がかりに全容を解明してみせた。ロンドン一の悪党・恐喝王ミルヴァートンとの対決では、戦略上の必要性からミルヴァートン家のメイドに婚約を取り付けるなど、かなりの無茶もしでかしている。

伝説によれば、マンドレイクはその形状からこと恋愛面に効果を発揮するというが、私はすぐさまその馬鹿げた考えを打ち消した。事件を解決に導く手腕は、いずれもホームズの素晴らしい天分によるものだ。もし仮に、人の運命に作用する不可思議な力が存在するのだとしても、彼のような偉大な知性には超自然の加護など必要ないのだと、胸を張って言えるのである。

そんな、ある朝のことだった。この人生でもっとも忙しい一時期のなか、ホームズがだしぬけに妙なことをたずねてきた。

「たしか、きみの患者に傷痍軍人がいなかったかい？　大柄で右足を引きずっており、杖を一歩前についてから患側《かんそく》の足を出して歩く。元軍人らしく、袖口にハンカチを突っこむ癖が抜けていない」

弓張窓に透ける光を背にしているため、ホームズの表情はうかがい知れない。痩せた立ち姿が白々と浮かぶさまは、朝もやに崩れる幽鬼を思わせた。

「そういう患者ならいるよ。同じバークシャ連隊にいた男だ」

「つい最近、亡くなってはいないか？」

「存命だよ。衰弱してはいるが、急を要する患者では――」

ホームズは当て推量でものを言うことはない。質問の意図をただそうとした、そのとき。扉が開く音とともに先生！　ワトスン先生！　と、叫びにも似た声が響いた。

振り向くと、くだんの患者の妹が肩で息をつきながら立ちすくんでいた。顔は青ざめ、今にも破裂しそうな神経を抑えつけるかのように、胸の前で両手を固く握りしめている。彼女は何度か口をぱくぱくさせたあと、絞り出すように言った。

「兄が……息をしていないのです！」

◆◆◆

　わが友ワトスンはその謙虚さゆえ自身を誇ることなく、私の天分を（やや誇張をもって）褒め上げてくれるが、しかしこれを事件と呼ぶなら、いまだ解けざる事件である。

　日の出前の、もっとも夜の気配が濃い時間帯のことだった。寝室で休んでいた私は、居間から聞こえる物音で目が覚めた。何しろ我らが二二一Ｂの部屋には、招かれざる客も多く訪れる。書架を埋める事件の記録は社交界、官界における醜聞の記録でもあるから、私たちは幾度か、それらを葬らんとする輩の侵入をうけたことがあった。

　私は夜具の中から、侵入者の足音に耳をそば立てた。軽く小気味よい足取りからして、小柄な人物だろう。ウィギンズ――浮浪児にして警官十人分に匹敵する助っ人――よりずっと軽い。複数、おそらく三人か。扉の隙間からのぞくと、私のデスクあたりでうごめく三つの影が見えた。私は忍び足で居間に出ると、熊皮の敷物につまずかないよう注意を払いながら、長椅子の後ろに身を潜めてようすをうかがった。

　きちんと閉めたはずの引き出しが開き、中から包装紙らしきものがのぞいている。彼らは花嫁のベールをかぶったように白く、それでいて明るさはまったく感じさせない。引き出しの中を興味深げにのぞきこんだり、慕わし気に手を伸ばしたりして、ふわふわと舞っていた。

　生き物の気配がないのに、ざわざわとした空気の乱れが頬を撫でる。背筋が絞られるような悪寒が走り、私はいっそう小さく身体を丸めた。

　カーテンの合わせ目からちらちらと射しこむ街の灯のおかげで、室内はほの暗い。侵入者たちの顔を見て、私は小さく声をあげた。ワトスンと知り合う以前、モンタギュー街で開業したころに関わった毒殺事件の被害者――母親の手にかかり命を落とした幼子たちの顔が、そこにあった。

　ふいに、足を引きずる重い音がしてそちらを見ると、デスクから少し離れたところに大柄な男が見えた。袖口にハンカチを突っこんでいるから軍人――歩き方や障害の程度から見て傷痍軍人だろう。負傷したのは右足か。困惑しているのか、所在なげに子供たちの顔をかわるがわる見つめている。

子供らは男をみとめると、人懐こくその腕に取りすがり、彼をどこかへ連れていくようにしきりに引っ張っていく。男がよろけながらデスク近くまで寄ると、四つの影は引き出しに吸いこまれるようにして消えていった。

——以上があの夜、私が居間で目撃したすべてである。

翌朝ワトスンに確認すると、男と特徴の一致する患者がいた。男は明け方、私に目撃されたのとほぼ同じ時刻に息を引き取ったという。


「さて、困ったことだ」

私はねずみ色の化粧着をはおると、居間の長椅子にとぐろを巻いた。

あれから数カ月が経ち、大小いくつかの事件を手がけた。その合間にふと、無益なことと知りながら、この奇怪極まりない体験について考えることがある。

あり得ないことをすべて除外したあと、残ったものが例《たと》えどんなにあり得そうにないことであっても、それが真実である。この原則に従うなら、私が見た白い人影は幽霊ということになる。そしてマンドレイクの正体は、あの小さな幽霊たちの母親——保険金欲しさに三人の幼児を毒殺し、私の手で犯行を暴かれ、絞首台に消えた〈一番魅力的な女性〉となるだろう。

A・Cなる怪人物はなんらかの方法で——おそらくは処刑人を買収してマンドレイクを入手した後、気づいたのではいか。今なお母のぬくもりを求める子供らの魂が、この植物にまとわりついていることに。そして偶然手に取った『四つのサイン』の記述を頼りに、私にたどり着いたのではないか。

推理家である私が超自然と距離を置いていることは、ワトスンの読者であればご存じだろう。だからこそ、私にはこれらのできごとがA・Cの挑戦のように思えてならないのだ。この眼で目撃した超自然現象を信じないのであれば、私は自身の認知を否定することになる。しかし信じるならば、私はA・Cに屈服したことになる。

困ったことは、もうひとつある。

おそらくそう遠くないうちにワトスンは再婚し、この二二一Bの部屋を去るだろう。

　このところ彼は、よく片袖に二輪馬車《ハンサム》の泥はねをつけている。中央に座ればはねはないか、あったとしても両側が汚れるはずだから、つまり連れがいたということになる。

　相手は過日亡くなった患者の妹であるらしい。情に厚いワトスンのことだ。兄を失い、打ちひしがれた女性に寄り添ううち、心が通い合ってもなんら不思議はない。一年ほど喪に服したのち、再婚に踏み切るのではないか。

　メアリのときと同じく、今度もまたおめでとうと言う気にはなれない。友であれば――まして全面的に信頼する友であれば、祝福するのが当然だ。しかし彼に去られることは、私にとって痛恨の極みなのだ。

　ワトスンの美点は、誠実さや粘り強さばかりではない。彼が黙って私の話に耳を傾けたり、相槌を打ったり、あっと驚いたりすることが、私の脳に火花を散らせ、推理を前進させる触媒となる。何より危険や達成感を分かち合える友がいることは、人生の大きな喜びのひとつに違いない。

　だからこそ、思うのだ。マンドレイクは私にではなく、じつはワトスンに宛てたものではなかったか。私の記憶がたしかならば、包みには住所のみで、宛名は記されていなかった。何よりワトスンの望みは、孤独を癒す〈人とのつながり〉なのだ。

　マンドレイクはその魔力で患者を取り殺し、その妹とワトスンをめあわせ、結果として私はひとり取り残される。つまりこれは、自分を絞首台送りにした男に対する、〈一番魅力的な〉彼女のささやかな復讐であったと、そう考えれば合点がいくのである――が。

　長椅子に寝そべったまま、私は思考を切った。

　探偵とは論理と合理の範疇《はんちゅう》でのみ、活動が可能な仕事だ。超自然やたしかめようのないことで思い煩うのは、私の本分ではない。

　くだんの根はブリキの書簡箱――ペンキでワトスンの名が記してある――に放りこんで、彼の取引銀行であるコックス銀行の金庫に預けた。毒草である以上、いい加減に廃棄して人手に渡るのも好ましくないし、かといって焼却処分は『悪魔の足』事件の経験からいって危険だと、ワトスンが医師の立場から判断した。

　だからもしマンドレイクの魔力が本物であるなら、チャリング・クロスにたたずむこの銀行は、今ごろ契約者が殺到していることだろう。職員は嬉しい悲鳴をあげ、夜警は子供の幽霊に悩まされるに違いない。

　ふいに口がさみしくなって、煙草に火をつける。拡散する煙で、あの女の顔を描く。

　たとえちっぽけな草花の姿になったのだとしても、私にとって彼女は今も変わらず〈一番魅力的な女性〉だ。生前の彼女は小鳥のように控えめだったが、声にはたしかな意志の力がこもっていた。思えば私は聡明さと愚かさ、純粋さと悪辣さ、慈愛と冷酷といった、彼女のなかに潜む両極にいち早く気づき、惹かれていたのかも知れない。そもそも私は、ワトスンが言うほど女性をうとんじているわけではないのだ。訓練により感情を抑制するすべを身につけているに過ぎず、また科学者のあるべき姿勢として、理外にあるものに対し口をつぐんでいるだけなのである。

　ゆえに彼女の名は生涯、胸に秘したままにしておくつもりだ。名を明かすことは美しい野の花を摘んでしまうような、そんな儚《はかな》い心持ちがして憚《はばか》られる。

　私は長椅子から起き上がり、備忘録を取るとMの項を開いた。毒殺魔モーガン、悪漢メリデュー、チャリング・クロス駅で私の犬歯をへし折ったマシューズに、犯罪界のナポレオンことモリアーティ教授。その腹心モラン大佐のあとに――彼女の名を記す代わりに――〈マンドレイク〉と書き加えた。

　なるほど、Mの項は壮観だ。

《参考》
アーサー・コナン・ドイル『四つのサイン』C・ローデン 注・解説　小林司　東山あかね 訳　河出書房新社　二〇一四年
マイケル・ハードウィック『シャーロック・ホームズの謎　モリアーティ教授と空白の三年間』日暮雅通　北原尚彦 訳　原書房　一九九五年
W・S・ベアリング・グールド『シャーロック・ホームズ　ガス燈に浮かぶその生涯』小林司　東山あかね 訳　河出書房新社　一九八七年

物語の国へ

牛の首——から下

黒 史郎

「K先生は〈牛の首〉という話をご存じですか？」

駅ビル内のとんかつ店で打ち合わせ中、担当編集者のNにそう問われた。

「もちろんですよ。よく知ってます」

「そうですか。いや、さすがですね。ボクは初めて知りまして。先週、旅先でふらっと入った書店で短編集を購入したんです。目次を見たら面白いタイトルがあるなあ、と」

「ああ、ショートショートのほうの『牛の首』ですか」

私の言葉にNは「えっ」という顔をする。

「それ以外の〈牛の首〉があるんですか？」

ちょっと愉しくなった私は、その気持ちを抑えて「ええ、まあ」と曖昧に濁《にご》す。Nの質問には答えないでおいて、まずは「どうでした？」と感想を訊いてみる。

「はあ。それが、まだ読んでいなくて。いえ、暇がないわけじゃないんですよ。ただ、そうとう怖いとまわりから脅されてるんで、なんというかこう、尻込みしているといいますか」

どういうわけかNは、このタイミングでとんかつをざくりと齧《かじ》った。私は小煩《こうるさ》い人間ではないが、人と話している途中で口に物を入れる神経を疑う。Nは刻みキャベツも皿にあるだけみんな口に詰め込んでしまって、緩慢な顎の動きで長々と咀嚼《そしゃく》をしながらこう続けた。

「スリラー文庫の編集者としては、お恥ずかしいかぎりなんですがね。これでも怪談、猟奇もの、物騒な話はたんまりと読んでいますから。百や二百じゃ利きませんよ。ですから、自分は怖いものには結構耐性があるほうだと思ってましたんで――いや、だからこそ、なのかもしれませんがね。それだけ読んできたからこそ、わかるものなのかもしれません。というのも、この話は読む前から、イヤな予感、胸騒ぎがしましてね。ぷんぷんと臭うくらいに。なので、身構えてしまっているといいますか……」

ソースのついた口まわりを紙ナプキンで拭うと「先生はどうでした？」と訊いてきた。

「そうですねぇ」

私のデビューは怪談の文学賞である。

だから、来る仕事もやはり、その手の話が多くなる。これまで霊だ、祟りだ、呪いだと、陰気な題材の話を散々書いてきた。


大半は創作だが、たまに怪談実話というジャンルも書く。実際に起きたとされる話を体験者ないし体験者の関係者から聞き取りし、文章化したものだ。また最近は書くだけでなく、イベントやラジオに呼ばれることもあり、下手な怪談語りを披露することもある。

こうして怪談と関わり続けて、もう十五年以上になる。何も偉ぶることではないのだが、そんな怪談まみれの私が今さら、あの著名な話を知っているかなどと訊かれる日が来ようとは思わなかった。

怪談を書く者なら、すべからく読むべきだ、とまでは言い切らないが、小松左京の「牛の首」は読むべき作品だ。

書くにも語るにも、怪談には恐怖を呼び起こすための様々な手法があるが、この作品はショートショートの中に、壮大な罠を見事な技巧によって大胆に仕掛けている。怪談文芸にとって、とても重要な作品といえるだろう。

話のキモはなんといっても「〈牛の首〉とはどんな怪談なのか」――これに尽きる。

このたった一つの謎で、読者を物語の結末まで引っ張り――いや、引っ張られるまでもなく、読者は終幕へと向かって自ら文字を追い、頁から頁をひた駆ける。

Nの質問には、こう答えておいた。

「あんなに恐ろしい話は読んだことがありませんよ」

そう。恐ろしい話だ。このうえなく。

あれは病だった。こじらせたら危険な病――それを媒介する病因。病原。

偉大なる先人の作品に使うにはあまりに無礼な喩えであることは重々承知している。

が、これは私が贈れる最大の賛辞なのだ。

私は罹患してしまったのだ。

あの日に。


三十一年前の夏。

私は高校生で、夏休みのど真ん中だった。よほど退屈だったか、ちょっと難しい本でも読んでみるかと、父親の書架にあった数冊を適当に選んで勝手に借りた、その中の一冊が小松左京の短編集だった。

目次を見て、タイトルが一番気になる〈牛の首〉から読んだのだ。

読後、その見事な仕掛けに私は唸らされた。著者の手のひらで転がされたという悔しさ、敗北感に近いものを覚え、癖になりそうな予感がした。

しばらく余韻に浸り、この話だけを何度も何度も読み返して、より理解を深めようとした。声に乗せたらどんな具合かと朗読もした。そこまでくると全文を覚えてしまい、部屋のカーテンを閉め、照明を落とし、十分な雰囲気を作ってから暗唱もしてみた。

ふと時計を見ると正午になっていた。読み始めたのは深夜零時だ。

「牛の首」は私の時間を半日分も喰らっていたのだ。

そこで初めて私は恐怖を覚えた。

十ページにも満たない小説だ。五分あれば読み切ってしまう。それを、間隔を開けず十二時間ぶっ通しで繰り返し読み続けていたのだ。

作品に魅了されたからといって、いくらなんでも読みすぎだ。

異常ではないか。

そう、あの日の私は異常だった。

物語の主人公同様、私は〈牛の首〉にとり憑かれていたのだ。

知りたくてたまらなかった。

〈牛の首〉とは、どんな話か。知った者に、なにが起きるのか。

なぜ〈牛の首〉なのか。

創作であることはわかっていた。だが完全な創作ではなく、下地にリアルを敷いた作品なのだとは感じていた。

どこかに本物の〈牛の首〉の話が在ると想像すると、不安と背中合わせの期待や興奮でそわそわし、手が汗ばんだ。不気味な高揚に呼吸が弾んだ。喉の奥が乾いた。

それから半年ほど経った頃だ。書店で偶々《たまたま》手に取ったSF文芸誌の鼎談《ていだん》記事で「牛の首」には素《もと》となった話があるらしいことを知った。

某SF作家の語った話――その噂から着想を得たのだという。

その〈某SF作家の語った話〉とやらも、やはり怪談なのか。実話か、伝承俗信の類いか。あるいはそれさえも作家の創作ということもあるのだろうか。

私の中で少しずつ育っていた腫瘤《しこり》のような何かが熱を帯び脈打つのを感じた。

記事を読んだその日、私はまっさらなノートを用意した。表紙に太いマジックで〈牛の首調査〉と書く。

そのノートを持って図書館に通い、古書店を巡った。

私の知らない〈牛の首〉、あるいはその源流が見つかることを期待して。

タイトルに〈牛〉と附く本は片っ端から手に取った。気になる情報があれば、資料名、発行年月日、記事掲載頁、簡単な内容をノートに記し、有力と思われるものや今後調査を強めたい情報は赤枠で囲うなり印をつけるなりした。

インターネットが普及し始めると調べる方法が一気に増えた。

初期の頃はネット上にも有益な情報はほとんどなかったが、世間がこのツールを使い慣れてきた頃から、専門的でマニアックなテーマのホームページが作られだし、ぽつりぽつりと面白い情報が見つかるようになった。

匿名掲示板の怪談スレッドでは、〈牛の首〉は実在する（？）怪談として都市伝説化していた。小松左京の「牛の首」の謎を考察するスレッドもあった。

『あの話はわからないことが怖いのに』『元ネタを探そうなんて無粋だよ』『作品への冒瀆だね』

そんな書き込みも見られた。

これこそが「牛の首」の原話であるという〈体《てい》〉で書かれた、本家より長文な話もあったが、これがひじょうによく書かれていた。とても素人の手並みではないので本職の人間が戯れに投稿したのかと思うほどの完成度だった。ただ、よく書かれてはいるが、その完全さが怪談には余計なもので、逆に不自然であり、そのため創作の臭いを消し切れていなかったのは残念であった。

　私がNに言った「それ以外の〈牛の首〉」というのが、これらだ。

　ネットに蔓延する〈牛の首〉。

　面白いものだ。昭和四十年に『サンケイスポーツ』で発表された一篇のショートショートが、五、六十年後、インターネットという新たな舞台で新世代たちにも周知され、考察好きなネット民たちの格好のテーマとなり、本物の怪談として一人歩きをしているのだから。

　姿かたちのわからぬ正体不明の怪談が、人から人を渡って伝播していき、姿かたちのないまま人々の中に恐怖を増幅させていく。作品と同じような展開になっているのだ。このムーブメントは、「牛の首」という作品に対する現代人のアンサーなのだと感じた。

　やがて都市伝説という言葉が衰退し、気がつくと〈牛の首〉という怪談は「存在しない」というのが通説になっていた。

　それでも私は真の〈牛の首〉を求めて調査を続けた。得た情報を整理しているうちに、ぽつりぽつりと話のタネのようなものが浮かんできたので別にノートを作ってメモしておいた。勿体ない気もするので物語にして新人賞に送ってみたら、受賞してしまい、書くことが仕事になった。

「牛の首」を生み出した存在と同じ職業になれた。同じ世界にいるなら、いつか御本人から直接話を聞ける機会があるかもしれない、とはならなかった。同じ世界のわけがない。そのへんはちゃんとわきまえている。来年には消える可能性が高い新人作家なんぞが、天地がひっくり返ってもお目通りが叶う相手ではないと理解はしている。

　だがそれでも、なんとか繋がることはできないかと期待はする。打ち合わせ、授賞式の祝賀会、インタビュー、対談、あちこちで私は〈牛の首〉の話題を出した。編集者が何かの機会に気をまわして繋《つな》いでくれるかもしれない。間接的にでも関わることができれば、私が長年追い続けてきた〈牛の首〉の真実に少しは近づけるかもしれない——そのためにも私は作家であり続けなければならず、必死に書いて業界にしがみついた。

締め切りに追われず余裕のある時期は自宅の書庫に籠《こも》った。夢中になるとろくに睡眠も食事もとらず、各地の民話伝説、郷土史料、文化人類学や民俗学の資料、古跡調査資料に〈牛の首〉を求めた。

作中ではサマルカンドで採取した話とあるので中央アジアを中心に調べた時期もある。とくに習俗、宗教儀式の研究書を念入りに調べたのは〈牛の首〉というワードに供犠のイメージがあるからだ。祭壇で両角をそそり立たせる姿はさぞかし様になるであろうと。実際、国内外の雨乞い習俗には、神へ捧げる生贄として牛の首を池に投じる儀式もあるのだ。

入沢康夫の詩集『牛の首のある三十の情景』も当然読んだ。

ネット古書店で「牛の首」の草稿が売られているのを見た時は仰天した。ただ小松左京ではなくポール・ボネの名も持つ藤島泰輔の短編だった。件の怪談とはまったく関係のない作品であることを承知で購入した。

いやはや。どうかしていたとしか思えない。

あの頃の私はやはり〈牛の首〉という言葉にとり憑かれていたのだろう。

「牛」と「首」を助詞「の」で繋いだ構成の言葉を見つけると、深追いせずにはおられなかった。その三文字に飢えていた。たびたび誤読も錯覚もしたし、夢にも見た。

もう〈牛の首〉という言葉があればなんでもよかったのだ。そもそもが、中身の存在しない、タイトルのみが虚実皮膜の間を跋扈する、そんな話なのだから。

だが、困ったことが起きてしまった。

私は見つけてしまったのだ。

存在しないと言われていた怪談〈牛の首〉を。

大正十五年発行の『文藝市場』に、ルポルタージュ作家の石角《いしずみ》春洋《しゅんよう》が父親から聞いた話として紹介したもので、記事のタイトルもそのまま〈牛の首〉であった。

病気で危篤状態となった娘のために父親が薬を買いに行った帰りの雪道、宙に浮かぶ牛の首を見る。三、四寸の角が生え、目は活き活きとし、耳をびくびくと動かし、ぶっつりと切れた首からは光を放っている。慄《おのの》く父親は目をつぶって手を合わせ、念仏を唱える。おそるおそる目を開くと、牛の首の浮いていた場所にはなぜか鏡台が置かれている。それは娘が大事にしている物とそっくりで、傷も同じ箇所にある。鏡の中には無心に髪をとく娘の姿が映っている。娘の顔は薄黒く、ところどころに斑点があり、斑点は黒い血となって、だくだくと流れだす。不吉を覚えて帰ると娘は死んでいた——そんな話だ。

気味の悪い厭な話ではあるが、これが小松左京の「牛の首」の素になったらしい〈某SF作家の語った話〉であるという確証はない。この話もなぜ〈牛の首〉なのかがわからない。

だが、「ない」とされていた怪談があったのだ。なかったものが、あった。この発見は私にとって非常に大きい。

「牛の首」の語り手の〈私〉に教えてあげたい。君の知りたがっていた怪談は、ちゃんとあるかもしれないぞ、と。

そんな発見に私が浮かれていた、二〇一一年。巨星落つ。

「牛の首」は、生みの親をうしなった。

私も目標のひとつがなくなってしまう。だからだろうか。〈牛の首症候群〉とでも呼ぶべき私の病的なまでの執着は、ここにきて萎《しお》れるように潰えてしまったのだ。

「K先生がそこまでいわれるとは。よほど怖い話なんでしょうね」

私の感想を聞いてNは感心したようにいった。

「読んだらぜひ感想を聞かせてくださいよ」

「すぐに読んで連絡します」

Nはそう約束したが、彼から連絡が来たのは二年後だった。

深夜の電話で。話すのは駅ビルのとんかつ屋での打ち合わせ以来だ。

あの後、Nとは連絡が取れなくなっていた。打ち合わせした件についてまったく連絡がないのでメールをしたのだが、待てど暮らせど返事はなく、出版社に問い合わせると彼は辞めていた。しばらくして新しい担当がついたが引継ぎも上手くいかず、私とNとで進めていた案件も立ち消えてしまっていた。

「ご無沙汰しております。K先生」

「びっくりしましたよ、Nさん」

　今は何をしているのかと訊ねたが、言葉を濁された。だがどうやら出版業界からは完全に離れているようだった。

「ところで、読んだんですよ。やっと」

「読んだ？　ああ、『牛の首』ですか」

「はい。こんなに時間がかかってお恥ずかしいですが」

「はは、ほんとですね」

「感想をお伝えします」

　連絡もなしに消えたことを今さら責める気もない。それよりも小説の感想を伝えるためにわざわざ電話をかけてきたという、その変な部分の律義さを私は受け入れた。

「先生がおっしゃる通り、本当に恐ろしい話でした。でも、ちょっとわかりづらいところがありまして」

　わかりづらいどころか、ほとんど何もわからない話だ。わからないことがわかる、そんな話なのだから。

「〈牛の首〉から、下のことなんですが」

「ん、なんですって？　もう一度」

「〈牛の首から下〉です。あれが何を意味していたのかなと」

　小松左京の「牛の首」にそんな話はない。私はNさんが「くだんのはは」のこと話しているのだと思った。同じく小松左京によって書かれた同作は、首から上が牛、首から下が人間の怪物〈件〉について語られる。それゆえ、二年前に書かれた「牛の首」との関連も囁かれる傑作だ。

「家の庭に突然、こんもりと盛り土ができた朝、子どもが山へ入って、そのまま帰ってこなくなるでしょ？で、庭に埋まってやしないかと掘る場面があるじゃないですか」

　しばらく黙って聞いていたが――違う。これは「くだんのはは」ではない。

　当然、「牛の首」でもない。

　Nは私のまったく知らない作品の話をしているのだ。

　まってください、と止めた。

「Nさん、何を読んだんですか？」

「え、ですから、〈牛の首〉ですが」

「小松左京ですよね？」

「いやいや、違いますよ」

Nは私が初めて耳にする著者名をいった。書名も出版社も聞いたことがない。

古書店のワゴンセールで見つけた短編集らしい。奥付によれば昭和二年に刊行されたものだそうだ。その本に〈牛の首〉というタイトルの怪談が収録されているのだという。

ラップトップで検索したが出てこない。著者と同名の県知事が出てきただけだ。

そうか。Nも見つけたのだ。

昭和四十年に小松左京が発表したショートショート——それ以外の〈牛の首〉を。

「いや、恐ろしい話でした。やっぱりあの〈牛の首の下〉がね、あれは本当になんの意味があったんだろうって……不安になる。あそこが謎なんだよなぁ。庭に突然、盛り土ができていたのも怖いですよ。子どもが帰ってこないからって庭を掘る場面なんて最高に——」

Nは私の知らない〈牛の首〉の話を延々とする。私の反応など気にもしていない。

とんかつを頬張っていた時のように、繰り返し、繰り返し、緩慢に、思い出した怖さを味わうかのように、何度も何度も同じ話を——反芻《はんすう》している。

「Nさん」

「はい、なんでしょう」

「Nさんは今——」

「ええ、ええ」

「首から上が牛だったりは——しませんよね」

笑い飛ばしてくれたら、どんなによかっただろう。

長い沈黙の後にNは、

「そんな馬鹿な話は聞いたことがありませんよ」

——と、明らかに狼狽した声色でいって通話を切った。

さて。Nの語った〈牛の首〉は、どうやら私の探し求めていた話のようだ。

知ってしまったのだ。本当の〈牛の首〉を。

そしておそらく私は、知った者になにが起きるのかも知ってしまった。

禁忌の怪談を知ってしまった私の身に、これから何が起こるのかを。

物語の国へ

さようならアルカン

久美 沙織

あなたはモニターの前にすわっている。

画面には小さなウィンドウがたくさん並んでいる。いくつかのウィンドウは真っ黒でそこの主の名前が白抜きで浮かんでいる。ほかのウィンドウには誰かのバストアップがある。まっすぐこちらを向いてはいるが、近さに差があり、何人は動いているので、ぜんたいがゆらゆら揺れているように見え、水族館みたいだ。暗い一角、小さな水槽がならんだ展示コーナー。

ひとつひとつに目をやる。他人の視線を意識して取り繕った表情、素のままの顔、鏡を見ているように真剣に見つめ返してくるひと。それぞれにフェイズの違うみんなが「こちら」を向いている。これは特別の、不思議な群れだなとあなたは思う。

顔だしNGなのか狐のお面をかぶっているひとがいて、あなたは羨ましくなる。自分も工夫すれば良かった。

「時間になりましたので、そろそろはじめます。ライヴでご観覧のみなさまは、カメラやマイクをオフにしてください。感想はコメント欄におねがいします」

小さな水槽のひとびとがざわりと動き、半分ほどがウィンドウごと消滅する。

画面右側に細長い地帯ができ、〝コメントってここかな〝たのしみですー〟〝わくわく〟などの文字と、拍手マークなどのアイコンがダダダと並ぶ。

「……え、あら、宇野《うの》先生！　つぐみ先生！　消えちゃいましたよー。先生は消さないで。消しちゃだめ。選考委員の先生がたは、お顔をみせておいてください。いいですか。誰もいなくならないでくださいね！」

「もしもし、ちょっとごめん。マイクは？　あたしも切っていいんだよね？」

「はい六花《りっか》先生、そうです。マイクはオフにしておいてください。いまなさってくださったみたいに、発言なさりたいときにオンで。先生方のカメラはずっとオンで。……いいですか？」

　あなたは居住まいをただす。いよいよはじまるらしい。

「よろしいですね？　それでは…こほん。

ただいまより、第四回氷華《ひょうか》賞授賞式をおこないます。

　司会進行をつとめさせていただきます私めは、特定非営利活動法人氷華賞実行委員会の粟森ゆかりです。拍手ありがとうございます。

　えー、はじめに、実行委員会理事長荻野将《たすく》より、ご挨拶を申し上げます。たすく先生、おねがいします」

「どうも荻野です。みなさん、こんにちは。はじめましてのかたは、はじめまして。またあえましたねのかたは、またあえましたー！」

　コメント欄がにぎやかな挨拶でうまる。

「感染症が収まって、やっと今年は皆さんに岩見沢に来ていただけると喜んでいました。が、まさかのこの大寒波。道路も、空港も、大変なことになってます。幸い、今年の受賞者の金崎《かなさき》さんは苫小牧在住のかたでしたので、会場にいらしていただくことができましたが、遠方にお住まいの選考委員の先生がたを無理におよびして遭難させてはいけないので、オンライン開催となりました。いまも、外は大雪です。実に、岩見沢らしい、氷華賞にふさわしい天気なのです」

　〝だよねー〟

　〝そうなんだー〟

　〝何センチ何センチ？〟

「ごらんのとおり、北海道の中でも特別雪深いことで有名なこの地に生まれ育ち、その硬質で美しい文章と透徹した世界観から、文壇に咲く氷の華、と呼ばれた小説家、薄氷彩子《うすいさいこ》。五十二歳の若さでこの世を去った彼女の作品は、いまも多くの支持をえ、繰り返し愛読されています。ことに、若い女性たちの心を、とらえてやみません。薄氷さんの小説を読んで作家を志した、ものを書き始めた、そういうかたも、少なくないようです。

　彼女にちなんだ氷華賞は、はじまってまだ五年。それでも、既に何冊も、話題の本を送り出しました。ここからうまれた美しいこだまが、さらに次の誰かを揺り起こし、目覚めさせ、執筆に向かわせました。

　このたび、めでたく、第四回氷華賞最優秀賞を受賞されましたのは、金崎《かなさき》千津留《ちづる》さまの『水琴窟』です。読ませていただきましたが、楽しく笑って読んでいくうちになぜか胸が痛みはじめ、登場人物の運命にこころからはらはらし、最後にまさかのドンデン返しで、アッと驚き、さらに感動が深まる、という。まことに素晴らしい作品でした。金崎さん、おめでとうございます。応募ありがとうございました」

　拍手。〝拍手〟

「それでは、選考委員の先生方に、講評をおねがいします。まずは小田切佳夜《かよ》さま。どうぞ」

「…………！　……！！」

「せんせい、小田切先生、マイク。マイクが切れてます。オンにしてください」

「……ん？　あ？　あ、こか、うーい、かよでーす。ども。うぃーす。

　えっと、んーーーなんだっけ。あそうだ。最初にいいたいのはー、氷華賞の選考は、ガチ楽しいぞー！　ってことだわ。いや、まじで。ほんと、おれ、これまで十何年も二十何年もいや四十何年もあちこちで選考委員やってきたけど、ひっどいとこは、ひっどい。ありえない、もう帰っていい？　みたい。どことは言わないけど。なーんもわかってねえオッサンがいつまでもハバきかせてて、ワシが認めぬものに価値などあるか！　とかいいやがってよう、老害だーな。

　その点、ここは何がいいって、飯がうまい。空気きれい。みんな若い。係のひとたちがやさしい。町をあげて歓迎してくれて、ぜんいん超親切。で、とにかくサイコー。

　彩子、さいこーー！

　でもって、最終選考にあがってくる作品が、なんだ、みんな、いいんだよ。ちゃんと可愛くて、『いま』なのさ。それ、すっげえ大事。だって、考えてみろ。これまでに書かれた小説が山ほどある。一生かかっても、五百年生きてたって、読み切れねえ。世界じゅうの天才だ文豪だが人類の歴史ここまで来るあいだ書いたのが積層してる。中古はやすいし、図書館とかで借りやすいし、へたすりゃタダ。

　なのに、さらにわざわざなんか書くって、どゆこと？　変態だよな。

　みんな、おかしいって。なんか必死に書けば報われると思うって。どんだけ楽観？　誰かに読んでもらえるほどのものが自分にできるって、おもしろがってもらうとか、金払ってもらえるとか、どんなバーローに信じられるってんだい。だいだいいまどき、モーカキなんれ、うえっぷ、らいとでぃねえ、ひっく、ってらんでえ」

〝うわ小田切先生〟

〝お顔があかいです、だいじょうぶですか〟

「…ってれらった、っけろい！　いいぃっく！」

〝お水、お水飲んでください！〟

〝あれ水かなぁ、透明だけど。ウオッカとかだったりして〟

〝ウオッカはロシア語で、水〟

「かよたーん、リモート飲み会と間違えてんじゃね？」

「っけらってぃ、ええっく……」

ぶつ。顔のあかい人物の画面が暗転する。

「はははは。いやあ、びっくりしました。どうなることかと。いや、さすが永遠の無頼派、小田切先生らしかったですね。熱いメッセージ、どうもありがとうございました。それでは、ええと、次ですが……（きょろきょろ視線をとばして、画面外のどこかを見てうなずく）はい、わかりました。では、宇野先生おねがいします」

　小さい画面の中で油断してぼうっとしていた人物が、えっ、と驚いた顔をしながらみるみる拡大される。一瞬緊張に顔をゆがめ、キュッと唇をすぼめたかと思うと、みごとにたくみに慎ましやかな微笑みを浮かべながら、話しはじめた。

「みなさんこんにちは。宇野緒美《つぐみ》です。はじめまして。そうです、氷華賞に携わらせていただいたのは今回がはじめてです。

　実は、……いや、あちこちでお話いたしましたから、何人かのかたにはもうとっくにバレてると思いますけれど、わたしは長年、サイコさまの、いえ薄氷先生の大ファンでした。熱烈でした。あのころ、ドいなかの中学生だったころ、薄氷先生の新刊だけが生きる希望だったわたしに、教えてあげたい。十何年後、あんた小説家になってるよ、薄氷先生の賞の審査員とかやっちゃってるんだよ、だから、ぜったい、死なないで、どんなことがあってもがまんして、がんばって生きてって、つたえたい。そう思います。きっと信じないと思いますけど……あ、すみません。みんなひいちゃった？　重すぎちゃいましたね。でもね、こういうの、きっと、わたしだけじゃないと思うの。薄氷先生が命綱だったのは」

ざわざわうごめいていたコメント欄が、一瞬、ぱたりととまる。

「セクハラという言葉すらまだなかった時代、この国で、この社会で、ドいなかで、女の子をやっていくのはたいへんでした。……そうでしょう。あなたもそうだったでしょう。いつだって、不安やためらいがあったよね。怒りも。悲しみも。つらくて、やり場のないうっぷんがたまって、いつだって爆発しそうだった。薄氷先生の小説には、そんなわたしそっくりな女の子がいました。その子はすごく勇気がありました。どんな理不尽なことがあっても負けずに立ち向かいました。気の合う仲間や友だちと出会って、楽しくかっこよく、いきいき生きていきました。だから、わたしも。いまはむりでも、いつか、そんな光のあたるところに行けるのかもしれないって。そう信じることができました。もし、あのとき、先生の小説にであえなかったら、あたしは……」

〝涙〟

〝わかる〟

〝わかりすぎます〟

〝がんばれー〟

〝わたしもです。わたしもです〟

「すごくおおぜいのかたが賛成してくださっていますよ、宇野先生！」

「ありがとお……ありがとうございます……すみません。急に、なんだか胸がいっぱいになってしまって。選評になってましたか？　金崎さん、おめでとう。作品とっても素敵でした。選評はたくさん書いてアップしてあるんで、ウェブで。ほんとごめんなさい」

「だいじょうぶです。岩見沢の雪もとかしそうなあたたかなお気持ち、みんなにとどきました。では、椎野《しいの》一代《かずよ》先生、どうぞおねがいします」

「こんにちは。椎野です。彩子賞には毎回素晴らしい作品が集まります。とてもありがたく、誇らしく思っています。今回『水琴窟』で驚いたのは圧倒的な『におわせ力』でした。たとえば第二章の冒頭でリリコが選択する『10月の野菜ヌードル@生協』。これにはやられましたねえ。ほんの短いたった一語で、彼女の、いじらしい控えめさと礼司《れいじ》に対する深い思慕を現していてみごとで」

「ごめん、ちょっと待ってくれる」

いきなり声が降ってくる。ちょっとガラの悪いドスのきいた声だ。

「よくわかんない。その10月のなんとかってのが、なんだってあんたはいうの」

「え？　え？」

椎野一代は顔をひくひくさせる。

「なんです？　いきなり。どなたですか？」

「失礼します。進行の粟森が発言いたします。ただいまのご発言は立川朝陽《たちかわあさひ》先生です。立川先生は次の選考委員をお引き受けくださる予定で、今回はオブザーバー参加なんですが、おうちのワイファイの調子が悪いそうで、お電話で参加なさっておられます」

「なるほど」

椎野一代はうなずく。

「そういうことですか。秘すれば花、言わずもがなのことを詳しく解説したりするの、野暮で大っキライなんですけれど、物わかりの悪いかたがいらっしゃるので説明いたしますわ。このちょっと前の段落で梅の花が咲いています。ということはこの場面は春。ですわね？　そして買い置きがいろいろある段ボールの底のほうから出てきたカップ麺が、10月の野菜。つまり、これは、賞味期限がきれてたんです」

「え、10月の野菜ヌードルって商品名じゃないの」

「生協ってブランドも効いてるじゃないですか。コンビニで礼司が自分で買ってきたんじゃないということを暗に言っているんです。後妻の敬子《けいこ》さんがカタログを見て注文した。けれど自分は食べない。礼司に食べさせようとしている。その礼司くんはこれあんまり好きじゃない。母親って、男子にとにかく野菜を食べさせたがりますからね。だから迷惑なんだけど、遠慮もあるし、イヤだといえない。それで放置で、賞味期限がきれた。それをあえて、身代わりに食べて消費してあげるってことで……ちょっと、なんです、なに笑ってんですか」

「がははは、いや無理、ぜったい。そんなとこまで読み取れませんて。超能力かよ」

「いいえ。ふつうにていねいに読めば、自然と、するっとわかることじゃないですか。なんでわからないんですか」

「ふつうにていねいにってどっちだ矛盾だろそれ」

〝わー老害が読解力のなさを開き直〟

〝いまどきの読者はそんな一字一句読んだりしないって〟

〝でもマンガとかまず一気よみして、二度目は、なめるように〟

〝アニメもドラマも、何周もするよね。毎度発見があるよね〟

〝複数回履修はヲタクのたしなみ〟

〝もしかして軽井沢の先生と下北沢の先生って仲悪い？〟

〝薄氷先生、岩見沢。尾花沢にも誰かほしい〟

コメント欄がざわざわにぎわっている間に運営のほうでなにかの沙汰があったらしい。


「すみません、まとめます」

椎野一代がけわしい表情でアップになる。

「繊細なところを読み取れないかたもいらっしゃったようですが、昔から、神は細部にやどるものです。ディテールに愛をそそぎこめなくては、小説にはなりませんわ。おなじ意味で、平成になってから使ってないスピーカーも、赤い絆創膏のはられたスヌーピーの筆箱も、重要な伏線でありキーアイテムでした。これから読まれるみなさまがたは、そのへんを、どうかお楽しみに。金崎さん，受賞おめでとうございました。わかんないヤツなんか気にしなくていいからね！」

「熱いメッセージありがとうございました。では、最後に杉崎六花先生、おねがいします」

「はい」

顔がうつる。あなたはその顔を知っている。

「あのね。いま熱いって言われて思ったんだけど、ツンデレという言葉がありますよね。ツンならデレるがお約束のあれね。なかなかデレなくて、いつまでもツンツンしていると、いつデレる、どうデレる、誰にデレるみたいな興味ばかりが言われますが、だからこそ言うけど、ツンデレなんて甘いじゃん。なぜデレる必要があるのか。ツンのまま生きて死んでなにがいけない。ツンデレよりツンドラ。誰にもデレない、けして媚びない、男はいらない、ともだちもいらない、わかってもらえなくたってかまわない、なまぬるい仲良しなんてめんどくさくてうざいだけ、おひとりさまでひきこもりでけっこう。幸せになんかならなくっていい。だってそのほうがすごいものが書けるから。

　それが薄氷だった、と、あたしは思ってる。

　薄氷はエッセイとかではうまくおちゃらけて見せてたし、デビュー後まっさきに売れたのはポップでナウなコメディ路線だった。でも、その実中身はさ、ペンネームのとおりのやつだった。

　薄い、氷で、最高のサイキックだった。

　あのひとはね、乱暴に踏んだら壊れそうな、いま笑ってたくせに実は奈落に落ちてるような、なのにひとを動かしちゃう、強引にもってっちゃう、そんな危ないやつだった。

　けど、それをいえば、彼女にかぎらないよね？

　ものを書くときは、誰だってひとりだし読むときだってひとりだもの。

　むかしネクラって言葉があった。いまは、陰キャ？コミュ障？　いつだって一定の数の人間は、そっちだ。

　ソファでいちゃいちゃしながらスポーツ観戦するとか、クラス全員がこころをひとつにして感動的にダンスとか、そういうのじゃなくて。

　ひとりだ。

　だからこそ、それだからこそさ。

　ツララのヤイバの素晴らしさを氷華賞は評価する。あ、だじゃれじゃないから。

　いのちの輝きを瞬間凍結して。

　熱さではなく、わかりやすく大衆に支持される暑苦しい感動でなく、さわったら手がきれるような冷たさ、鋭さ、うっかり触れると冷たすぎてやけどするみたいな、冷えきったメタルに皮膚が張りついてとれないような、あのヒリヒリ。そっちをとる。

　その点、金崎さんのは素晴らしかったです。なにせ作品のテーマが『わたしの罪ではないことのつぐない』だもの。大好きな父親が実は男性を愛するひとだった。信じてたものがすべて嘘の前提にのっかっていた。思えばわたしはあなたの娘ですなんて青天の霹靂《へきれき》は相手が男性でなければ成立しないよね。だって女は自分が孕《はら》んで生むんだから何も知らないなんてことはありえない。この残酷な非対称性、ＢＬ百合ともいうべき斬新かつ深い関係性を、ここまで透徹してつきつめてくれたことにわたしは感動しました。きっとサイコ先生も賛成してくれると思う。そして、この作品の白眉がほぐちゃん。電子ペットの。頭部と脊椎しかない。はじめは、ただ、うごめくだけのロボットが、欲しくもなかったのにくじ引きであたっちゃった。追加パーツはめっちゃ高くてなかなか買えない。さんざん迷ったあげく、とうとう、やっと買ってあげたのが、手でも足でも目ですらなくて、もふもふカバー。しかも黄色。あれにはぶっとびました。ああ、文学だ」

コメント欄が感想でうまっていく。

無言でそれをみつめるあなたの目は文字をもうおいきれない。

あなたは震える。

そう、そうよ。そのとおりよ。

いつだってわかってもらえなかった。

ほんとうにわかってほしいところをわかってもらえなかった。

こっちは、いつだって深読みして、かもしれないばかりを考えて、もしかしたらこうなんじゃないか、あなんじゃないかって、ひとの顔色をうかがってばかりで、言いたいことなんかめったに言えたことがなかったのに。いつもわかろうわかろうとしていたのに。

あなたの頬が濡れている。

わかってほしかった。

ほんとうの自分が出せる相手がほしかった。

わたしがわたしでいられる場所がどこかにきっとあるはずだって、ずっと思ってた。それが。

まさか。


岩見沢の会場では受賞者が登壇し、トロフィーが授与されている。副賞の地元特産品が披露されている。

「それでは、金崎千津留さんに受賞のご挨拶をいただきたいと思います。金崎さん、おねがいします」


どうして?

どうしてそこにいるのがわたしじゃないの。

わたしが。

わたしがいたかったのに。

わたしこそ、いちばん、そこにふさわしいのに。

あなたは叫ぶ。
声にならない叫びを叫ぶ。

ホワイトノイズ。画面に吹雪が吹き荒れる。耳をおさえるひとびと。白目になり血をはいて倒れるひとびと。分割画面は爪痕にかき乱され、コメント欄が混沌のなだれになる。誰か立ち上がり、なにかがぶつんと切れ、ハウリングがとどろき、モニターのあちこちが激しく瞬く。そして

とまる。

しばらくの間、そこには、ただ、真っ白い空白が、耳を圧する沈黙が、しんしんと降る。
降り積もる。

まっしろ。

やがて文字列があらわれる。
どうか想像してほしい。カタカタと、親指シフトのキーボードを叩く音とともにあらわれはじめるところを。モニターのまんなかへんに黒い文字が。ちっちゃな虫でも這うように集まるように、列をなすように、出現しているところを。イメージしていただきたい。

氷室冴子青春文学賞は実在し、第一回大賞受賞作である櫻井とりおさんの『へびおとこ』をはじめとした素晴らしい小説をいくつも誕生させており、氷室さんの本名は碓井小恵子《うすいさえこ》で出身地は北海道の岩見沢で、くみさおりは選考委員をやっており、何を隠そう冴子さんの「さようならアルルカン」を小説ジュニアで読んだから自分も書いてみようと思ったのだったりはしますが、このショートショートはフィクションであり実在の人物や団体とは関係ありません。冴子さんが岩見沢で過ごした子供のころのことを書いた『いもうと物語』新潮文庫、すっごいいいので、エバーグリーンになっていいと思うので、みなさまぜひ読んでください。

物語の国へ

夢中招待

北原尚彦

深夜、少女は心地良い眠りから目覚めた。何かの気配を感じて部屋の中を見回すと、何かきらきらと光るものが空中を飛び回っていた。それはてのひらほどの大きさの、小さな女の子の姿をしていた。飛びながら、金色の粉を撒き散らしている。

（妖精だわ）と、少女は思った。（まだ夢を見ているのかしら）

かたわらに目をやると、母はベッドの中でぐっすりと眠っており、微動だにしない。

少女はベッドから身を起こし、うっとりと宙を眺めた。自分の近くまで飛んできたので、片手を上げて手のひらを差し出すと、妖精はその上へふわりと降り立った。

「あなた妖精さん？　なんて名前なの？」と、少女は囁《ささや》いた。

妖精は、金の鈴を振るような音で答えた。

少女は首を傾げた。「ごめんなさい。何を言っているのか、分からないわ」

その時、窓の方から声が聞こえた。「その子はティンカー・ベルだよ。君に挨拶してるんだ」

はっ、と少女が振り向くと、窓の外からひとりの少年が覗き込んでいた。木の葉のような、緑色の服を着ている。だがここは一階ではない。つまり、少年は宙に浮かんでいたのである。開いていた窓から、少年はするりと室内に入り込んだ。そして空中にふわふわ浮遊したまま、言った。

「こんばんは、ドリーナ。ぼくはピーター・パンだよ。やっと会えたね」

少女は彼を知っていた。夢の中で会ったことがあったからだ。だから、少年が彼女の名を呼んでも不思議には思わなかった。

少年はベッドの裾へ降りると笛を取り出し、吹き始めた。それは少女の心をくすぐる、心地良い調べだった。妖精は、その曲に合わせて踊るように飛び回る。

母は少し身じろぎしたけれども、起きる気配はない。

少女は、笛の音にうっとりとした。そして演奏が終わると、言った。

「あなた、夢の国から来たのね。ええと……」

「ネヴァーランドだよ。君も知ってるだろう、すっごくいいところだって」

そして少年は、ネヴァーランドがいかに楽しい場所かを、喋《しゃべ》り始めた。それは海に浮かぶ島で、少年が妖精たちと一緒に住んでおり、アメリカ・インディアンもいて、周りの海には人魚や海賊がいて、などなど……。少女はわくわくと胸躍らせた。

話し終えた少年は「さあ、今から行こうよ」と言って、手を差し伸べた。「ネヴァーランドへ。とっても愉快だよ」

少女は思わず手を伸ばしかけたが、すぐに引っ込めて「ううん。行かないわ」と、かぶりを振った。

「どうして?」少年は不思議そうな顔をした。

「あたしは行けないの。あたしがいなくなっちゃったら……」

少女は、振り向いて寝たままの母を見た。

「……お母さまもみんなも悲しむし、とっても困ると思うわ」

「へええ」と、少年は面白そうな顔をした。「珍しい子だね。普通、ぼくが誘ったら、みんな大喜びで一緒に行くのに」

「ごめんなさいね。笛を吹いてくれてありがとう。楽しかったわ」

「うん。じゃあね」

少年は飛び上がり、窓の方へと向かった。

「あっ、ちょっと待って」と、少女は声を掛けた。

「また来てくれるかしら」

少年は空中でふっ、と止まると振り返り、肩をすくめた。

「わかんないな。来るかもしれないし、来ないかもしれない。……さあ、行くよティンク」

少年は妖精とともに窓から飛び立ち、夜の中へ消えた。ふと気がつくと、床に緑色の葉が一枚落ちているのが終夜燈《フェアリーランプ》――磨りガラスをロウソクにかぶせた明かり――のほのかな光で見えた。

少女はベッドから降りると、床に落ちた葉を拾い上げた。枕元の本に、その葉を挟む。

母は結局、最後まで起きなかった。


別な日のこと。少女は女家庭教師《ガヴァネス》のルイーゼと一緒に、庭園を散策していた。木々に緑の溢れる季節で、花々も咲き乱れていた。少女もルイーゼもよい気分で、楽しくお喋りをしながら歩いていた。

東屋《あずまや》で一休みすることになり、二人はベンチに腰を下ろした。ルイーゼが持参した膝掛けを「冷えないように」と脚に掛けてくれたが、暖かな陽気だった。

ルイーゼが、持っていたバスケットからサンドイッチを出してくれる。キューカンバー・サンドイッチで、ほのかな酸味が心地いい。お腹が一杯になった上、陽射しや小鳥の鳴き声のおかげで少女は眠気を誘われ、うつらうつらとし始めた。

少女がはたと目を覚ますと、膝掛けが落ちている。それを拾い上げ、自分がひとりきりであることに気がついた。

辺りを見回していると、誰かが走るような物音が聞こえた。ルイーゼが戻ったのかと思いきや――目の前に飛び出してきたのは、ピンク色の目をした白ウサギだった。不思議なことに、そのウサギはチョッキを着ている。チョッキのポケットから取り出した懐中時計を見て、「遅刻だ、遅刻だ」と言い、また駆け出した。

少女は思わず、その後を追いかけてしまう。ウサギは盛り上がった土にぽっかりと開いた大きなウサギ穴へと飛び込んでいった。少女はウサギ穴の近くまで歩み寄り、腰を屈めて覗き込む。穴はトンネルのように真っ直ぐ伸びていたけれども、少し先で真下へ向かっているようだった。ほがらかな春の匂いがする。

(ウサギを追って穴に飛び込みたい)、そんな衝動に駆られたけれども、少女は結局飛び込まずに、じりじりと穴から後じさった。

すると、穴から先刻のウサギが、ひょいと頭を出して、言った。

「あれっ。来ないの？」

「行かないわ」と、少女は答えた。

「おいでよ。不思議の国は、楽しいよ」

「そこへ行くべきなのは、たぶんあたしじゃないわ」

「ふうん、そうなの？　この穴が見えているなら、通り抜けて不思議の国へいけるのに。向こうにはチェシャ猫とか、ドードー鳥とか、グリフォンとか、愉快な仲間たちがいるよ。マッド・ティーパーティもあるし、色んなおかしなことが起こるんだ」

少女はかぶりを振った。「おかしなことよりも、あたしは普通が好き」

ウサギは肩をすくめ、「じゃあ、急ぐから」と、再び穴の中へと潜った。少しするとウサギ穴はぼやけ、だんだんと見えなくなって、ただの盛り上がった土の山になった。

少女はきびすを返して東屋へと戻った。ベンチに腰を下ろすと同時に、誰かが走ってきた。今度はウサギではなく、ルイーゼだった。

「申し訳ございません」と、女家庭教師が息を切らしながら言った。「急に、その……切羽詰まってしまいまして。お休みでらっしゃったので、起こすわけにもいかず……」

「大丈夫よ」

「何もございませんでしたか」

少女はちょっと考えた末に、言った。

「何かがあったけど、何もなかったわ」

ルイーゼが困った顔をしていると、少女はベンチから立ち上がった。

「さあ、戻りましょう」

また別な日。深夜、少女はベッドで目を覚ました。どこかいつもと違う感じがしたけれども、部屋の中には緑色の服の少年も妖精も飛んではいない。ほのかに明るいような気がする。ふと壁際の衣装簞笥に目をやると、扉の隙間から明かりが漏れている。少女はベッドからするりと下りると室内履きを履き、衣装簞笥へ向かった。簞笥の扉を開いて覗き込む。——下がっている衣装の向こうから、光が差し込んでいる。

振り返って母を見た。熟睡しているようだ。

少女は服をかき分けて衣装簞笥の奥へ、光の方へと進んだ。

二列目の服をくぐり抜けると、そこは屋外で、白々とした雪の世界だった。雪の降る、黒い木の森だったのである。だが森の真ん中に街燈があり、それが雪に覆われた地面や木々を照らしていた。

（こんな森の中に、どうして街燈が？　点燈夫は、どうやってここまで来るのかしら。それとも、誰か他の人が点けているの？……）

少女が疑問に溢れたまま立ち尽くしてその光景を眺めていると、何者かが雪を踏み締めて歩いてきた。片手で傘を差し、片手で茶色の紙包みを抱えている。その人物は――いや、それは人間ではなかった。両脚は山羊の脚にそっくりで、尻からは尻尾が伸びている。額の両側には、それぞれ角が生えていた。衣服は着ておらず、首に赤いマフラーだけを巻いていた。

（神話の本で見たことがある）と、少女は思った。

（確か〝フォーン〟と言ったかしら……）

その時、フォーンが少女に気付いて、足を止めた。彼女のことを頭のてっぺんから足先まで何度か眺めた末に、驚愕の表情を浮かべ、荷物を取り落とした。

「あなたは人間の娘さん……イブの娘さんではありませんか」

奇妙な言い回しではあったが、何を言っているのかは少女にも分かる。

「ええ、あたしは人間よ」

「これは失礼。本物のイブの娘さんに、初めて会うものですから。どうして、こんなところに？」

「衣装簞笥を通り抜けたら、ここにいたの。ここ、英国じゃないのかしら。なんてところ？」と、少女は尋ねた。

「ナルニアの国ですよ、イブの娘さん」と、フォーンは答えた。「わたくし、タムナスと申します。そんな服では寒いでしょう。この先にわたしの家があります。いらっしゃいますか？」

確かに、寝巻きで雪の降り積もる森の中に立っているのは寒かった。少女はちょっと考えていたが、後ろを振り向いた。そこにはまだ、自分の通り抜けた簞笥からの出口があった。

「いいえ。自分の家があるから。帰るわ」

「そう……ですか。それがよろしいかもしれませんね」と、フォーンはどこか名残惜しそうに言った。

少女はフォーンに別れを告げ、彼に見送られて箪笥の中へ戻った。そして箪笥の扉を開いて、自分の寝室へと帰ってきた。

扉を閉じると、もう光は漏れて来ない。

(今のは夢の中の出来事だったのかしら)

少女がベッドに入りながら頭を振ると、髪から白いものが手の甲に落ち、しずくに変わった。

時が経ち、少女は大人になった。結婚し、子供を生んだ。夫を亡くして、寡婦となった。孫が生まれ、気付けばかなりの歳になっていた。

穏やかな秋の午後、彼女は子供の頃の愛読書を久々に開いた。頁の間から、一枚の木の葉がはらりと落ちた。

(こんなところに木の葉を挟んでいたなんて。これ、なんだったかしらね……)

その葉を拾い上げると、元少女の脳裏に空飛ぶ少年と妖精の記憶が蘇った。そして庭園でチョッキを着たウサギに出会った日のことや、衣装箪笥を通り抜けて見知らぬ国を垣間見たことも思い出したのである。

(あれは夢じゃなかったんだわ)

翌日。結婚を控えた末娘ベアトリスと、お茶を飲んでいた。お喋りをしているうちに、元少女はふと思った。(そういえば、ベアトリスは空想的なお話が好きだったわね……)

そこで元少女は「実は子どもの頃、こんな経験をしたことがあるのよ」と、例の不思議な出来事について語って聞かせた。

話を聞き終えたベアトリスは「ふふふ」と笑った。

「お母様ったら、お話が上手でらっしゃるんですから。危うく騙《だま》されるところでしたわ。二つ目のは『不思議の国のアリス』でしょう。でも、最初のと三つ目のお話は分かりませんわ」

元少女は、にっこりと笑みを浮かべて答えた。「そうね、もしかしたら、まだ書かれていない物語かもしれない。『ネヴァーランド』と『ナルニア』という地名を覚えておくといいわ」

「まだ書かれていないですって？　不思議なことをおっしゃいますわね」

「ルイス・キャロルだって、あの時にはまだ書いていなかったのよ」

ベアトリスは、不思議そうな顔をしながら笑った。

元少女も微笑み、それ以上は説明しようとしなかった。

歳を取った元少女は思った。あの時、ピーター・パンの手を取っていたら、どうなっていただろうか。ウサギの穴に入っていたら、どうなっていただろうか。簞笥の向こうの国へそのまま進んでいたら、どうなっていただろうか。それらの国が、彼女のものになっていたのだろうか。

だが、彼女はそれらの幻の国を選ばなかった。彼女が望み、手を伸ばしたのはインドや清国の香港島で、後にこれらは彼女のものとなった。

元少女は更に歳を重ね、歳を重ね——すっかり衰えていた。身体は荷袋のように重く、起き上がるには人手を借りねばならないほどだった。一日のほとんどの時間を、寝台の上でぼんやりと過ごしている。朦朧《もうろう》とする意識の中で、思い浮かぶのは少女時代の夜の、夢のような出来事だった。

今、枕元に置いた本へと皺《しわ》だらけの手を伸ばしたが、それすらも全身の力を振り絞らねばならなかった。本を持ち上げる力はなく、置いたまま本の表紙を開く。そこには、例の木の葉が挟まっていた。そっと、木の葉に触れる。

それだけで疲れてしまい、しばらく目を閉じる。目を開くと、そこには宙に浮かぶピーター・パンの姿があった。頭上には、ティンカー・ベルも飛び回っている。

「久しぶりだね、ドリーナ」

「その名で呼ばれるのは、久しぶりだわ」

ティンカーベルの撒き散らす金色の粉に触れると、重かった身体から抜け出て、浮き上がった。

「さあ行こう。ドリーナの夢《ドリーム》の国へ」

少女はピーター・パンの手を取って宙に浮かび、一緒に外へと飛び去った。元少女の肉体は布団の中に取り残され、翌日昼に家族や医師に囲まれて、息を引き取った。

一九〇一年、一月二十二日。

——新たな世紀に入ったばかりの大英帝国は、ヴィクトリア時代を終えてエドワード時代を迎えることになるのであった。

注・ヴィクトリア女王は少女時代「アレクサンドリーナ・ヴィクトリア」という名で、愛称は「ドリーナ」だった。

物語の国へ

竜は微睡《まどろ》む

立原 透耶

1

厭な星巡りだ、と西方竜《ドラゴン》は思った。

細かな星屑が群れている河を渡り、やっとのことで広い空間に出たばかりの頃合いだった。

どう厭なのか、うまくは説明できない。ただ、誰かに見られているような、そんな気配がした。ここでは身を隠す星がない。炎に包まれた星には近づけないし、凍った星では長居もできまい。どこか、故郷の星に似た惑星はないのか。もしあれば、そこに身を落ち着け、いったん休むことができるだろう。うまくいけば隠れることもできるかもしれない。

――逃げる。

何から逃げているのかは自分でもわからない。ただ遠くに、遠くに、と何かが囁《ささや》くのだ。

体内には多くの生命体が仮住まいしている。公平に、各種族一家族と決められていた。

故郷の惑星が崩壊すると知ったとき、三匹の巨大な竜が眠りから覚めた。東方の竜は身をくねらせ、西方の竜は翼をはためかせた。惑星の奥深く、燃えたぎる炎の中からは伝説の火焔の竜が現れた。どの竜も体内に生命体を乗せて飛ぶことができた。

三匹の竜はそれぞれの方向に向かって飛び去った。選ばれた種族を乗せて。地球という惑星に生きるものたちを救うために。種族を生きながらえさせるために。

西方の竜は気まぐれに行き先を決めた。とにかく「上」を目指した。ただ、惑星を離れるとそこはもうどこが上なのか下なのかわからなくなっていた。それでも上だと思う方角へ羽ばたいた。

東方の竜は明るい方向へ向かった。太陽の近くへ、そして太陽を超えて、ただひたすらに緑の惑星を探した。火焔の竜は太陽と反対側へ飛んだ。熱は有り余るほど蓄えてあった。むしろ涼やかな場所がいい。そう、黒くて何もかもを飲み込むような空間《スペース》があれば、なおのこと面白い。

バラバラに飛び去った三匹の竜のあとには、嘆き悲しむ者、自ら命を立つ者、最期の瞬間をそれぞれに過ごし、塵となって消えていった。それをどう感じたか、西方の竜はただ淋しさを、ぽつんと穴の空いたような淋しさを覚えただけであった。

長い眠りから目覚めて間もないこともあり、西方の竜は疲れを感じていた。まだ本調子ではないのだろう。かつてのように人間を恐れさせた面影はどこにもなく、目の光も弱々しく、髭も垂れていた。それでも飛ばねばならぬ。誰と約束したのでもない。自らが選んだ道であった。

――見られている。

ぞくりとした。

竜は身を震わせ、鼻から息を吐こうとして、それができないのに気づいた。この広大な暗い空間では息をすることができない。翼をはためかせても簡単には前には進まない。慣れるまでにはいくつもの障害があった。

――逃げろ。

生まれて初めて恐怖という感情が生じ、全身の鱗がちりちりと音を立てた。

慌てて周囲を見渡したが、森閑とした空間が広がるばかり。何の生命体も見当たらない。微かな気配すら感じられない。

だが、何者かに見られているという確信だけは増していく。追われている、と竜は感じた。どうにかして逃げようと焦るばかりで、その方策も見つからない。

途方に暮れていると、遠くに輝く惑星が目に飛び込んできた。光を受けたその惑星は水色をしていた。美しい、美しい色。故郷の惑星によく似た色。

反射的に竜はその方向へと羽ばたいた。身を捩り、髭を奮い立たせ、全身を赤く染めながら、向かった。星へ、星へ、星へ。

そこはきっと憩いの地となるだろう。

2

きらきらと煌《きら》めく大地が竜を出迎えた。

水に見えた青い光は、水晶が反射する輝きだった。惑星全体がきらりきらり、と光を放ち、美しくも冷たい場所であった。

ほう、と竜は息を吐いた。ここでは呼吸をすることができる。暑さも寒さもちょうど良い。大丈夫だと判断して、体内に宿らせていた生命体たちに声をかけた。

竜の口からゾロゾロと出てくる生命体たち。久しぶりの大地に歓声をあげている。

犬が注意深く吠えた。「安心してはいけない。ここは未知の土地なのだ」

「少しは肌寒いけれど、とても美しい」と彫刻家の人間が言った。

「お腹がすいた。体内ではみんな眠っていたからお腹は空かなかったけれど、こうして目覚めると腹が空いた」と狼がぞろりと舌なめずりする。

「落ち着け落ち着け」と一千年も生きているという亀が一同を宥《なだ》めた。

「まずはここを探索することだ。敵がいないか、毒はないか、どこが安全か」

「私はこの石を彫ってみたいなあ」

人間の呑気な台詞に一同がどっと笑った。

「いちばん安全なのは竜の中ね」と猫が前脚で竜をちょいと撫でた。

思わず竜も破顔して、朗らかな気分になった。随分と久しぶりの暖かな感情に包まれたものの、もちろん忠告は忘れなかった。

「ここに来たのは身を隠すためだ。何かに見られている気がする。追われている気がするのだ」

「こんなに広い宇宙だ、そりゃ、敵もいるだろう。よく今まで無事だったな」とライオンがたてがみをゆさゆさと揺すった。

疲れて休む竜を置いて、先遣隊が結成された。狼とライオンと梟《ふくろう》、それに鷹。水が見当たらないので、魚たちは竜の中だ。

待っている間、人間は輝く石を削って自分たちの姿を彫ることにした。

ほかの生き物たちも周囲に気を配りつつ、久方ぶりの大地を楽しむことになった。

「ではいってくる」

先遣隊が出発した。

3

「何か見えるぞ」

しばらく歩くと、明らかにほかの石とは異なった形状のものが見えてきた。鷹が素早く上空から偵察に行く。すぐに戻ってくると、興奮した口調で「家だ」と告げた。

「何だって?」狼が飛び上がった。「そりゃすごい。俺たち以外の生き物に出会えるなんて」

「敵かもしれないぞ」とライオンが怯えたように反論する。

「鷹は攻撃されなかった」と梟が言うと、鷹が怒りで目を釣り上げた。「気づかれなかったのだ。偵察には俺ほど向いている奴はいない」

「落ち着け落ち着け」と亀の口真似をする狼。「とにかく気をつけて行ってみよう」

一行はそろそろと進んだ。

すぐに家のようなきらきらした石が見えてきた。

「偶然にしてはできすぎている。建物にしか思えないぞ」とライオン。

「行ってみよう」と梟。「賛成だ」と鷹。狼は少しためらっていたものの、皆の後に続いた。

それほど大きくはない建物は、故郷でいうところの一軒家にあたり、扉も付いていた。

「ここまでくると怪しいな」と狼がライオンと顔を見合わせる。

「では俺たちが先に入ろう」と鷹、梟。

二羽が扉の隙間から中へ飛び込んだ。すぐに「誰もいない」という声が響いた。

テーブルと思しき台の上には大きな器、中くらいの器、小さな器が置いてあり、美味しそうな匂いが漂っている。思わず我を忘れて狼が大きな器の中身をガツガツと口にした。

「うまい」

それでは、とほかのものたちも肉に似た何かを食べる。ほっとしたのか何だか眠くなってきた。奥にはふかふかの藁の塊が大中小と並んでいる。狼とライオンはふらふらとそこへ行き、潜り込んでたちまちぐっすり眠り込んでしまった。慌てた鷹と梟は二匹をどうやっても起こすことができず、仕方なく梟が戻ってみんなに報告に行くことになった。

4

「おーい」

必死で戻ってきた梟は我が目を疑った。「なんと」

人間も犬も猫も亀も象も竜も、みんなきらきら輝く石になっていたからである。

「これはいかん。さてはこの星の多くの石はこうやってできたのか」

輝きを放ち、生き物を呼び込んで石にする。石にして何の益があるのかはわからなかったが、どうやらそういうことらしい。

梟はそうっと人間の手を突いてみた。

「いたっ」

声がした。まだ生きている。

「動け、石になりたくなかったら動け。そしてみんなを起こせ」

内側からぱりぱりと音がした。薄く張り詰めた氷のように、石が砕け落ちていく。

「頼んだぞ」梟はまた大急ぎで引き返した。

戻ってみると鷹が石になりかけていた。狼とライオンはいない。鷹を叩き起こして何とか石になるのを防ぎ、梟は行方の知れない二匹を探した。

「あっ」鷹が鋭く旋回する。「あんなところにっ」

煌《きら》めく水晶の塊が蠢《うごめ》き、狼とライオンを縛り上げ、鋭い石でその腹を裂こうとしていた。

「させるか！」

鷹の爪と嘴《くちばし》が水晶を砕く。梟がその隙に二匹の拘束をとく。

「逃げろ」

――逃げろ。

二匹と二羽は猛速度でその場を後にした。

5

竜は再び天空を羽ばたいていた。

鱗の何枚かは石化し、時折それがぱきぱき音を立てた。

人間の彫刻家は右指の二本が水晶のままだった。狼は自分たちが何の肉を食べたのか気に病んでいる。ライオンはふかふかの藁布団の夢を見ながら仰向けになって眠っている。鷹は梟の代わりに自分が行けばよかった、手柄を奪われたと悔しがっている。梟は自慢することなく、「みんな無事でよかった」とにこにこ。

竜はまた孤独に戻った。

体内の生命体と会話を交わすことはできない。彼らはまもなくまた眠りにつくだろう。

果てしなき星々のなか、竜はただひたすら上を目指す。

何かに追われている、その恐怖から抜け出せないいま。

狩人はどこにでもいる。

そして、いつでもいるのだ。

そういえば、と竜はふと思い出した。

ほかの竜たちはどうしているのだろう。

いつかそれを知ることができるのだろうか。それとも永遠に知らないままなのかもしれない。

羽ばたきながらしばし微睡み、竜は夢をみる。

恐れることのいらない惑星へ、皆が一緒に暮らせる惑星へ辿り着く――。

いつの日か訪れるかもしれない夢をみながら、西方の竜は羽ばたき続ける。


『旧約聖書』、イギリス童話「三匹のくま」

第二部　第一回ショートショート・コンテスト　入選作

最優秀作「無色の幽霊」西聖《にしさとし》

新潟県生まれ。本誌にて商業出版デビュー。百合小説やホラー小説、怪奇幻想の小説をよく書いていますが、最近は草木と天使をおそれています。

優秀作「僕のタイプライター」坂崎《さかさき》かおる

東京生まれ。二〇二〇年に第一回かぐやSFコンテスト・審査員特別賞を受賞。第三回百合文芸小説コンテスト・SFマガジン賞、第四回同賞・大賞。日本SF作家クラブの小さな小説コンテスト・日本SF作家クラブ賞。第二八回三田文学新人賞・佳作など。既刊作品に「嘘つき姫」(『百合小説コレクションwiz』河出文庫所収)、「あーちゃんはかあいそうでかあいい」(『零合　創刊号』零合舎所収)など。最近はハイラルにいる。

優秀作「せせらぎの顔」石原三日月《いしはらみかづき》

第十七、十八、十九回坊っちゃん文学賞、佳作受賞。受賞作「家の家出」「どっちつかズ」「メトロポリスの卵」および書き下ろし作品は『夢三十夜　あなたの想像力が紡ぐ物語』(学研プラス)に収録。石原美か子名義で劇作家としても活動、代表作のシチュエーションコメディ『うちに来るって本気ですか?』は中高演劇部からプロ劇団まで幅広く上演されている。

＊プロフィールは、各入選者によるものを、編集室で一部調整しました。(M)

第一回『幻想と怪奇』ショートショート・コンテスト　最優秀作

無色《むしき》の幽霊

西聖

挿絵＝藤原ヨウコウ

国立藝術劇場第一ホールのプレス席は一階席、中央後列に配置されていた。

　用意された座席に深く腰かけ、周囲に顔見知りのないことをたしかめる。さいわいにも、このまま口をひらかずに開演を迎えられるらしい。私は安堵するような、落胆するような気持ちだった。誰とも会いたくない気分だったけれど、誰でもいい、無性に話を聞いてもらいたい。

　だから、彼女が隣に来たのは最悪といってよかった。

「小清水だ、元気？」彼女はどかっとシートに体を預け、まくしたてる。「小清水ってそっか、あれだ、今日のレビュー書くんだよね。じゃあ楽屋も行った？　どう？　今日はすごいこと起きそう？」

「まわりの迷惑です、静かにしてください」私はこたえる。「それとマスクはちゃんと鼻までかけてください。というか、そこは早瀬さんの席じゃありませんよね？」

　すると早瀬さんは名札を大げさに剝がし、くしゃくしゃにして座席の下へ放り込んだ。

「コロっちゃって、代理」

　と、大きくあくびをしてみせる。

　たしかに、そうでもなければ彼女がこんな場所に来

るはずがない。

「でさ、代理なりにまあまあ報告しないとなのよ。小清水さあ、終わったら感想聞かせてくれない？　ディテールは変えるからさあ」

それに、一千人収容のホールには空席が目立つ。一割近いかもしれない。一次で即完、リセールもほとんど出ずオークションで数十倍の値がついた席だ。これだけの人数が、彼女の同僚のようにここへ来られなかったのだ。

「っていうかほんとになんかあんの？　知ってたら先に教えてよ、ご飯代くらいもつからさあ」

私なら解熱剤をつかっても、たとえ呼吸器につながれていても来ただろうが。

「小清水さ、聞こえてる？」

「無視してるんですけど」

「そっかー、嫌われたなー」

「べつにそういうんじゃないです。なにも口外できない契約になってるので」

「大きくなったね」

早瀬さんは続ける。

「初めて会ったときはこんなだったのに、大人になった」

てのひらを胸のあたりで泳がせ、へらへらと笑う。

『……ご来場の皆様へ、開演に先立ちましてご案内申し上げます。本公演の録音、録画、写真撮影等は一切禁じられております……』

おそらく、時間的にこれが最後の影ナレだろう。

私は早瀬さんをいったん保留すると決め、ステージを見つめた。

いよいよ、始まるのだ。

千堂《せんどう》無色《むしき》とその娘の、最初であり最後となる舞台。

『幽霊』

ゆっくりと、幕があがっていく。

〈千堂無色〉は伝説的な舞踏家であり、演出家だった。

生ける幻想と呼ばれた無色の特徴はその表現力にある。無色がてのひらで床を掬《すく》えば、観客は舞台に青く澄んだ泉を幻視した。無色が喉を鳴らせば渇いた体に清水のよろこびが染みわたり、口をひらけば牙に鮮血を求める獣の飢えが感じられ、その爪が肉を裂く瞬間の快楽も、なにもかもが満たされて見上げる星空のうつくしさも、すべてを無色は観客に与えた。人間であれ非人間であれ、あるいは物質であれ、この世界に存在して無色に演じられないものはないとまで言われるほどだった。

二十八歳という若さで前線をしりぞいてからも、その表現は教え子たちを通じて舞台の上で研ぎ澄まされ続けている。

その無色が、靖国通りのスターバックスにいた。

「小清水さん？　ああ、よかった。あっちに似た雰囲気の人がいたから迷っていたの。初めての気はしないけど、はじめまして。千堂無色です」

ほとんどひと息だった。

その話し方や、清潔な白いブラウスにゆるやかなシルエットのロングスカートを合わせた服装は、これまで見てきた写真や映像、舞台上での圧倒的な存在感を放っていた無色とかけ離れていて、私はそのとき――愚かにも――普通だな、と思うくらいだった。

「あらためて、貴重な機会をいただきありがとうございます」

ひととおりの世間話や飲み物で喉をうるおすと、私は切り出した。

「まずどうしてもうかがいたかったのですが、どうして私を選んでくださったのでしょうか？」

この日のミーティングは、無色の提案だった。私の公開アドレスに突然、一年後に予定している公演のレビューを書いてほしいと連絡があり、なんのいたずらかと思えば本人からの依頼だったのだ。なぜ私が？　もっと実績のあるライターの仕事では？　無色はほほえみを浮かべ、こうこたえた。

「まず、バレエの経験者だったこと。次に舞台や音楽のレビューが書けること。あとは記事を読ませてもらって、速度や文章能力もだけど、レンズ的な視座がわたしの好みだったかな。それになにより、あなたは娘と年頃が近いの」

私は返事ができなかった。

あの千堂無色が私の記事を読んでくれた。評価してくれた。

それに、なにより。

「娘さんがいらっしゃるんですか？」

私はすぐに信じられなかった。千堂無色の子供。その存在を、どうして今まで隠してこられたのだろうか。だとしてなぜこんな場面で話したのか。いや、そんなことよりも、無色が子供を産み、育てるということが私には理解できなかった。

ごく一部の芸術家がそうであるように、無色もまた与えられた命を他者に注ぐことの許されない人間だと考えていたのだ。

「うん。横を見て」

無色は言う。

横。

四人がけの丸テーブル。無色は一人でやってきて正面に腰かけた。その横には、私の横の席には誰もいない。

だから私には、突然あらわれたその女が、幽霊のように見えたのだった。

驚きのあまり身をのけぞらせた私を見て、無色は愉快らしく笑う。

「紹介する。わたしの娘、名前は、そうね、今日は舞《まい》にしましょう。ずっとそこにいたの、気付かなかったでしょ?」

そうして無色が提案したのは、こんなことだった。

「一年後、この子が舞台に立つ。あなたには舞台と、その日までに見るすべてを記録してもらいたいの」


「なんか、普通だな」

早瀬さんが、耳もとで話しかける。

私は彼女にこたえなかったが、その印象は妥当だと思っていた。

無色の娘――この日は〈色《いろ》〉と呼ばれた――は、客電で座席と平らにつながったステージへなにげなく踏み出し、中央まで来ると一礼をする。観客の誰もがその様子に、つまり学芸会のような登場と、あらわれた色の普通さにとまどいながら、うたぐりまじりの拍手で応じていた。

色は黒一色のワンピースをまとい、髪を後ろで一本にくくっている。

あの無色の娘だというのに、外見的な印象をふくめ色の存在感はあまりに希薄だった。舞台が終わってみて、何人が色の容姿を思い出せるだろう。きっと、私でさえ。

――幽霊。

やがて客席の照明が落とされると、ステージに残された二列十灯のスポットライトのもと、色の舞台が始まる。

そこに音楽はない。

無色の娘は、名前を持たなかった。

舞《まい》。幹《みき》。葉《よう》。花《はな》。夏《なつ》。青《あお》。声《こえ》。水《みず》……。

娘は一日ごと、異なる名前を無色に与えられた。

「名前はひとつの手段でしかないんだけど、幹には欲望をもたせたくなかった。どんなものにでもなれるようにしたかったから、愛を注がず、感情を与えず……わたしの言いたいこと、伝わってる？」

後日、私を食事の席に招き無色は話した。

「技術だけを学ばせて、なんでも注ぎ込める空の器に仕立て上げたの。いつかわたしにできない踊りを踊れるように」

無色の用意した食事は、信じられないほど淡泊だった。風味だけで味のないスープや、固めた土のようなパン。栄養価は足りているらしいが、私はとても食べる気にならなかった。

「この言い方が正しいのかわかりませんが」私は続けた。「どんな踊りだとしても、あなたに踊れないとは思いません」

「わたしもそうだと思っていた。わたしに表現できないものは存在しない。でも、子供が産まれるとすぐにわかった」

「幹さんが産まれて、心境の変化があったということですか？」

「心境、といえばそうなのかな」

と、無色は考え込むふうに正面を見た。

広いダイニングに似合いのテーブル、その対角線上に遠ざけられた幹はすでに食事を終えたらしく、黙ったまま空の皿に視線を注いでいる。

部屋はじゅうぶん明るいが、その顔は私に見えない。

「子供が産まれて、そのときまで視界に入らなかった死が気にかかるようになった」

あるいは見えるのだけれど、わからない。

「幹さんのために死をおそれるように……親として生きなければならないと思うようになった、ということですか？」

「いいえ。つまり、わたしも生きているとわかったの。わたしはずっと生きることを、生命を外れていると思っていた。だけど子供を産むとわたしは生命のひとつに取り込まれて、その一部だとわかると、先にある死が気にかかった。そのなかに幽霊という存在がいるらしい、それなら、踊りたいと思った」

無色は続けた。

「でも、わたしは幽霊を踊るには生命を持ちすぎた。それでわかったの。そのために娘を産んだんだって」


舞台にはかすかな衣擦れだけが響いている。色は流麗な足運びでその姿をスポットライトの列にあらわしては消え去り、さながら幻灯機のみせる像のように曖昧な身体／影をステージに浮かび上がらせている。

しかし。

早瀬さんの大あくびが隣から聞こえる。

それは彼女に限ったことではないだろう。客席のそこかしこから、隠れようのない退屈が伝わっていた。

たしかに、色の技術には目を見はるものがあった。なめらかな助走《グリッサード》、タメのない跳躍《ジュテ》、継ぎ目のないコンビネーション。踊《パ》りのために造形された身体。それが疑いようもなく無色の娘だと理解するにつれ、観客たちは考えたはずだ。

こんなものか、と。

「ねえ」

だが、すぐにわかるだろう。

「ねえ」

自分たちがいったいなにを見ているのか。

「ちょっとさあ、聞いてって」

早瀬さんの耳打ちに、私は目でこたえる。彼女はステージと私を交互に見やりながら、こうたずねた。

「あの子、いまどこにいる？」


千堂無色のキャリアは、若干十三歳にして〈ＴＢＣ〉東京バレエカンパニーで当時のプリンシパルの代役を務めたことから始まった。

先代の早逝を期にしたプリンシパルへの正式就任が十五歳、それから一年後には同カンパニーを退団し、札幌の〈劇団雨傘〉に所属。さらに一年後、ロサンゼルスで立ち上げたカンパニーはアレックス・シアターでのクリスマス公演をソールドアウトさせると、年明けには解散が発表された。

以後、それまでの活発なキャリアを一変させた無色は、現在に至るまで東京都、狛江市の自宅を活動拠点としている。

「娘が産まれたから、あちこち連れ回したくなくて」

自宅地下に建てられた白亜のスタジオで、声は今日も踊っていた。

「感情も理性も、信仰も……いつか幽霊を踊らなければならない娘に、なにかを持たせるわけにはいかなかったから」

その卓越した技術とは裏腹に、声の存在はうつろだった。黒色のワンピースをなびかせるその姿はすこし意識をそらせば失せて見えなくなり、真昼にゆらぐ雲の影のようにまたあらわれては、ふっと消えてしまう。

それは幽霊を、踊る準備ができつつあるのかもしれなかった。

「幽霊を」私はたずねる。「踊ったあと、声さんはどうなると思いますか」

無色はすこし考えるが、あまり時間はかけなかった。

「踊り続けるんじゃないかな。きっと、わたしを離れて、わたしの知らない踊りをまた踊っていく」

「あなたの娘だから？」

「それで間違ってはいないと思うけど、わたしは、あの子があの子だからだと思う」

視線の先には、おそらく声がいる。

その姿はもう、私には見えない。

「あなたにとっての彼女は、どういう存在ですか」

私はたずねた。

無色は今度もあまり考えない。

こたえるより先に、小さくほほえむ。

ざわめきが客席に満ちている。

「なに？　どういうこと？　なにが起きてんの」

早瀬さんが耳打ちも忘れて話しかける、その態度を誰もとがめない。観客は互いに声をかけ合いながら、ステージ上を踊るはずの色の居場所を必死に追いかけている。

まるで、幽霊を見たそのときのように。

「これ、マジックとかじゃないの？」

早瀬さんは言う。

しかしその声が、彼女自身それを信じていないことを伝えている。

いまや色はドレスの影、踊るシューズの残像だった。色は靴音も呼吸音も、かすかに聞こえていた衣擦れも消し去って踊った。それは無色によって伝えられた技術であり、色の存在そのもののなせるわざだった。

私にさえもう、色はスポットを踏み出す瞬間、あるいは踏み出した瞬間からまばたきほどのあいだだけまならに残る余韻としか感じられない。

いよいよだ。

私は身構え、その姿をどうしても見逃すまいと目をこらした。

作品は色のグランジュテ、大跳躍とその着地によって幕を閉じることとなっている。

終演が近づいている。


渋谷。

スクランブル交差点には夜、雨が降っている。

歩行者信号が青に変わると、水は無色の雨傘を飛び出した。

「三十分」無色が言う。「舞台と同じ時間」

水は交差点の中心で踊った。黒一色のワンピース。人混みの隙間から時々、一瞬だけその姿は見えた。水は誰にぶつかることも誰に避けられることもなく、ただしずかに、その場所がステージであるかのように踊っていた。

点滅を早めた信号が、赤に変わる。

数百台の自動車が、無限色の光を雨にひらめかせながら交差点を通り過ぎていく。

そしてふたたび信号が変わると、つかの間からっぽになった交差点のまんなかでは、なににも触れられなかった水がただ一心に踊りを続けていた。

最後の大跳躍、そして着地を終えると水は戻ってくる。そのとき無色は、少しも濡れない水の体を自身の傘のもとに隠す。

『――あなたにとっての彼女は、どういう存在ですか』

あのとき無色は、こういうふうにこたえたのだった。

『誰よりも、わたしと同じだけ、わたしは娘を愛している』


その大跳躍を、二列十灯のスポットライトが照らしている。

ステージの端より光へ踏み入った色は――そのとき色の姿は見える――二回、三回の細かいステップを刻んで宙へ飛び出す。そうして色は、跳躍の勢いそのままに高く飛び上がると、昇り、どこまでも宙を高く昇っていく。羽をもつか、あるいは人間を解き放たれたその身体は上昇を続けながら薄れてゆき、やがてかげろうのような空気のゆがみに変わると、十灯の光やホールの天井、そしてこの私たちの世界を飛び去るようにして、消えていく。

消えてしまう。

その跳躍と消失を、幽霊の姿をいったい何人が目にしただろう。

さきほどまでのざわめきをうしなって、ホールはしずまり返る。黙り込む人々はまるで、色の放棄した世界に置き去りにされたかのようだった。

ふと、早瀬さんが私の手をとっていることに気付く。

それは畏れるのかもしれない。

しかし私にも、早瀬さんのたしかな肉体こそが、私と現実とをつなぐよすがであるように感じられている。

やがて、どこかから喝采が聞こえてくる。

「いい記事は書けそう?」

その問いかけに、私はうなずいてこたえる。

ならよかった、とだけ残すと、無色は楽屋のソファにもたれたまま目を閉じた。

私はレンズを無色に向ける。開演まであと十五分。

すべてを記録する、その契約がもうすぐに終わろうとしている。

スライド。

カメラは娘を、この日、色と名付けられた彼女を映す。

色は見ている。

母を、目を閉じた無色を黙って、色は。

見ている。

「……わかってた! わたしには、あなたならできるってわかってた!」

それは無色の声だった。

袖ですべてを見ていたのだろう、ステージ横から湧き上がる無色の声がいつまでも無音の舞台を、ホールを高らかに響き渡る、それは巨大な歓喜の建築だった。

ゆっくりと、幕が下りていくさなかにも、無色の喝采は響き続けている。

そのとき私には、無色と色の『幽霊』が完成したのだとわかった。

「わかってた! もう、あなたはどこにでも存在する! あなたは! 永遠に踊り続ける! わたしにはわかってた! あなたが! わたしの! わたしには!」

第一回『幻想と怪奇』ショートショート・コンテスト　優秀作

僕のタイプライター

坂崎かおる

挿絵＝鈴木康士

　ＪＤがシェフィールドの中国語のタイプライターを見つけたのは偶然で、それ以上のことはない。

　おおよそ「不可能」と目された、中国語の漢字を使用したタイプライターにおいて、幻の機械は二つある。一番有名なのが林語堂の〈明快〉タイプライターだ。一九四〇年代に登場した〈明快〉は、漢字を表音から「検索・入力する」という現代のスタイル（おお、ＩＭＥ！）を先駆的に搭載しており、評判も高かった。結局それが失敗し、試作品すら現代に残っていないのは、林自身の財政難と地政学的リスクによるものであった。いわゆる国共内戦は〈明快〉の画期的技術の発展を阻害し、林のタイプライター事業を諦めさせた。ＪＤは中国やその文化に敬意を払っていたものの、共産主義に関してはその一点だけで嫌悪に足る事実であった。

　そして、そのもうひとつが、デヴェロ・シェフィールドが一八八〇年代に作ったとされる中文タイプライターだ。中国で宣教活動をしていたシェフィールドが、なぜこのタイプライターを作ることに執念を燃やしたのか、正確なところはわからない。もし魔術的な漢字の魅力にシェフィールドが憑りつかれていたのだとしたら、その気持ちにＪＤは大いに共感できた。だが、シェフィールドの固有名詞もつかないそのタイプライターは、試作機が作られた形跡はあるものの、それ以降は歴史の奥深く、草むらのような場所に埋もれてしまい、誰も見つけることができなくなってしまった。恐らく木製のそれは、朽ち果て土へとかえったことだろう。

だから、eBayにそのシェフィールドのタイプライターが出品されたときも、JDは本気にしなかった。一万ドルという値段もバカにしていた。形は確かにシェフィールドのものだった。四千以上の金属製の活字が、同心円状に配置されている。シェフィールドが機械工に金属で作り直させる希望を書いた記録は残っているが、実現はしなかったようだから、たとえ本物だとしても、誰かが複製して作ったものなのだろう。タイプライターが実際どのように動くか文献は残っていないので、仮に再現したものだとしても確かに価値はある。だが、「動作が確認できる動画はあるのか」という他の利用者の質問にその出品者は返答すらしなかったため、どうにも怪しい雰囲気が漂っていた。

「だから、どうしてと訊かれれば、〈運命〉ってオレは答える」

そうJDは私に言った。サンフランシスコの端っこ。大学のカフェテリア。私たちは観葉植物の横の席にいつも座る。JDはその日、ずいぶん整ったシャツを着ていた。アイロンを当てたばかりなのか、ぱりっとした音でも聞こえてきそうに、折り目まで真っ白だ。

「気が付いたら購入ボタンを押して、クレジットの限度額を引き上げていた」

曽祖父がイギリスの大地主だったという彼の図体は六フィートをゆうに超え、健康的に日に焼けていた。ジェスチャーは大げさで、がたがたと椅子を揺らしながら一生懸命説明する様子は熊を思わせた。

「届いたらちょっと見てほしいんだよ。僕はまだ漢字をすべて覚えたわけじゃないから」

JDの言葉に私は首を振る。

「漢字をすべて覚えている人はいない」

私はJDに週に一回中国語を教えていた。月五〇〇ドルは、学生が片手間にする副業としては十分すぎる額だった。もしかしたら、彼としては私と単に寝たい気持ちもあったのかもしれない。それは私の容姿が優れているか否かの問題ではなく、彼のそういう性格によるものだ。だが、中国語並びに漢字への関心は本物だった。女友達に彼を紹介され、特に教授法を持たない私は、適当な日常会話から始めて、彼の珍妙な四声の発音を矯正していった。ＪＤは、会話することよりも、字を書くことにこだわっており、定型文を教えると、意味よりも書き方を知りたがった。我叫《ウォズウォ》ジェイク。對不起《トゥイブチー》。我的結婚運勢如何《ウォダジェフンユンシールーフゥナ》？。繁体字を好んだＪＤにとって、私のような中国出身で歴史専攻の学生は都合がよかったのだろう。

　シェフィールドのタイプライターがＪＤの元に届くまでに半年かかった。その間に彼は三人恋人を替え、中国語であいさつぐらいはできるようになった。けれども、漢字の美しさについて語りながらも、なかなか自分で書けるようにはならなかった。苦手というよりかは、字体のバランスがうまくとれないことに、彼のプライドが邪魔をしてしまうらしい。もっぱら彫刻を鑑賞するように、その奥深さと歴史を彼は語った。

　タイプライターが届いたのは突然で、出品者のＩＤも削除されてしまい、ＪＤとしてはもう諦めかけていたころだった。「Fragile《こわれもの》」のシールがべたりと貼られた段ボールが玄関先に無造作に逆さまに置かれていて、まず彼がしたのは、配送業者への荷物の取り扱いに関するクレームを一時間ほど入れることだった。それが済むと、彼はシャワーを浴び、おろしたての服に着替えてから、段ボールをリビングの真ん中へ運んだ。差出人の住所は、出品者と同じフィリピンになっており、発音できないアルファベットで名前が書かれていた。小柄なロバ程度の大きさのそれは、がっちりとガムテープとひもで縛られており、ＪＤはそれを慎重にひとつずつ剝がし、ほどいていった。

「ああいう時は声も出ないんだよ」

　ＪＤはそんな風に語った。「もう見た瞬間わかった。こいつはホンモノだって。もちろんシェフィールドの試作品じゃないことはオレもわかってる。そもそも金属製だ。だが、誰かが彼の理想と哲学を理解し、時間と金をかけて蘇らせたものだ。本当だったら、十万ドルでも足りないぐらいの代物だ」

　特徴的な円盤を除けば、そのつくり自体は、一般的な中文のタイプライターと似ていた。左手のハンドルで円盤を回し、ちょうどよい位置で、右手のキーで印字したい活字を探し、打字《タイプ》する。流通していた中文タイプライターは、活字をつかんでハンマーのように突き上げて紙に印字するので、使用者からみて字が逆さまに見えているが、シェフィールドのものは、上から押さえつけるように紙に印字するため、正方に字が座っていた。一字打つごとに紙が送られる装置も実装され、じゅうぶん実用にも耐えられそうだった。

　どうして私がこんなに詳しく語れるかというと、とにかくＪＤがずっとその話を続けたためだ。かのタイプライターが届けられてからというもの、ＪＤは、中国語の勉強はそこそこに、延々とその機械のすばらしさについて語った。

「ほら、これがそのタイプライターで書いたものだ」

　ＪＤは会うたびに印字した紙をいくつも見せてくれた。「我愛你」と臆面もなく書かれたその紙を見て、私はなぜだか頬が赤くなった。

「すごいね」それを悟られたくなくて、私は紙を顔に近づけよく見た。紙の古びたにおいに、かすかな煙の香り。ＪＤはその機械の前で、たばこをふかしながら操っているのだろうか。インクは自前のものを使っているということだが、濃くしっかりと出ており、この三文字だけでは判断できないものの、ただのおもちゃということでもなさそうだった。

　そんな風に彼は、新しいタイプライターに傾倒していったので、どうやら恋人にも愛想を尽かされ別れたらしい。紹介してくれた女友達は、そんなＪＤの様子を気味悪がったが、彼自身はこれ幸いというように、ますますのめりこんでいった。

「活字は全部で四六六二字ある」

　自然、タイプライターの話は、週一時間の中国語講師の私にするしかなくなり、彼は月五百ドルで、その権利を買い取ったていになった。「すべての漢字を網羅することはできない。シェフィールドは、様々な書物の漢字の使用数を調べ、それを元に取捨選択し、頻度ごとに活字の集まりをつくり、盤面に配置していった。宣教師らしいキリスト教的な活字が含まれるのはご愛嬌だが、この考え自体は後世の中文タイプライターと同様だ。とにかく使用者がまずすべきことは、その活字の位置を覚え、すばやく打てるようになることだ」

　今は睡眠時間も削って、その位置を覚えようと苦労している、と彼は言った。同心円の活字盤は位置が等間隔になり、一見合理的なようだが、場所が固定されないために逆に覚えにくいとＪＤはこぼした。一般的な中文タイプライターは長方形の活字盤が固定されて

いて、その文字を「探しにいく」スタイルのため、身体が自然と次の活字の方向を覚えていけるのだという。

「漢字のタイプライターというのは、非常に身体的な道具なんだ」ＪＤは言った。「〈北京〉の字を打とうと思ったら、自然と左手が盤の右上の〈北〉を目指すようになる。そして右上を移動しながら、もう既に左の人差し指は、その右下にある〈京〉の場所を意識して力をこめている。そういう意味では自転車を漕ぐのに似ている。自転車の運転は、同時に様々な身体的動作を無意識下で行っている」

　バランス、足の力の入れ具合、前方確認、エトセトラ。歌うようにＪＤはタイプライターについて語る。実際それは、彼にとってメロディーに近いものなのだろう、と私は思った。テンポが支配し、転調を愛し、ひとつひとつの音符と言う意味が彼の理想を構成していく。ベートーヴェンよりバッハに近い彼の歌《フーガ》は、聞いている私を何層もの迷宮に閉じ込めた。

　何度か自分のタイプライターを見に来るようにと部屋に誘われたが、いろいろと理由をつけて私は断っていた。部屋に行けば寝ることになるだろうという予感もあったが、それよりも、ＪＤが熱っぽく語るタイプライターと同じ空間に行くのが嫌だった。次第にＪＤは誘わなくなったが、同時に、中国語の時間も休むようになった。週に一回が月二回になり、やがて月一回になった。そして、その時間はすべて、彼のタイプライターの現状について語られることとなった。彼は必ず打字《タイプ》された紙を持ってきて、その性能のすばらしさを自ら賞賛した。だが、紙に書かれた中国語の文法が間違っていることも多く、おそらくGoogle翻訳などで機械的に訳したものを使っているのだろう。彼の興味は漢字という造形であり、英語で語られるそれらは、中国語に関することでありながら、皮肉にも中国語の介在を必要としなかった。

「なんだか不思議」

　声に出ていたようで、え、という顔をしてＪＤは言葉を止めた。その日は半月ぶりぐらいに会った日で、いつにも増して彼はタイプライターについて熱弁していた。彼にとって活字は指であり、インクは汗であり、そのにおいは吐息であった。血肉をもって語られるそれは、性別が不詳ながら生き物のような現実感で表現されていた。

「ええっと、歴史がってこと？」

ＪＤは訊き返したが、私は黙っていた。彼は、中国での漢字の変遷について講釈していた。シェフィールドのような外国人が先に実用的な中文タイプライターを発明している間に、当の中国や日本では漢字廃止論が議論され、結局、簡体字や新字体という存在ができてしまったことを嘆いていた。「僕はあまり不思議だとは思わない」私の沈黙を肯定と受けとったのか、彼はそう続けた。「言語と思考が直結しているという考え方は他の国でもある。言語が変われば西洋的な考え方でもって発展できるというのは、決して未熟なプロセスではない。だからといって、漢字の歴史が失われていくのが、僕としては許せないんだ」

その物言いに、嫌悪感を隠せなかったのはなぜだろう。彼の言うことはある意味で正論であった。でも、それをＪＤのような人間からは聞きたくなかった。シス男性で、白人で、市民権を持つアメリカ人で、財産があって、身体的欠損もないような彼の言葉は、持てる者の論理だった。ほとんど中国語のできない彼のような人間も、GoogleやDeepLさえあれば、それなりに「漢字」を理解できてしまう。歴史を語れてしまう。その不均衡の状態が自分の嫌悪の正体だろうと見当をつけた私は、ひとつ意地悪をしたくなった。

「ずいぶん漢字に詳しいようだから」私は、備え付けの紙ナプキンに、ボールペンで字を書いた。「これは知ってるかしら」

書いたのは、〈南〉と〈年〉の字を、偏《へん》と旁《つくり》で組み合わせた漢字だった。

「出てこないぞ」

画像検索やキーワードの組み合わせをいくつか試したあとで、ＪＤは言った。「僕を担いだって無駄だぜ」

「違う」私は笑った。「私の専攻が東アジア史なのは知っているでしょう。この漢字は私の創作ではない。今はほとんど使われてないけど、確かに過去にあった漢字。どう、意味と読み方を調べることはできる？」

しばらくＪＤはスマホを片手にあれこれと調べていたが、お手上げといった様子だった。だが、種明かしをしようとした私に、「時間をくれ」と制した。「これは誰にも教えてほしくない。自分で見つけたい」

それっきり、ＪＤとは音信不通になった。休みが多かったとはいえ、中国語のレッスンの欠席はこまめに連絡をよこしていた彼が、それもしなくなった。大見得を切ったわりに見つけられないのできまりが悪いのだろうと私は想像した。それは少しだけ私の留飲を下げたた。もし今度会ったら、少しは優しくしようと思いながら、私はときどき、ＪＤが語った円盤のタイプライターを想像し、頭の中でいくつか字を打ってみた。活该、他媽的、我很孤單。

ＪＤから連絡が来たのはちょうどひと月後だった。ＳＭＳには、「ようやくわかったから家に来てくれ」と書かれていた。私は少し迷ったが、彼の家を訪れることにした。聞いた話では、ＪＤは部屋から一歩も出ず、講義もずいぶん休んでいるらしい。自分に責任があるとは思わないが、多少とも様子が気になるのは確かだった。

部屋は大学近くの丘の上のアパートメントにあった。自分の借りている部屋が十個ぐらいは収まりそうな門構えをしていた。守衛に声をかけると、あらかじめ話がしてあったのか、すんなりと通してくれた。

「いやあ、よく来てくれた」

久しぶりに会うＪＤは、つやつやとした肌の色をしていた。大きな図体は変わらないが、よりエネルギーにあふれているのか、筋肉のひとつひとつが音を立てて動いているように見えた。

「チュノムだな」

彼は玄関に立ったまま、私に紙を突きつけた。そこには〈南〉と〈年〉を組み合わせた漢字が印字されている。あの、

「ベトナムの国字的な漢字。これはnămと発音して、意味は〈年〉と一緒だ」

「その通り」

私は素直に感心した。チュノムは十三世紀ごろから、ベトナム語を表記するために、独自に作られたとされる漢字だ。音と意味を組み合わせて作られることが多く、ＪＤに示した漢字もそのひとつだった。〈南〉が音で、〈年〉が意味。「漢字使用圏の人にもあまり知られてないから、調べるのが大変だと思ったのだけど、よくわかったね」

「ベトナム文学の『金雲翹』の冒頭にも出てくるんだってな」

廊下の先には広いリビングがあって、キッチンが併設されていた。ＪＤがグラスを差し出す。その赤い液体は、口を付けてみると、カンパリをベースにしたお酒のようだった。「漢字というのは奥が深い。中国というくくりだけでなくて、東アジアをはじめとした国々まで見渡さなければならない。君のクイズのおか

げで痛感したよ。自分の考えは驕《おご》っていた」

　殊勝らしく肩をすくめるＪＤを見て、「そんな」と私は言った。「私はただ、あんまりあなたがタイプライターのことばかりしゃべってるもんだから、ちょっと意地悪がしたくて」

　自分の気持ちをすらすらと言葉にできたことに私は驚いた。ＪＤはそれに気付いているのかいないのか、私の腕をとった。優しく、慣れた手つきだった。

「漢字のことをきちんと理解するためには、君のような存在が必要なのかもしれない」

　私はうつむいた。それは待っていた言葉のようでもあったし、どこか場違いな声色にも感じられた。だが、僕のタイプライターを見るかい、というＪＤの質問に私は頷き、手を引かれながら彼の後をついていくのは、やめられなかった。

　その部屋の扉は真っ白で、古風な鍵穴がドアノブについていた。扉の前に立つと、ＪＤはコンコン、と二回ノックをした。ノック？　私は口を開きかけたが、彼の顔を見て閉じた。ＪＤの顔は紅潮し、目は輝いていた。クリスマス前の子供のようだった。

「ねえ、その字」私は自分の声が震えるのを感じながら、彼が印字した〈觧〉の漢字を指差した。「そんな活字はないと思うんだけど、どうして打てたの？　特注で作ったとか？」

「いいや」

　笑顔でＪＤは首を振った。「タイプライターで書いたのさ」

　部屋の中には、円柱の物体があった。ちょうど、小柄なロバぐらいの大きさ。部屋は薄暗く、目を凝らすとようやく、それが何か金属のようなものでできているのがわかった。いや、その物体は問題ではなかった。その前には人がいた。円柱に屈むような格好で、背を私に見せている。このただの円柱の金属の塊が、ＪＤの受けとったものなのか？　興奮して段ボールを開けたという彼の、それを見た落胆と怒りと混乱がどっと押し寄せてくるようで、思わず後退りした。

「僕のタイプライターは進化する」ＪＤがそっと私の肩に手を載せた。「君のクイズの漢字の秘密に気がついたのはベトナム出身の彼のおかげだ。彼のような知識をもった人間を探すのに時間がかかったんだ」

　私はＪＤに押されるように、〈彼〉のそばに近づいた。その金属製の物体は、てっぺんが平らで、机のようになっていた。円柱の前にいる〈彼〉は、拡大鏡を使い、紙に顔をくっつけるようにして、何かを書いていた。漢字だった。〈酔〉。針のような万年筆を使い、インク壺に時折ひたしながら、紙に一画一画、線や点をにじませていった。びっしりと書き込まれたそれは、確かに印字されたような仕上がりを見せていた。タイプライターの活字で打たれ、刻まれたように。

「だがちょっと無理をさせすぎたのか、少し調子が悪くてね」

　いつのまにか〈彼〉の万年筆は止まっていた。ぶつぶつと何か言葉を口にしている。耳を澄ましてようやく、「水《water》を」と言っているのが聞きとれた。「ほら」とＪＤは言った。「漢字以外は口にできないはずなのに」

　ＪＤは〈彼〉の左肩に手を添え、右腕の肘あたりを掴んだ。〈彼〉の上半身は裸だったが、背は黒々とした何かで覆われている。私はそれが漢字であることに気がついた。漢字は彼の背にびっしりと彫られ、渦を巻いていた。その渦に外れるように、いくつかの漢字が脇腹あたりにも刻まれており、そのひとつに〈酔〉の漢字もあった。

「水《シュエイ》」

　ＪＤが中国語を口にし、そっと同心円の真ん中あたりの〈水〉の漢字に触れる。腕を掴まれたまま、〈彼〉の右手は万年筆を持ち直し、紙に向かった。慣れた手付きだったが、最後の〈水〉のはらいを書き終える前に腕が止まった。ＪＤはため息をつき、〈彼〉の頭を軽く触った。ほんの撫でる程度の力加減に見えたが、ぐらりと身体が揺れ、〈彼〉は地面に横倒しになった。そのまま動かない。私は声を上げようとしたが、喉がうまく開かなかった。視界がぼやけた感覚になり、物が歪んで見えた。

「君はすばらしい。漢字と歴史を知る、すばらしい中国人だ」

　私は立っていられなくなった。あのお酒。口を開いたが、「あろおらけ」と舌がうまく回らない。ＪＤは私を抱える。その腕は熱く、じっとりと湿っている。彼の顔が私の顔に近づく。なまぬるい息が耳にかかる。囁く。「おかえり、僕のタイプライター」

　ばたん、と扉が閉まる音がして、それを合図に、私の目の前も真っ暗になる。インクに浸したような、濃い闇だった。

第一回『幻想と怪奇』ショートショート・コンテスト　優秀作

せせらぎの顔

石原三日月

挿絵＝ひらいたかこ

　毎年、蝉しぐれの季節になると、私はあの渓谷のことを思い出す。まるで催眠術師がこっそりと、蝉の声がきっかけになるよう私に術を掛けたように。

　いや、そもそも蝉の声になにか特殊な力があるのかもしれない。何しろ、彼らは生と死を一度に抱えて鳴いているのだから。生と死、現在と過去、夢と現実、そういった二つの世界を繋げてしまう力があってもおかしくない。

　あの渓谷も降りしきるような蝉しぐれに包まれていた。

　小学校二年生か、三年生の頃のことだ。

　夏休みの終盤だったと記憶している。川釣りが趣味の父に連れられて、家から車で二時間ほどにある渓谷へ遊びに来ていた。

　ここは我が家が夏に遊ぶ定番の場所で、その夏も都会に暮らす従兄《いとこ》たちを呼び寄せて、川遊びをしたばかりだった。私は釣りに興味はなかったが、遊び相手のいなくなった家にいるのもつまらなくて、仕方なく父に付いて来たのだった。

　目当ての川辺に着くと、すぐに父は釣りの準備に取り掛かった。そこは普段遊んでいる広々とした河原を

通り過ぎた、おそらく少し上流にあたる場所だった。周囲にはやはり釣りをする人の影がぽつぽつと見えるくらいで、家族連れや子供の姿は見えなかった。

父は釣り竿を持ったまま川の中に入り、膝ほどの深さに立つと、その場で釣りを始めた。私も川辺から父の様子を眺めていたが、すぐに飽きてしまった。

父から離れないように気をつけながら河原を歩き回り、浅いせせらぎになっている箇所を見つけた。ビーチサンダルごと川の中に入ると、ひんやりとした水流が足の甲を撫でて心地良い。午後の陽射しを乱反射する水面に目を細め、川底を覗き込むと小さな魚がパッと身を翻《ひるがえ》した。私は父を待つ間、ここで時間を潰そうと決めた。

いま考えると、低学年の女子をひとりで放っておくなんて、父もかなり呑気だったなと思う。だが当時はそういう呑気な時代だった。それに自分で言うのも何だが、私は年齢にしてはかなりしっかりしている子供だった。担任の先生に可愛がられ、いつも班長やクラス委員に選ばれるようなタイプだ。その時も川遊びに浮かれることなく、ちゃんと見極めて、流れの緩やかなせせらぎを選んだのだ。深さもせいぜい私の足首までしかなく、水の奥に川底の石や砂利も見えている。角張った大きな石もない。うっかり転んだとしても、溺れたり怪我をすることのない場所だった。

父もそういう私の気質を知っているので、こちらを振り向くこともなく、釣りに没頭している様子だった。

川に覆いかぶさるような渓谷から、蝉しぐれが途切れることなく降り注いでいる。

時折、子供たちの歓声が渓谷に反響した。下流の河原で遊んでいる家族連れだろう。淋しさはまったく感じなかった。

私は川底から石を拾ったり、小さな魚を追ったりしていた。そして、ふと、浅瀬の中に黒い流れを見つけた。

どうやら、川底の石に黒いビニールか何かが引っ掛かかっているらしい。海藻のように流れに乗って揺れている。

マナーの悪い釣り人が捨てたゴミだろう。私はそのゴミを取りに向かった。と言っても、ほんの十歩ほど進むだけだったが。

近くで見ると、黒いビニールは思ったよりも長さがあった。水に揉まれて細く裂けたのかもしれない。素手で触るのは気持ち悪かったので、私は足先を伸ばした。ビーチサンダルの底で触れようとして、私は気づいてしまった。

それはビニールなどではなく――髪の毛だということに。

うねる黒い髪、その隙間から白い石が顔を覗かせていた。

喩《たと》えではない。文字通り、そこに顔があったのだ。いや目の錯覚だろう、と子供心にも思った。川底にはひっきりなしに影が過ぎっていく。落ち葉や虫の死骸、そういったものの影が、たまたま石の上に顔の凹凸のような陰影を描いているだけではないか。

私は陽射しを背中に受けて立ち、自分の身体で川の中に日陰を作った。

――予想に反して、はっきりと、顔だった。

微《かす》かに盛り上がった瞼《まぶた》、鼻らしき筋、横一文字の唇……

川底の顔は目を閉じて、静かに水の流れに晒されている。

これは一体、何なのだろう？

不思議と恐怖は湧かなかった。その顔が人間の顔よりも一回りも二回りも小さいからかもしれない。それに表面の質感は明らかに石そのもので、人肌には見えなかった。かと言って、お面や人形といった造り物とも思えない。

私は川の中に立ち尽くしたまま、ぼんやりと川底の石を眺めた。

明るい午後である。うるさいほどの蝉しぐれが響き渡り、山肌を覆う樹々の緑色が目に眩しい。囀るようなせせらぎの音、渓谷の上を走り抜ける自動車の音、反響する子供たちの歓声。間違いなく、私の日常は続いている。

そして――なのに――足元には白い顔。

眺めていたのは、ほんの十秒か二十秒だっただろうか。

唐突に、その目が開いた。

どんな目だったかは記憶がない。ただ、目が合った、と思った。そして驚く間もなく、唇がほんの少しだけ開いた。

「……ネテタノニ」

はっきりと聞こえた。浅いとは言え水の底、それも絶え間ないせせらぎの水音の中で発した声なのに。

聞こえたが、私には意味を汲み取ることはできなかった。やはり立ち尽くしたまま、白い顔をぼんやりと眺めるしかない。

すうっと、白い顔が川面へ浮き上がった。――顔だけで。

私は一歩後ずさった。不思議なことに、顔は水の流れを受けても微動だにせず、川面に浮かんで留まっている。髪もまた水流を無視して、四方八方へとうねっている。

私はそれを見て、絵の具セットの筆洗バケツを思い出していた。汚れた筆をバケツの水に入れると、煙がたなびくように絵の具が水の中に広がっていく。黒髪はそんな風に見えた。

その時、頬に冷たいものを感じて、私は空を見上げた。鈍色をした雨雲が夏空を覆い隠そうとしていた。私は驚いた。白い顔のことよりも、むしろ空模様が変わっていることのほうが衝撃だった。どれほどの間、私は足元を見つめていたのだろうか。

空へ視線を向けた一瞬のうちに、白い顔は水面から消えていた。慌てて周りを見回して探す。

白い顔はすでに川下へ滑り降りていくところだった。私より下流には誰もいないので、それに気づく人もいない。顔は流されていく落ち葉のように、じつに自然な動きで遠ざかっていった。流れが速くなれば顔も速さを増し、水に揉まれ、水飛沫《みずしぶき》を浴び、突き出した岩の狭い隙間を通り抜けていく――

あっ、と私は思った。いま立っている浅瀬の五、六メートル先から、急に流れが速くなり、角ばった石が水面からいくつも突き出していた。そこでは水の流れがぶつかり合い、複雑な渦を巻いている。

慌てて振り返った。父の姿は予想よりも小さかった。父は声をかけずに移動するような人ではないので、私のほうから離れてしまったに違いない。

私はずっと同じ場所で遊んでいるつもりだったが、川の中を覗き込んでいるうちに、だいぶ移動してしまっていたのだろう。目印もない河原の風景と、絶え間なく響く蝉しぐれが位置感覚を狂わせたに違いない。加えて、自分はしっかりしているという自負のせいで、それに気づくのが遅れてしまったのだ。

急流の先は川幅が広くなり、流れも緩やかになる。が、水の色も濃い緑色に変わっていた。だいぶ深さがあるのだろう。その深緑色の川面に小さな白い点が漂っている。私が目を凝らしていると、不意に、吸い込まれるようにして水の中へ沈んだ。

そして二度と現れなかった。

周りに静寂が降りた。はっと我に返ると、蝉しぐれが止んでいる。代わりに樹々の梢がざわざわと揺れていた。

私は浅瀬から出て、父のもとへ河原を駆け出した。剝《む》き出しの肩先を雨粒が叩きはじめていた。湿気を含んだ風が渓谷を揺らし、樹々が擦れ合う音が背中から話しかけてくるようで、私は足を早めた。

父はすでに釣り道具を片付け始めていた。私を見ると、帰るぞ、とだけ言った。

私はいま見たものを父に説明しようとしたが、うまく言葉にならなかった。言葉にしてはいけないことのような気もした。

そんな私の様子に気づくこともなく、父は荷物を背負うと足早に歩き出した。雨を避けて木陰を進み、坂を上がって駐車場に着くと、私たちは逃げ込むように車に乗り込んだ。運よく二人ともあまり濡れずに済んだが、出発した途端、すぐに激しい雨音が車を包み込んだ。

助手席に座って、私は車窓から川を見下ろした。雨粒が弾けるガラスの向こうで、渓谷の樹々が影絵のように揺れている。梢の隙間から覗く川の流れは速く、暗い灰色に変わっていた。水面に白いものを探そうとして、私はすぐに諦めた。

もう一度、父に話してみようかと思った時、雨音を掻き消すためか、父はラジオをつけて音量を上げた。ついに私は白い顔のことを口にすることができなかった。

それが父と川へ遊びに行った最後の年だった。すでに私は地元を遠く離れ、父もとうに亡くなった。

あの河原がどこだったのか、正確な場所を私は知らない。父に聞いておけば良かったと思うこともあるが、もはや叶えようもない。もし教えてもらったとしても、はたして自分が訪ねたいのかどうか、よくわからない。

ただ、あの白い顔の呟《つぶや》きが、今でも忘れられないでいる。

……ネテタノニ。

寝てたのに——という意味だろう。だとすると、私が眠りを妨げてしまったということか。それにしては、あの白い顔には怒りだとか不満だとか、そういった負の感情は感じられなかった。だからこそ、私は怖くなかったのだ。

あの時の状況から考えて、おそらく白い顔は私を助けてくれたのだろうと思う。自分はしっかりしているという思い込みの強い女児が、うっかり危険な場所に足を踏み入れるのを阻止してくれたのだ。もし溺れて流されていたとしたら、直後の豪雨で急激に水嵩を増した川では救助も難しかったに違いない。

寝てたのに……やれやれ、危なっかしい子供に午睡の邪魔をされてしまった……

そういう呟きだったのではないか。

大人になった頭で都合よく解釈するならば、あの顔は川の神様だとか、渓谷の精霊だとか、そういった類のものだったのだろうと思う。いや、そう思いたい。

反面、あんな白い石は本当にあったのだろうか、と考えることもある。浅瀬でひとり遊びをしていた私の空想だったのではないか。あるいは、帰りの車の中でうたた寝して見た夢だったのではないか、と。

だが毎年この季節になると、私の記憶は鮮やかに甦り、あの夏の日へと連れ戻される。蝉しぐれを聞く度に、私は父と訪れた渓谷のことを思い出すだろう。この先もずっと。

あの白い顔もどこかで今年の蝉しぐれを聞いているだろうか。静かに目を閉じたまま、澄んだ水のせせらぎの底で。

精神《スピリット》は〈創意〉——祝辞にかえて

井上雅彦

『幻想と怪奇』ショートショート・コンテストに入選された三作品の作者の皆さん。おめでとうございます。

祝賀コメントを述べるように、と編集室長よりご拝命をいただきました井上雅彦と申します。私も四十年以上前に、とある「ショートショートコンテスト」に応募した作品が入賞したのをきっかけに、文芸誌にショートショートを載せてもらう機会が増え、短篇を書き、長篇を書き、短篇集を含めた自分の本を多数出し、アンソロジーを編んだりもするようにもなりましたが、現在もショートショートを書き続けています。

この世界に、最初にショートショートから入ることができたのは、とても幸福なことだった、と私じしんは思っています。というのも、ショートショートという鍵を使えば、あらゆる小説の扉を開けることができるからです。ショートショートを書くことからはじめた書き手は、あらゆるタイプの小説を書く可能性を秘めています。ショートショートは小説の原形質だと喩える人もいますが、私は、むしろ、iPS細胞のような万能細胞だと思っています。丹精込めて培養していけば、やがて、どんな小説でも書けるようになる筈です。もっとも、私の場合は、最初から〈幻想と怪奇〉の分野に特化しておりましたが……。

ショートショートの定義は、長さ——というか短さ（八千字＝四百字詰め原稿用紙二十枚以内と言われます。個人的には四千字＝十枚以内が好みだったのですが、この頃、長くなってきました）の点では共通認識ができているのですが、内容については諸説あります。古典的なオバーファーストの三条件（①新鮮なアイディア、②巧みなプロット③意外な結末）が有名ですが、たとえば「長編小説が一本の棒なら、短篇とはそれを短く切ったもの。ショートショートとは、切り口の〈断面〉を上から覗いたもの」というのはショートショートの名称を日本に紹介した都筑道夫の唱えた説。他にもいろいろあるのです。興味のある方は、星新一公式サイト内の「ホシヅル図書館」や、最もショートショートに詳しい作家の高井信さんの著書をお読みください。

　私じしんは「ショートショートには〈粋な仕掛け〉が必要」と少し前に書いたことがありましたが、結局、それを煎じ詰めれば、〈創意〉という言葉のヒトコトで表現できると考えています。ショートショートの精神《スピリット》とは〈創意〉だと思うのです。ショートショートとは〈創意〉の結晶なのです。

　今回選ばれた三作品は、いずれも〈創意〉に満ちています。

　坂崎さんの作品は、まさにオバーファーストの三条件に当てはまるな仕掛けの効いたクールな〈創意〉。石原さんのは一見、体験実話風なのだけれども、細部にはていねいな〈創意〉が仕込まれている。西さんのは、この人にしか書けない感性が顕れていて、実生活のなかに〈創意〉をお持ちではないかとさえ思わせる。どの作品にも深いテーマが一本通っているのですが、なによりも、三作品には、それぞれに異なった〈幻想〉と〈怪奇〉のヴィジョンが光っているのが素敵です。

　今回のショートショート・コンテストは、企画立案も、全作品の選考も、すべて、編集室長・牧原勝志氏がほぼ一人で行いました。古今東西の〈幻想と怪奇〉の分野を旺盛に探究し、現代までつながる幻想怪奇カルチャーの歴史を検証していくかのような本シリーズを編み続ける氏の眼力は頼もしい。できうるならば、二次、三次と選考前の作品も掲載してほしいと思うほどなのですが、多様性の時代の〈創意〉の数々、まずは、ショートショートの祝祭《カーニヴァル》を愉しませていただこうと思います。

第一回『幻想と怪奇』ショートショート・コンテスト

募集から最終選考まで

牧原 勝志(『幻想と怪奇』編集室)

1 準備段階

『幻想と怪奇』では常時、書評、評論とともに、創作のプロ・アマ不問の投稿を募集している(当初は翻訳も受けつけていたが、現在は休止中)。第六巻以降、君島慧是、伊藤なむあひ、柳下亜旅、井川俊彦、中川マルカ、伴名練、深田亨の七氏の作を投稿ページ「Le forum de Roman Fantastique」に収録してきた。

これは、オリジナルの『幻想と怪奇』が投稿を歓迎したことに倣ったものだ。同誌への投稿創作には、山口年子の「かぐや變生」「誕生」、岸田理生の「ちのみごぞうし」がある。

新人賞をしてみては——という声が、巻を追うごとに聞こえてきた。たしかに、してみたい。「ブンゲイファイトクラブ」の熱く自由な空気と、参加作品の清新さと奇想天外さも、大いに刺激になった。が、伝説の名雑誌を引き継いだほかはさして力のない媒体でできるだろうか。一年ほど悩んだ末に、投稿の延長のつもりでやってみよう、と踏ん切りをつけた。編集室長は推理小説やSFの新人賞の下読みも経験している。権威付けにできそうな、高名な小説家や評論家を審査員に招く予算は取れそうにないから、「賞」ではなく「コンテスト」としよう。応募作の長さを上限八千字までとしたのは、井上雅彦氏をレギュラーとする各巻の書き下ろし創作に合わせた次第。

他の要項は従来の投稿のものとさほど変えることなく、二〇二二年十二月、『幻想と怪奇12』に第一回『幻想と怪奇』ショートショート・コンテストの募集を告知した。この時点では「応募作が二百を超えることはあるまい」と考え、入選作は『幻想と怪奇13』に収録する予定でいた。そして、まる一冊を書き下ろし創作ショートショートで埋めつくすという『幻想と怪奇』別冊（つまり本書）の企画を、それとは別に進めていたのである。

2 予選

　編集室の予想に反し、その予定を大きく変えなければならない事態になった。応募作は予想の二倍を超える四百三編。『幻想と怪奇13』の締切までに第一次選考が終えられるかどうか。そこで、入選作の発表と収録は次の別冊に紙幅を割くことにし、『幻想と怪奇13』では第一次選考通過作を発表することにした。

　応募作のレベルは高く、第一次選考には時間を要した。発想、文章、展開のうち、何か一つでも強く印象に残れば、と通過させたのは四十四編、全応募作の一割を超えた。

　第二次選考では、読んでいるあいだは楽しんだり驚いたりし、読み終えたあとで周囲が変わって見えるようなものを求め、以下の十二編を通過させた。（到着順）

「せせらぎの顔」石原三日月
「幻想スケッチ」深田亨
「いろくず」中川マルカ
「せん」日比野心労
「女優だった」森青花
「無色《むしき》の幽霊」西聖
「僕のタイプライター」坂崎かおる
「はらりそ」Yohクモハ
「午後十時二十六分三河島駅停車中の常磐線四号車」苫草堅一
「喝采」橘とわこ
「雪とその下」川野芽生
「なつやすみ」タタツシンイチ

　この十二編で本を作ってしまおうか、という気持ちさえ頭をよぎった。が、それではコンテストを開催した意味がない。第三次選考ではさらに、以下の四つの要素に基づいて作品を評価した。

・文章の力と味わい
・発想の自由さ
・物語の構成力
・現実を揺るがす幻想の力

　かくて、最終候補は「せせらぎの顔」「幻想スケッチ」「女優だった」「無色の幽霊」「僕のタイプライター」「喝采」の六編に絞られた。

3 最終選考

　各候補作の選評を以下に。

石原三日月「せせらぎの顔」
　淡々とした語りの中に、異世界の

扉がひととき開く。異類が語り手と世界を共有していながら、接点を得ることがないが、むしろそれゆえに強い存在感があり、その発する一言は耳に残る。

深田亨「幻想スケッチ」

ひと月一話、十二ヵ月の超短編連作。おもちゃのお茶会や、座布団の夢など、発想と語り口にユーモラスな味わいがある。ただ、タイトルそのままにスケッチに留まっているエピソードが多く、各話をもう少し長めにして発想と語り口の妙を味わわせてほしかった。

森青花「女優だった」

舞台は一九五〇年代の東映太秦撮影所、主人公は無名の女優。大川（博）社長、内田吐夢、佐田啓二ら実在の映画人が登場するあたり、キム・ニューマンを連想するが、昭和という時代を幻想をもって語る新たなジャンルの萌芽を感じた。それだけに、丁寧な書き込みが結末で一転し、幕切れがあっさりしているのが残念に思われた。

西聖「無色の幽霊」

「無色」は舞踏家の名、「幽霊」はその娘の舞踏の演目。目で見ることの叶わない舞踏という、幻想にしか存在しえないものが、独自の色調と力を持つ文章で現実感をもって語られる。特殊な題材を明快に描き出しており、実見しえない舞踏をステージに見る思いで読んだ。

坂崎かおる「僕のタイプライター」

デヴェロ・シェフィールドの中文タイプライターという非在の機械が、強烈な存在感を持って立ち現れる。それに取り憑かれた男の変容を語り手は傍観するほかなく、その身に静かに迫る恐怖を、読者は静観しているほかない。

橘とわこ「喝采」

難聴の作曲家の耳に音楽が「もの」となり固化する、という発想にまず惹かれた。そこからさらに展開する奇想を、独特な味わいのある文章が支えている。ただ、規定の分量はこの物語には短かったようで、語りきれなかった部分が残されているように思われた。

以上の六作から、「無色の幽霊」を最優秀作品、「僕のタイプライター」と「せせらぎの顔」を優秀作品とした。

先に述べたとおり、第二次選考通過の十二編は、それだけで本を作ってしまおうか、と悩むほどで、入選作との差はわずかなものだった。題名を挙げるだけでは惜しいので、個々の作品へのコメントを以下に記しておく。

中川マルカ「いろくず」

男女のどちらにも快楽をもたらす、子供のような姿の異類に仕えるため、海辺の町に来た女。その視点から語られる、不穏なエロティシズムを湛えた、巧緻な造形物のような物語。読むうちに、丹念に作られた作品世界に長く浸っていたくなるところも、さらに不穏だ。

日比野心労「せん」

誤って世界の栓を抜いてしまった男の物語。ユーモラスな語り口が心地よい。時間と空間が異状を来すが、うろたえるのは主人公だけで、家族や同僚は平然としているのは、栓を抜いたことで世界線が変わってしまったからか。パニックが起きてほしいような、ほんわかした危機をこのまま味わっていたいような。

Yohクモハ「はらりそ」

夫の湯治のため温泉地に同行した女性が語り手。環境が変わったことで夫婦の関わりも変化を見せるあたりの心象や、湯治場の情景もすばらしい。一人で温泉に浸かる老女に起きる異変は本当に起きたのか、語り手の夢だったのか。

苦草堅一「午後十時二十六分三河島駅停車中の常磐線四号車」

題名どおり、駅で停車中の列車内で起きる怪異を物語る。語り手が最初に遭遇する一人の乗客がなんとも無気味だが、最も怖ろしいのもその一人で、そこから怪異がさらにエスカレートしていけば、恐怖感はさらに膨らんだことだろう。

川野芽生「雪とその下」

長い冬を過ごす男と女と少年。一人が死に、残る二人が雪に埋めると、死んだ者はやがて帰ってきて、また同じように日常がはじまる。ガーデンクリスタルをのぞき込んで、中に住人を見つけたかのような印象で、端正さが心を捉える。

タタツシンイチ「なつやすみ」

世界が異変を来たし、三十歳未満でのセックスが禁じられる。その理由と、結果の怖ろしさは知っていても、高校生は恋をしたいし、その先にも行きたい……発想に驚かされたが、規定の分量はその発想には短かったように思われる。

コンテスト第一回にして応募作品数と質の高さに驚き、『幻想と怪奇』への関心の高さも実感できた。次回はさらに良い形で応募作品を迎えられるよう、今から体勢を整えておきたい。

寄稿者紹介（五十音順）

朝松《あさまつ》健《けん》

一九五六年生まれ。先ごろ二十四年書き続けた一休シリーズの最新刊『一休どくろ譚・異聞』（行舟文化）を上梓した。伝奇とホラーと室町にこだわる。現在は応仁の乱末期を背景にした伝奇小説を執筆中。伝奇冒険小説として描いた『血と炎の京　私本・応仁の乱』（文藝春秋）とは逆に怪奇味を前面に立てた歴史ミステリ仕立てで伝奇小説の可能性を探る。本書寄稿の短編は「ベルリン警察怪異課」の番外編。本シリーズは忍び寄るナチスの影、その背後に潜む魔術の闇・邪神の気配をテーマにしている。

安土《あづち》萌《もえ》

星新一ショートショートコンテストで受賞した〝海〟は絵本『海がくる』（理論社）になったり、どこかの朗読会で読まれたりしたが、昔、FMで放送されたことがあって、当時のバイトの休憩時間に、FMを流している喫茶店へ行ったが周囲の雑音でよく聞こえず、ただ、今も全く変わらないクリス・ペプラーの声で、下條アトムの語りの後にWe love young spirit！というフレーズが流れていたのを思い出します。ああ、ヤングだったのねぇ、としみじみ。

荒居《あらい》蘭《らん》

作家・江坂遊に師事。《ショートショートの宝箱》《異形コレクション》（光文社）『幻想と怪奇』（新紀元社）に寄稿するほか、著書に『大正折リ紙少年』（マックガーデン／漫画原作）、『実写 鋼の錬金術師』（スクウェア・エニックス／ノベライズ）など。世田谷文学館ショートショート講座「だれでも小説家」講師もつとめる。日本シャーロック・ホームズ・クラブ会員。

井上《いのうえ》雅彦《まさひこ》

小説家。一九八一年「消防車が遅れて」で都筑道夫ショートショートコンテスト・ルパン賞（最優秀賞）、一九八三年「よけいなものが」で星新一ショートショートコンテスト・優秀作をそれぞれ受賞してデビュー。ショートショート集に『一〇〇一秒の恐怖映画』（東京創元社）など多数。企画監修をつとめる書き下ろしアンソロジー《異形コレクション》（光文社）の最新刊は第55巻『ヴァケーション』。

植草《うえくさ》昌実《まさみ》

翻訳者。パジェット「著者謹呈」は『もっと厭な話』（文藝春秋）に収録。創作は『魔地図』所収の「幻燈街再訪」はじめ三作を《異形コレクション》（光文社）に発表。「翻訳家と悪魔」は十二年ぶり、第四作になる。

奥田《おくだ》哲也《てつや》

小説家。怪奇小説愛好家。『懺悔』で星新一ショートショートコンテスト優秀作受賞。『霧の町の殺人』（講談社）で長編デビュー。井上雅彦編著《異形コレクション》シリーズ（光文社ほか）に参加。平井呈一訳「ブライトン街道」以来、ミドルトン歴四十年。

勝山《かつやま》海百合《うみゆり》

小説家。岩手県出身。「軍馬の帰還」で第四回ビーケーワン怪談大賞、『さざなみの国』で第二十三回日本ファンタジーノベル大賞受賞。大森望責任編集『NOVA　2023年夏号』（河出書房新社）に短編「ビスケット・エフェクト」収録。L・D・ルイス「シグナル」（拙訳、webメディア・バゴプラで無料公開中）が今年の星雲賞【海外短編部門】参考候補作になっております。新刊鋭意執筆中。時々英語の短編を翻訳。

菊地《きくち》秀行《ひでゆき》

売るあてもなくクトゥルーの絵本を書いた。絵は『外谷さん無礼帳』（朝日ソノラマ）の芳井一味さん。殆ど完成しているのだが、コロナで出版社がダウン。話も絵も死ぬくらい面白い。引き取り手募集。タイトルは『ちびっこ悪神《わるかみ》クトルくん』。

久《く》美《み》沙《さ》織《おり》

小説家。一九五九年岩手県盛岡市生まれ。牡牛座のO型。上智大学文学部哲学科卒業。いわゆる街角ピアノが素敵だなと思っていて、さるところでこっそり弾いてみるチャンスがあり弾いてみたところ指がまるで動かない。ので、おとなになってからはじめてトライするひと用の楽譜を買ってみた。さぁ練習しようと張り切ったら、家の電子ピアノの一点嬰ハのオクターブが鳴らない。ドは出るけど、レとミとファとソとラとシの音が出ない。シャープたちも。しかたないので三点あたりの高音と低いほうで弾いてはみたがやりにくいことこの上ない。弾かないピアノを物置にしてはいけない。特に鍵盤。

倉阪《くらさか》鬼《き》一郎《いちろう》

一九六〇年、三重県生まれ。早稲田大学第一文学部卒。八七年に『地底の鰐、天上の蛇』（幻想文学出版局）でデビュー、九八年から専業作家。ミステリー、ホラー、時代小説、俳句など、二二〇冊を超える多彩な著書がある。四月の埼玉グランド大会で「桑名七盤勝負」（連珠・どうぶつしょうぎ・オセロ・チェス・9路盤囲碁・将棋・バックギャモンを一手ずつ着手して先に四勝したほうが勝ち）にデビュー。本邦唯一のトライアスリート兼トライボーディアン（囲碁・将棋・オセロ）。

倉野《くらの》憲《のり》比《ひ》古《こ》

福岡県出身。一九七四年四月二十二日生まれ。変格探偵作家。公認心理師。立教大学文学部卒業。二〇〇八年、『スノウブラインド』（文藝春秋）でデビュー。怪奇趣味と異常心理学を融合する独特の作風で知られる。その他の著作に『墓地裏の家』（文藝春秋）、『弔い月の下にて』（行舟文化）。現在は新作長篇を執筆しつつ、ジークンドーとジムでの筋トレに励む。Twitterアカウント：@kuranonorihiko

黒《くろ》史郎《しろう》

作家。著書に「幽霊詐欺師ミチヲ」シリーズ（KADOKAWA）、『ボギー　怪異考察士の憶測』（二見書房）、『川崎怪談』『横浜怪談』（竹書房）、『ムー民俗奇譚　妖怪補遺々々』（学研）、「かくされた意味に気がつけるか？　3分間ミステリー」シリーズ（ポプラ社）、『未完少女ラヴクラフト』（PHP研究所）、『童提灯』（創土社）、『乱歩城』（光文社）など。Nintendo Switch『災難探偵サイガ〜名状できない怪事件〜』脚本・設定。

北原《きたはら》尚彦《なおひこ》

作家・翻訳家。創作はヴィクトリアン幻想譚『首吊少女亭』（KADOKAWA）や『死美人辻馬車』（講談社）、ホームズ・パスティーシュ『シャーロック・ホームズの蒐集』（東京創元社）他。評論は『初歩からのシャーロック・ホームズ』（中央公論新社）や『シャーロック・ホームズの建築』（エクスナレッジ）他。古書エッセイは『古本買いまくり漫遊記』（本の雑誌社）他。訳書はキム・ニューマン『モリアーティ秘録』（東京創元社）他。

澤村《さわむら》伊《い》智《ち》

一九七九年大阪府生まれ、東京都在住。二〇一五年『ぼぎわん』（刊行時『ぼぎわんが、来る』に改題）で第二十二回ホラー小説大賞〈大賞〉を受賞しデビュー。一九年「学校は死の匂い」で第七十二回日本推理作家協会賞〈短編部門〉受賞。著作に『ばくうどの悪夢』（KADOKAWA）『怪談小説という名の小説怪談』（新潮社）など。「土俗ホラー」「因習村」を無邪気に生産する人消費する人にイヤミを言うのがここ何年かの創作テーマの一つだが、どうやらこれで間違いなさそう。

柴《しば》田《た》勝家《かついえ》

一九八七年、東京生まれ。成城大学大学院文学研究科日本常民文化専攻博士課程前期修了。在学中の二〇一四年、『ニルヤの島』で第二回ハヤカワSFコンテストの大賞を受賞し、デビュー。二〇一八年に「雲南省スー族におけるVR技術の使用例」で第四十九回星雲賞日本短編部門を受賞。二〇二一年に「アメリカン・ブッダ」で第五十二回星雲賞日本短編部門を受賞。近著は『走馬灯のセトリは考えておいて』（早川書房）。戦国武将の柴田勝家を敬愛する。

今回はラヴクラフト個人と作品をオマージュしたものになりました。ワシが最初にクトゥルフ神話に触れたのは中学生の頃で、それこそ新紀元社の本でした。そこでは世界の神々と並べて、サラっと邪神たちが紹介されており、何も知らなかったワシは『こんなにヤバい神がいるのか』と思ったほどです。そんな現実とフィクションの境界に心躍らせた記憶をなぞりつつ、自分もまたその一端を描いてみたく思った次第。

斜線堂《しゃせんどう》有《ゆう》紀《き》

小説家。著書に『キネマ探偵カレイドミステリー』『神神化身 壱 春惜月の回想』（共にKADOKAWA）、『楽園とは探偵の不在なり』（早川書房）、『ゴールデンタイムの消費期限』（祥伝社）、『廃遊園地の殺人』（実業之日本社）、『君の地球が平らになりますように』（集英社）など多数。近著に『回樹』（早川書房）がある。

鈴《すず》木《き》康《やす》士《し》（挿絵）

イラストレーター。装画の近刊は、久永実木彦『わたしたちの怪獣』（東京創元社）五月三十一日刊。クトゥルー×ホームズの続巻『シャーロック・ホームズとミスカトニックの怪』（早川書房）七月上旬予定。現代中華SF傑作選の第二弾『宇宙の果ての本屋』（新紀元社）もそろそろか。現在、シエア型の書店『渋谷〇〇書店 分室』（西武渋谷店A館四階）にて画集など取り扱い中。

高《たか》野《の》史《ふみ》緒《お》

一九九五年、第六回日本ファンタジーノベル大賞候補作『ムジカ・マキーナ』（新潮社）でデビュー。史実と虚構が混交した歴史改変ものを得意とし、二〇二二年、『カラマーゾフの妹』で第五十八回江戸川乱歩賞を受賞。著書に『赤い星』『まぜるな危険』（共に早川書房）、『翼竜館の宝石商人』（講談社）等がある。二〇二三年秋には後述の長編のパイロット版である短編「グラーフ・ツェッペリン　夏の飛行」がフランスで、翌年には短篇集『ヴェネツィアの恋人』（河出書房新社）収録の中編「白鳥の騎士」が英国で、それぞれ翻訳出版される。二〇二三年七月十九日、出身地土浦を舞台とした『グラーフ・ツェッペリン　あの夏の飛行船』（早川書房）を上梓。

高《たか》井《い》信《しん》

一九五七年生まれ。SF作家。ショートショート研究家。一九七九年、SF専門誌『奇想天外』にてデビュー。あれこれあって、現在に至る。還暦を迎えたあたりから寒さにめっきり弱くなり、夏が終わるや翌年の夏を待ちわびるようになりました。この本が店頭に並ぶころには快適な日々を送っていることを期待しています。

立《たち》原《はら》透《とう》耶《や》

物書き、中日SF翻訳など。代表作は『立原透耶著作集』（全五巻、彩流社）、『時のきざはし　現代中華SF傑作選』（新紀元社）。二〇二三年は世界SF大会が中国の成都で開催されます。ぜひ行きたいものです。最近は英語の勉強も復活させました。中国語や英語に浸って幸せな毎日です。

南條竹則《なんじょうたけのり》

作家・翻訳家。一九五八年東京生まれ。現在、某社から出す『アーサー・マッケン自伝』の翻訳の追い込みにかかっています。『Far Off Things』、『Things Near and Far』の二冊をいちどきに出す予定。

西崎憲《にしざきけん》

翻訳家、作家、アンソロジスト。訳書に『郵便局と蛇』コッパード、『ヘミングウェイ短篇集』（共に筑摩書房）、『青と緑 ヴァージニア・ウルフ短篇集』（亜紀書房）など。著書に第十四回ファンタジーノベル大賞受賞作『世界の果ての庭』、『蕃東国年代記』（東京創元社）『未知の鳥類がやってくるまで』（筑摩書房）『全ロック史』（人文書院）『本の幽霊』（ナナロク社）など。フラワーしげる名義で歌集『ビットとデシベル』（書肆侃侃房）『世界学校』（短歌研究社）。電子書籍や音楽のレーベル〈惑星と口笛〉主宰。音楽家でもある。

ひらいたかこ（挿絵）

イラストレーター。ミステリの装画や挿絵を多く制作中。子供向け絵本や児童書の装画&挿絵も多い。『アリス、アリス、アリス！』（東京創元社）などの画集も出版。個展や原画展示の活動も続けている。ＮＨＫ Eテレの『てれび絵本』では、マザーグースの画集を元に「マザーグースえほん」（アニメ）も制作された。

藤原《ふじわら》ヨウコウ（挿絵）

イラストレーター、挿絵画家。最近の仕事に、「A Map of Nowhere」（『幻想と怪奇』1～6、8～12口絵）、武内涼〈源平妖乱〉シリーズ（祥伝社）装画、イザベル・ヤップ「アスファルト、川、母、子」（ＳＦマガジン二〇二二年六月号）挿絵などがある。

三《み》津《つ》田《だ》信三《しんぞう》

ホラーミステリ作家。二〇〇一年『ホラー作家の棲む家』（講談社）でデビュー（文庫版は『忌館』と改題）。二〇一〇年『水魑の如き沈むもの』（講談社）で第十回本格ミステリ大賞を受賞。二〇一六年『のぞきめ』（ＫＡＤＯＫＡＷＡ）が映画化される。主な作品に作家三部作、刀城言耶シリーズ、死相学探偵シリーズ、幽霊屋敷シリーズ、物理波矢多シリーズがある。

木犀《もくせい》あこ

二〇一七年『奇奇奇譚編集部　ホラー作家はおばけが怖い』で第二十四回日本ホラー小説大賞優秀賞を受賞。近著に『世界一くだらない謎を解く探偵のまったり事件簿』（マイナビ出版）など。二〇二一年に長女を出産してから、アンファンテリブルものを素直に楽しめなくなって困っている。

YOUCHAN（装丁・装画）

イラストレーター。装画を手掛けた本に『新編怪奇幻想の文学3　恐怖』（新紀元社）、ニーナ・デ・グラモン『アガサ・クリスティー失踪事件』（早川書房）がある。ところで、『戯曲絵本 カラクリ匣』（文・林田こずえ　絵・ＹＯＵＣＨＡＮ）が七月十二日に小鳥遊書房より発売。Ａ5版、オールカラーです。ぜひお手にとってください。

*紹介文は各寄稿者による。

◆おかげさまで『幻想と怪奇』は、現在既刊十三巻、別巻は本書を入れて二巻と、十五巻を数えることになりました。アンソロジーながら、オリジナル版の味わいを活かすために、刊行ペースはじめ、造本やレイアウトなど随所に雑誌風の演出をしてきましたが、雑誌風の言い方をすれば、二〇一九年秋の『幻想と怪奇　傑作選』が創刊準備号で、本書は別冊、遅まきながらの三周年記念号となります。三年以上のあいだ支えてくださった寄稿者・協力者の皆様に感謝し、この一冊のカーニヴァルにお集まりいただいた次第です。もちろん、感謝は愛読者の皆様にも。創作のみの企画は初の試みですが、お楽しみいただけますよう。このカーニヴァルが好評をいただき、年中行事にできれば、と願うばかりです。

◆カーニヴァルは第一回『幻想と怪奇』ショートショート・コンテスト入選の皆様を祝うものにもなりました。コンテストの応募作数が予想を大幅に超えたのもお祭りのようで、それほどまでに〈怪奇幻想〉というジャンルが関心を集めているのか、文章で表現される想像力はかくも自由なのか、と実感せずにはいられませんでした。

◆海外の怪奇幻想小説は、いまだミステリやＳＦほどの紹介がされず、未訳の作品も、邦訳されて高い評価を得ながら時がたち埋もれてしまった作品も、数多くあります。それらを紹介し、発掘・再評価していく仕事は、三年ほどではまだ取りかかったばかり。が、書かれたがまだ人目に触れていない作品も、これから書かれる作品も、さらに数限りなくある。どちらか一方だけでなく、どちらも『幻想と怪奇』で紹介していきたいと、意を新たにしています。

◆もっとも、意ばかり逸っても、商業出版の現実から目をそらすわけにはいきません。オリジナルの『幻想と怪奇』が直面したものとほど近い事態に、編集室も今また向きあっています。それは、私たちを取り巻く現実が怖ろしさを増している、ということかもしれません。そんな中、怪奇幻想の出版は徐々に活気づき、『幻想と怪奇』は頼もしい仲間たちを得たように感じています。このような時代だからこそ、自由な想像力がさらに求められていると、信じてやみません。この思いを、続刊に込めていきます。

（Ｍ）

次回配本

幻想と怪奇14

ロンドン幻想紀行

イーディス・ネスビット
Ｊ・Ｄ・ベレスフォード
アーサー・マッケン
Ｈ・Ｒ・ウェイクフィールド　他

二〇二三年九月上旬刊行予定

幻想と怪奇
ショートショート・カーニヴァル

2023年6月30日　初版発行

企画・編集　牧原勝志（『幻想と怪奇』編集室）

発行人　福本皇祐
発行所　株式会社新紀元社
〒101-0054 東京都千代田区神田錦町1-7 錦町一丁目ビル2F
Tel.03-3219-0921　Fax.03-3219-0922
http://www.shinkigensha.co.jp/
郵便振替　00110-4-27618

協力　紀田順一郎　荒俣 宏

題字　原田 治
表紙絵・デザイン　YOUCHAN（トゴルアートワークス）
挿絵　藤原ヨウコウ／鈴木康士／ひらいたかこ（掲載順）

組版　株式会社明昌堂／『幻想と怪奇』編集室

印刷・製本　中央精版印刷株式会社

ISBN978-4-7753-2091-4
Printed in Japan
定価はカバーに表示してあります。